Liés pour la vie

Ouvrage réalisé
en collaboration avec Bénédicte des Mazery

12, avenue d'Italie
75013 Paris
Tél. : 01 44 16 09 00
Fax : 01 44 16 09 01
www.plon.fr

Mise en pages : Facompo (Lisieux)
ISBN : 978-2-259-25335-2
Dépôt légal : novembre 2017

Laëtitia Milot

Liés pour la vie

roman

PLON
www.plon.fr

Du même auteur

Je voulais te dire…, Florent Massot, 2010 ; Livre de Poche, 2010.
On se retrouvera, Fayard, 2013 ; Livre de Poche, 2014.
Le bébé, c'est pour quand ?, Michel Lafon, 2016 ; Livre de Poche, 2017.

À Badri pour son aide précieuse et sa patience.
À mon parrain Jeannot, ma marraine Août et Yannis
pour m'avoir inspirée et m'avoir guidée.

« Oui ! Oui ! Tout se joue maintenant ! Plus qu'un obstacle et c'est gagné ! »

Assis sur le canapé, l'homme ne quitte pas l'écran des yeux, suspendu aux phrases du commentateur sportif qui s'époumone, la voix cassée.

« Dans quelques secondes, nous allons peut-être assister à une première mondiale ! »

À cette heure, la pièce plonge lentement dans l'obscurité mais l'homme ne pense pas à allumer la lumière. Il reste assis les mains posées sur ses genoux, son visage brièvement éclairé par les lueurs blanchâtres du téléviseur.

« Oui ! Oui !... »

« C'est incroyable ! Vertigineux ! »

Cette fois le commentateur est hystérique, au bord du malaise. Il hurle maintenant, saisi par une fièvre qui n'entame pas le silence de l'homme. Celui-ci saisit le portable posé à ses côtés et tout son être se concentre sur cette photographie qui apparaît entre ses mains tremblantes. Le visage éclatant de bonheur, une cavalière en tenue de concours brandit une coupe d'or vers le ciel. Ses yeux brillants de fierté fixent le photographe.

Ça va aller.

Les mots ont surgi brusquement sans qu'il s'y attende. Tenaces, têtus, entêtants.

Ça va aller.

Ces mots qui tournent en lui, suspendent ses gestes, lui font brusquement relever la tête. *Ça va aller.* Ces mots qui remplissent soudain ses yeux de larmes et qu'il se répète lentement, dans un murmure :

« *Ça va aller, ça va aller.* »

1

QUELQUES ANNÉES PLUS TÔT

Centre équestre Le Cadran en Normandie

— Où sont les poneys ?

Les enfants hurlaient à s'en déchirer les poumons.

En face, une petite voix répondit, du plus fort qu'elle put :

— Dans la forêt !

— Qu'est-ce qu'ils y font ? demanda le chœur, vibrant d'excitation.

— Ils y galopent, cria la petite voix.

Il ne restait plus que Pauline. C'était la dernière à ne pas s'être fait attraper et, maintenant, elle avait devant elle une bande de cinq cavaliers, juchés sur leurs poneys, prêts à en découdre. Ils allaient la toucher cette fois ! Elle n'arriverait pas à atteindre l'autre côté du manège ! Voilà ce que Lucie lisait dans leurs yeux.

— Peut-on les attraper ?

— Non ! hurla Pauline en talonnant Petit bolide qui partit au grand galop.

Lucie avait beau être leur monitrice, même à pied elle participait corps et âme au jeu. Aussi concentrée que la petite cavalière, elle ne la quittait pas des yeux, serrant en même temps les cuisses, tirant les rênes, ses nerfs tendus vers la victoire toute proche désormais, et elle lui hurlait son soutien.

— Al-lez, Pauline ! Al-lez !!

La gamine venait d'effectuer trois passages successifs sans se faire prendre. Du grand art. Au quatrième passage, c'était la règle du jeu, elle serait déclarée vainqueur. À la voir faire, Lucie jubilait. C'est qu'elle était tenace et maligne comme un singe, cette petite. Après avoir fait semblant de s'engager sur la droite, Pauline bifurqua soudainement et, dans un demi-tour bien mené, elle parvint à passer entre Juliette et Achille dont les poneys étaient trop éloignés l'un de l'autre.

— *Yes !*

En écho au cri de victoire de Lucie jaillit celui de Pauline, cravache dressée vers le ciel.

— *Yes !*

Les vaincus s'étaient arrêtés brusquement dans un nuage de poussière. Crinières en berne et regards déçus, ils rejoignaient lentement leur monitrice. Si Juliette et David semblaient bien prendre la défaite, les yeux de Safia étaient remplis de larmes tandis qu'Achille, toujours prompt à tout discuter, entreprenait de convaincre Thomas du non-respect par Pauline des règles du jeu.

— Allons, allons, pas de discussion, l'arrêta Lucie. Et ne faites pas cette tête-là, vous vous êtes bien défendus. Vous ne pouviez pas savoir que Pauline avait mangé du lion ce matin, n'est-ce pas, ma belle ?

Encadré par des cheveux roux trempés de sueur, le petit visage criblé de taches de rousseur ruisselait sous la bombe.

La fillette la regarda de ses grands yeux noisette, éclatants de bonheur.

— C'est moi qui les a eus toute seule, hein, Lucie ? T'as vu ?

— On dit : « qui les *ai* eus »… Oui, c'est bien, ma belle.

— Non, c'est toi, la plus belle.

L'enfant se pencha par-dessus sa selle et lui tendit sa paume. Lucie tapa, paume contre paume, le check de la victoire. « *Yes !* » Elle l'aimait bien cette Pauline, c'était même sa préférée. La gamine avait beau être haute comme trois pommes et maigre comme un coucou, elle ne s'en laissait pas compter. À l'observer, Lucie avait l'impression de se revoir enfant : fonceuse, gagneuse… et mauvaise perdante.

Tandis que les cavaliers descendaient de leur monture, la jeune femme se tourna vers l'entrée du manège. Depuis plusieurs minutes, elle s'efforçait de ne pas le regarder mais c'était plus fort qu'elle, elle le voyait malgré tout, du coin de l'œil. Depuis quelques minutes, il faisait ce geste que Lucie lui connaissait depuis toujours. Accoudé à la clôture en bois, Jérôme, son père, tapait ostensiblement de l'index sur le cadran de sa montre. Et il arborait ce même air de reproche qui lui fronçait les sourcils et dessinait entre ses yeux une ligne sévère. À tous les coups, elle avait encore débordé. Elle jeta un regard sur la grande horloge du manège : 15 h 05. Aïe ! De loin, elle lui adressa un geste rassurant. « J'arrive… »

— Kali ! Nom d'une pipe !

Le chien venait encore de lui glisser entre les jambes, manquant de la faire tomber. Celui-là, il était toujours dans ses pattes ou dans les sabots des chevaux, c'était plus fort que lui. Qu'est-ce qu'il fabriquait dans le manège, d'ailleurs ? Lucie se dit qu'elle aurait dû l'appeler Kali Pot de colle. En même temps, elle devait être honnête, c'est ce qui lui avait plu chez lui. En arrivant au refuge, elle avait d'abord remarqué son regard implorant puis, en le prenant dans ses bras, elle avait été conquise par sa façon malicieuse de se lover contre elle en glissant sa tête sous son aisselle. Kali était un chien d'un peu plus d'un an, aux oreilles poilues et soyeuses. Un King Charles dont personne ne voulait car, mystère de la nature, il lui manquait un testicule. Et alors ? La taille était parfaite : ni trop gros (Mathilde, sa mère, avait mis son veto sur un chien de grande taille), ni trop petit. Ce qu'elle ignorait à l'époque, c'est qu'il allait devenir un vrai clown, espiègle et vif comme l'éclair. Elle avait vite compris qu'il apprenait des tours à toute allure.

Conscient d'avoir fait une bêtise, Kali se tenait assis sur son arrière-train, les oreilles dressées, en gémissant doucement. Lucie ne savait pas comment il s'y prenait mais elle ne parvenait jamais à le gronder ni à lui en vouloir.

— Un p'tit salto ? Elle savait ce que le chien attendait.

L'animal acquiesça dans un bref aboiement et Pauline battit des mains, de plaisir.

— Hop là !

Sitôt le mot magique prononcé, Kali effectua un de ces sauts périlleux arrière impeccables qui avaient fait sa réputation auprès des enfants du centre équestre.

— La Kali danse ! cria Pauline. S'il te plaît, fais-y faire la Kali danse.

— Fais-le faire, on dit ! corrigea Achille.

— Ah non, le reprit Lucie. On dit « fais-lui faire ».

— La Kali danse !

Toute défaite bue, les autres enfants s'y mirent à leur tour.

— La Kali danse ! La Kali dan…

Lucie les arrêta net. Elle n'avait pas le temps. La Kali danse, ce serait pour plus tard.

Elle s'éloigna rapidement, le chien à ses basques, en saluant les enfants de la main.

— Fred va vous aider pour les poneys. À la semaine prochaine, les p'tits loups.

Il avait dit : « 15 h 20 dans la grande carrière », et avec lui, 15 h 20, c'était 15 h 20, une minute de moins à la rigueur mais pas une de plus, surtout pas.

En sortant du manège, ce fut plus fort qu'elle.

— Écoute, P'pa, on n'est pas à cinq minutes près quand même !

— Non, on est à cinq secondes, que dis-je : à une seconde près et tu le sais très bien.

— Oui, mais là l'entraînement se fait ici, chez nous. Entre nous.

Lucie avait beau l'adorer, il avait beau être le meilleur des coachs, parfois il l'énervait prodigieusement. Cette façon déjà qu'il avait de lui parler comme à une gamine alors qu'elle avait trente-deux ans ! Et puis cette manie de l'heure, du temps, de la seconde, cette ponctualité à tous crins, dans toutes les circonstances, cette rigidité de gendarme héritée de son propre père, un garde républicain de qui Jérôme tenait son amour des chevaux… ce matin, ça donnait juste envie à Lucie de renvoyer à ses horloges « le colonel », comme elle surnommait son père quand il l'agaçait trop.

— Championne ou pas ? insista-t-il. Tu sais ce que je t'ai dit : la réussite, c'est le mariage d'un couple. Le cheval et le cavalier. L'impeccabilité du saut et la rapidité du parcours. Le sans-faute et le temps : tout est là.

Lucie se planta devant lui et, les yeux écarquillés, elle lui fit sa plus belle grimace, en louchant les lèvres pincées, la tête inclinée sur le côté.

— En plus, il pleut. Pffft ! fit-elle.

— La pluie ne mouille que les imbéciles, répliqua Jérôme avant de la saisir par l'épaule et de l'attirer contre lui dans un geste de tendresse brusque.

— Allez, ma Lu, dépêche-toi. (Il la lâcha et jeta un rapide coup d'œil à sa montre.) Dans la carrière dans dix minutes.

Le coach, le colonel, était de retour.

Au moment où Lucie passait devant le club house, la fenêtre s'ouvrit brusquement.

— Tu diras à ton père qu'il recommande de la paille, lui lança sa mère, avec dans le regard cette lueur dure que Lucie détestait.

Mathilde, toujours maquillée avec soin et habillée « chic tout simplement », comme elle disait. Qu'est-ce qu'elle faisait là à cette heure ? Elle n'avait pas de rendez-vous ? Pas de belles maisons à faire visiter ?

— Et quand tu iras faire les courses, tu n'oublieras pas la liste, cette fois !

Lucie ne prit pas la peine de répondre et accéléra le pas. C'était son tour de supermarché. Depuis des années, l'organisation familiale était bien rodée. Puisque Lucie vivait et travaillait au Cadran, puisqu'elle reprendrait le centre équestre à la retraite de son père, elle se devait de participer à un « juste partage de toutes les tâches », comme le lui rappelait sa mère en insistant sur le « toutes ». Lucie cachait mal qu'elle détestait les supermarchés. Elle avait beau fréquenter le Super U depuis des années, elle continuait de chercher dans les rayons les produits dont sa mère, intraitable sur le sujet, lui faisait toujours une liste précise, ne souffrant aucun manquement. Les yaourts étaient sans sucre, le beurre de telle marque et pas une autre, les kiwis n'étaient acceptés que bio, les bananes venaient impérativement de La Réunion, le dissolvant s'affichait sans acétone, etc.

Lucie ignorait comment elle s'y prenait mais quand elle n'oubliait pas la liste des courses (ce qui était le cas deux fois sur trois), le reste du temps il manquait toujours quelque chose ou bien elle n'avait pas choisi le bon produit. « Eh bien quand on n'a pas de tête, on a des jambes », lui assénait alors sa mère.

Ce soir, elle n'avait aucune envie d'enfourcher son scooter pour passer à l'épicerie du village, encore moins de retourner au Super U le lendemain, ce qui arrivait dans les cas d'oublis les plus graves. Aussi Lucie fit-elle un détour par la cuisine, attrapa la liste (comme chaque fois elle était interminable) et la fourra dans la poche arrière de son pantalon.

2

Elle n'entrait jamais dans le box sans ces deux petits mots : « Hé oh, hé oh. »

Ils agissaient comme un sésame entre Saphir et elle depuis ce jour où ils s'étaient vus pour la première fois, voilà trois ans de cela. Trois ans déjà ! Lucie n'oublierait jamais sa rencontre avec celui qui allait devenir *son* cheval, le meilleur qu'elle ait jamais connu. Meilleur que bien des humains qu'elle côtoyait. Son père et elle cherchaient à l'époque un cheval de qualité pour porter la cavalière au sommet. Des concours, Lucie en avait fait des centaines, les nombreuses coupes exposées au club house pouvaient en témoigner, mais elle peinait à franchir un seuil avec Buck, son cheval de l'époque, qui ne s'engageait pas suffisamment et avec qui la communion n'était jamais totale. Si aujourd'hui elle était sélectionnée dans l'équipe de France pour les jeux Olympiques, c'est bien parce qu'elle avait trouvé en Saphir son alter ego.

« Je crois que celui-là vaut le déplacement », avait décrété son père ce jour-là. Et ils étaient partis tous les deux voir le fameux cheval, propriété d'un haras à une centaine de kilomètres du centre équestre.

Après une heure et demie de route qui avait paru interminable à la jeune fille, ils étaient arrivés sur le lieu de rendez-vous. Le temps était exécrable. Il ne pleuvait pas encore mais l'orage grondait et des éclairs déchiraient le ciel par intermittence.

Le propriétaire les avait menés jusqu'au pré.

— Il est encore jeune, un peu nerveux, expliquait-il tandis qu'ils empruntaient le chemin de terre, mais il a un fort potentiel. Il saute remarquablement et, bien monté, je vous garantis qu'il fera des prouesses. Seulement, il ne faut pas le brusquer. Et y aller en douceur avec ses pieds, il n'aime pas qu'on y touche.

Ils débouchèrent sur le pré au moment où l'orage grondait plus fort, menaçant d'éclater. Sous le ciel zébré, Lucie eut alors l'impression d'une apparition. Seul au milieu du champ, un grand cheval bai jetait nerveusement ses antérieurs de gauche à droite, ne sachant de quel côté fuir pour échapper au prochain roulement de tonnerre, à l'éclair suivant. Sa crinière noire battait son encolure, et ce qui se dégageait de lui, sa façon de bouger, d'hésiter, avait frappé Lucie. À la fois massif et aérien, musculeux et délié, on aurait dit qu'il évoluait entre terre et ciel.

Elle l'avait aussitôt trouvé magnifique.

Tandis qu'elle approchait, les yeux de l'animal, immenses, se plantèrent dans les siens. Elle était restée figée devant ses grands yeux noirs bordés de longs cils, fascinée par la profondeur de son regard. Dans ses prunelles luisait une lueur qui l'avait traversée, comme si le cheval la connaissait déjà, comme s'il ne faisait que la retrouver.

Alors, sans réfléchir, Lucie était entrée dans le pré, ses bottes s'enfonçant dans la boue, et elle s'était avancée vers lui, ces deux simples mots à la bouche « hé oh », venus spontanément et qu'elle scandait de plus en plus doucement : « Hé oh, hé oh. »

Et le cheval s'était calmé. Il s'était approché d'elle et avait appuyé sa tête lourde contre le torse de la jeune femme. Au fond de son cœur, Lucie avait senti quelque chose d'inouï, comme une bulle qui éclatait en elle, une grosse bulle douce délivrant un bonheur intérieur inconnu à ce jour.

Depuis, les deux mots la précédaient toujours. Et en les entendant, Saphir sortait chaque fois sa tête de l'encadrement du box pour l'accueillir avec un hennissement joyeux.

— Hé ho.

Lucie prit bien garde de pénétrer dans le box du pied droit, comme toujours, histoire de garder la chance de son côté. Elle poussa le large flanc, passa le licol autour de l'encolure et embrassa la joue douce.

— Allez, mon beau, murmura-t-elle à l'oreille de Saphir, on se dépêche. Désolée, mais on est encore pressé ce matin.

Elle jeta un coup d'œil sur l'horloge clouée au mur. L'obsession de son père pour l'heure avait gagné les box où il avait installé dans chacun d'eux une petite horloge. « Comme ça, les cavaliers n'arriveront plus en retard à leur reprise », avait-il affirmé avec satisfaction. Chaque box possédait son horloge, avec son propre cadran personnalisé d'une façon que Lucie trouvait d'un goût discutable. Celle de Saphir était, heureusement, en forme de fer à cheval, mais celle du box de Buck, certainement la plus kitch de toutes, affichait des chevaux au galop sur fond de soleil couchant dégoulinant.

15 h 15.

Elle pensa avec une pointe d'agacement que, à nouveau, elle n'avait pas réussi à obtenir davantage de répit entre son cours et sa propre reprise. Et lorsque Kali, fidèle à son tempérament joueur, prit dans sa gueule la brosse pour partir avec, Lucie cria. Elle n'avait pas le temps de s'amuser à lui courir après ! Le chien lâcha aussitôt sa proie et s'assit sur son arrière-train, les oreilles basses.

— Plus tard, le consola Lucie en lui caressant la tête.

En quelques coups de brosse énergiques sur sa croupe et ses flancs, elle enleva à Saphir le plus gros de la poussière, puis elle posa le tapis et la selle avant de sangler.

— Oui mon beau, oui.

Elle aimait ce moment de complicité, ce corps à corps où le souffle chaud lui chatouillait délicieusement la nuque.

Pour finir, elle accomplit le dernier geste auquel, en entraînement comme en concours, elle ne dérogeait sous aucun prétexte. Elle plongea la main dans sa poche et en sortit son ruban magique, ce petit bout de tissu bleu qui ne la quittait jamais. Elle le présenta à Saphir qui y posa ses naseaux, en un baiser devenu rituel, puis elle l'embrassa à son tour avant d'enrouler le tissu autour des sanglons et de laisser retomber par-dessus le quartier de selle. Personne ne le voyait. Seuls Saphir et elle connaissaient son existence. Parmi tous les autres, il était son porte-bonheur Number one.

Lorsqu'elle eut fini, le cheval glissa sa tête sous son coude, l'obligeant à relever le bras, sa façon à lui de demander un câlin. Lucie lui embrassa le chanfrein, cet endroit si doux entre les yeux et le bout du nez qu'elle pourrait caresser des heures, et lui chuchota à l'oreille :

— Allez, mon beau, on y va.

Chaque fois qu'elle sortait Saphir du box, elle repensait à la première fois où elle l'avait monté. Ce jour-là, lorsque les six cents kilos de muscles s'étaient ébranlés calmement au milieu du manège où la pluie martelait la tôle dans un bruit incessant, Lucie s'était immédiatement sentie en confiance. Les premiers pas faits ensemble avaient scellé entre elle et lui une union évidente, que le trot puis le galop avaient achevé de confirmer. Saphir comprenait tout, réagissant à ses demandes avec franchise et quiétude. Entre ses jambes, Lucie sentait les flancs palpitants, et la chaleur du premier contact dans le pré avait continué de couler en elle tout le temps de sa monte. Lorsqu'elle était descendue, pleine d'un bonheur qui ressemblait à de l'ivresse, elle avait entouré son encolure de ses deux bras.

— C'est lui, Papa, avait-elle murmuré, la voix vacillante d'émotion. C'est lui.

Elle était sûre d'eux. Depuis trois ans, Saphir ne l'avait jamais détrompée.

Clop, clop, clop. Sur le chemin menant à la carrière, Lucie comptait dans sa tête l'écho des sabots. Il fallait environ une trentaine de pas pour y arriver. Clop, clop, clop. C'était comme une musique qui la préparait au travail, la mettait en condition. Peu à peu, le vide se faisait en elle, ne laissant place qu'au seul son du cheval et à ce qu'ils s'apprêtaient à faire ensemble. Dès cet instant, elle ne faisait plus qu'un avec Saphir. Et au moment où elle pénétrait dans la carrière, elle était mentalement prête.

3

— Accélère ! Bon sang, accélère !

Au milieu de la carrière, Jérôme tournait sur lui-même en activant le cheval et sa cavalière de claquements de langue. Lucie cravacha Saphir, le stimula de la voix :

— Allez, allez !

Elle avait déjà sauté les premiers obstacles et maintenant elle abordait cet oxer en double barre qui lui avait toujours fait un peu peur. « Deux, trois, quatre », Saphir devait sauter après quatre foulées, mais comme le temps jouait contre elle, Lucie allongea le galop. Si elle pouvait sauter après la troisième foulée, elle récupérerait les précieuses secondes.

En bord de piste, une jeune femme en tenue d'équitation filmait le parcours avec son téléphone portable en encourageant Lucie de sa voix haut perchée.

— Vas-y, Lucie ! Vas-y !

Lucie n'entendait pas Léa, sa volonté entièrement concentrée sur cet oxer qui approchait et qu'elle parvint à franchir après seulement trois foulées.

— C'est bon ça, c'est bon, continue comme ça ! lui cria Jérôme.

Les flancs frémirent entre ses cuisses, le rythme s'accéléra, leurs deux corps confondus en un même désir, poussés par une même énergie. Lucie tourna et se dirigea vers le septième obstacle, un double. Un de ceux qui l'excitaient le plus, car l'un des plus difficiles. « Regarder loin, toujours au loin », s'exhorta-t-elle. Et Saphir s'envola, sautant largement au-dessus des barres.

— Mais c'est pas vrai, ça ! Pourquoi tu l'as pris comme ça ! Fallait couper, bon Dieu !

Autant les cris de Léa ne lui parvenaient pas, autant Lucie entendait Jérôme comme s'il était à ses côtés. Elle n'était atteinte que par les choses essentielles : la voix de son père, la rudesse du choc des sabots et sa propre respiration, haletante.

— Tu perds du temps ! Accélère !

Lucie comptait dans sa tête. Si elle arrivait vite au prochain obstacle, si Saphir ne touchait pas la barre, si elle l'accompagnait bien, de tout son corps, elle terminerait peut-être le parcours dans un temps acceptable.

« Trois, deux, un. » Elle franchit sans encombre le dernier obstacle. C'était un sans-faute… oui, mais en combien de temps ?

— À peine mieux, lâcha son père d'un ton froid.

Lucie lut la déception sur son visage. Elle flatta l'encolure de Saphir.

— C'est bien, mon beau, c'est bien, lui murmura-t-elle avant de rejoindre son père.

De loin, Léa lui adressa un pouce victorieux auquel Lucie répondit en inclinant lentement la main de gauche à droite, en un geste qui signifiait que « bof, c'était quand même couci-couça ». Léa lui montra le portable en réitérant son pouce de la victoire. Lucie sourit. Heureusement qu'elle était là, sa grande copine. Sa compagne de balade, son amie des heures légères, sans minutes à compter et avec qui elle partageait juste des challenges pour rire.

— Ça ne va pas, Lucie.

Jérôme avait saisi les rênes de Saphir au niveau du mors et il maintenait la tête du cheval droite, face à lui. Il regardait sa fille dans les yeux.

— Ça ne va pas. Tu es trop lente et tu ne prends pas les bonnes décisions.

Sans rien dire, Lucie ôta ses étriers et passa sa jambe droite par-dessus la croupe. Elle descendit de Saphir et ôta sa bombe, laissant apparaître des cheveux trempés de transpiration.

— Tu veux les gagner ces jeux Olympiques, ou pas ? lui demanda sèchement Jérôme.

Lucie secoua sa chevelure. Le visage rendu écarlate à la fois par l'effort et par la question qui la vexait, toujours la même, elle rétorqua vivement :

— Bien sûr, tu le sais très bien.

— Alors, je te l'ai déjà dit un nombre incalculable de fois. Tu dois te vouloir championne. Tu dois te penser championne.

— Oui, je sais, tu n'arrêtes pas de me le répéter. Championne le matin en me coiffant. Championne le soir en me couchant. Championne la nuit en rêvant, psalmodia Lucie. C'est ce que je fais.

— À chaque instant, tu dois te maintenir dans un état d'esprit de championne, avec un désir de l'emporter qui prend le pas sur tout, à chaque instant, sinon… Sinon, ça ne vaut pas la peine d'y aller.

— J'ai gagné du temps par rapport à hier, Papa, je te signale, et toujours pas une barre de touchée.

— Peut-être, mais c'est encore trop.

Pourquoi son père ne voyait-il jamais que les prouesses restant à accomplir et pas les progrès effectués ?

Il se radoucit un instant :

— Ne lâche rien, ma Lu, puis le naturel revint au galop. On y retourne demain. 14 heures.

À la sortie de la carrière, Léa, un large sourire aux lèvres, emboîta le pas de Lucie.

— Dis donc, t'envoyais du lourd, c'était génial ! Tu verras la vidéo, c'est de mieux en mieux.

— Tu parles !

— Si, j'te jure. T'es la meilleure !

— Ouais, ben c'est pas ce que dit mon père.

— Laisse parler Mister Tictac. T'occupe pas de lui. Il est beaucoup trop dur avec toi.

Lucie se retourna vers Léa, le visage crispé.

— Non, il a raison. Je ne suis pas au top, loin de là. On recommence demain.

Léa s'arrêta net.

— Hé oh ! pour demain matin, tu ne déconnes pas, hein ? Tu te souviens de notre petite virée ? Tu ne me laisses pas tomber, j'espère. J'ai posé une journée de congé pour ça, moi.

— Mais non… De toute façon, il faut que Saphir prenne un peu de bon temps, au milieu de tous ces entraînements. Il a besoin de se défouler, et moi aussi.

— Lucie !

Debout près des box, un homme brun d'à peine trente ans hélait Lucie de la main.

— Il va faire super beau en plus, ajouta Léa. Grand soleil, rien que pour nous, dis donc.

— Lucie ! Tu viens ?

— Ouh, mais c'est qu'il est toujours aussi impatient, le Don Juan. Amoureux raide dingue, dis donc, ça se voit à l'œil nu… En même temps, je serais curieuse de voir à quoi ressemble un œil habillé, ajouta Léa. Alors il t'emmène où, cette fois ?

Léa, avec sa manie de surnommer tout le monde, avait affublé Fred d'un Don Juan dont l'ironie n'échappait pas à Lucie. Le jeune moniteur n'était pas ce qu'on pouvait appeler un bel homme. Il compensait une taille moyenne et un visage sur lequel les filles ne se retournaient pas par sa gentillesse et une admiration affichée pour sa belle amoureuse, sa si ravissante Lucie. D'avoir été choisi par elle était pour lui un sujet de fierté.

— Demain, on avait dit quelle heure ? demanda Lucie.

— 9 heures, ça te va ?

— Parfait.

— Alors, insista Léa… tu sais où il t'emmène maintenant ? Tu peux bien me le dire. Je te rappelle qu'à cause de votre petite escapade tu me fais faux bond.

— Et moi je te rappelle que je n'y suis pour rien. Tu connais Fred et sa manie des surprises. Il a pris des billets d'avion sans me prévenir. Et pour te répondre : non, je ne sais pas où on va.

Léa approcha son visage de Lucie et loucha sous son nez en lui tirant la langue. La grimace avait toujours fait rire son amie.

— T'inquiète, ma Lulu. C'est pas comme si c'était mon anniversaire tous les ans !

Lucie éclata de rire.

— T'es bête, toi !

Fred prit Lucie par la taille et, approchant ses lèvres de son oreille, il y déposa un baiser tendre. Puis il recula et regarda la jeune femme de ses yeux bleus, pétillants.

— Ce n'est pas possible ça ! Tu es encore plus belle qu'hier !

Lucie ne put s'empêcher de sourire.

Fred la suivit dans le box avec Saphir.

— Voilà ce que je te propose, dit-il. Ce soir, je concocte mon omelette aux champignons et on la mange au lit devant une bonne série. C'est pas un plan sympa, ça ?

En ôtant le filet de Saphir, Lucie opina de la tête. Si, bien sûr que c'était sympa. Elle aimait bien la petite maison de Fred, à un quart d'heure de voiture d'ici, où le lit était toujours installé dans la pièce du bas, devant la cheminée. Depuis qu'il donnait des cours au centre, Fred avait pris beaucoup de retard sur les travaux mais sa maison n'en était pas moins chaleureuse et Lucie y trouvait un répit dans ses activités. Et puis, faire l'amour devant le feu de bois était d'un romantisme apaisant.

Sauf que, demain matin, elle se levait à 6 heures.

Fred insista.

Elle persista.

Non, elle ne pouvait pas changer. Entre les concours, les entraînements, les évaluations, ça faisait des semaines que Léa et elle se cherchaient une date. En plus, parce que Fred n'avait pas fait attention à la date, elle allait rater l'anniversaire de sa meilleure amie ! Lucie le sentit agacé. D'une voix tendue, il réitéra sa requête.

— Les entraînements, toujours les entraînements pour ces JO ! Tu n'as que ça à la bouche ! Et moi, ça fait plus d'une semaine que je t'attends. Une semaine que je réclame une petite nuit avec toi… C'est trop demander à Mademoiselle ?

Elle le connaissait suffisamment maintenant pour savoir qu'il ne plaisantait plus. Dans la bouche de Fred, ce « Mademoiselle » sonnait comme un cri de colère. Il se tenait planté devant elle, les jambes légèrement écartées, les mains sur les hanches, dans l'attente de sa réaction.

Lucie se pencha et entreprit de brosser les flancs de Saphir, cachant son visage qu'elle sentait s'empourprer. Elle avait beau l'aimer, qu'est-ce qu'il était lourd parfois !

— Alors ?

En même temps, songea-t-elle à toute allure, s'il la déposait demain matin tôt au centre, cela ne remettait pas en cause la balade prévue avec Léa.

Elle se redressa.

— D'accord, concéda-t-elle, mais à deux conditions. Un : tu m'attends ce soir car c'est mon tour de courses. Deux : tu me ramènes ici demain matin au plus tard à 7 heures.

— Pas de souci, on fera comme tu veux, répondit-il avec un sourire satisfait.

Lucie reprit le brossage de Saphir. Oui, enfin, c'était plutôt comme il voulait, lui.

Fred se pencha sur elle et, prenant son visage dans ses mains, il l'embrassa langoureusement, ses yeux souriants plantés dans les siens avant de lui murmurer à l'oreille :

— À ce soir, ma belle.

Lucie ne put s'empêcher de lui sourire en retour.

4

Ils se tenaient au même endroit que d'habitude, assis devant la porte d'entrée du supermarché, leur chien pelé couché à leurs côtés. Jo, un jeune homme toujours dépenaillé et mal rasé, ce qui le faisait paraître plus vieux, et une certaine « Bijou », son alter ego féminin, une gamine qui aurait grandi trop vite, aux vêtements sales et au visage criblé de croûtes. Lucie répondit à leur signe de main par un sourire. Lorsque c'était son tour de courses, elle prenait toujours le temps de discuter un peu avec ces sans domicile fixe, de plus en plus nombreux dans les rues, et en repartant, elle n'oubliait jamais de leur donner un petit quelque chose choisi dans les rayons : sandwich, paquet de gâteaux, tablette de chocolat, croquettes pour le chien. C'était devenu une habitude, et Lucie n'aurait su dire à qui son geste faisait le plus de bien : à eux qui se voyaient considérés comme des gens dignes d'intérêt ou à elle qui cherchait à apaiser un obscur sentiment de culpabilité.

Lucie avait beau se répéter qu'elle n'y était pour rien, ça la rendait malade de les voir se traîner ainsi de saison en saison, grelottant l'hiver dans de minces couvertures puis accablés de chaleur l'été sur un macadam brûlant. Alors, elle faisait un geste parce que, à ses yeux, tendre la main vers celui qui se trouvait dépourvu était un devoir humain.

Tout simplement. Il n'entrait là-dedans aucune croyance religieuse, aucune conviction politique, juste le sentiment profond que la personne en face d'elle, parce qu'il s'agissait d'un être humain, était aussi une part d'elle-même.

— Bonjour, Jo, dit-elle en s'arrêtant devant le jeune homme assis, adossé au mur, en lui tendant la main.

— Bonjour, répondit-il en lui offrant en retour sa main à la propreté douteuse. Alors, ça roule ?

Lucie sourit.

— Oui, ça roule. Et toi ?

— Ça va, ça va, on se maintient. Dis, tu pourrais m'apprendre les langues ?

Jo la regardait, avec une lueur d'attente dans les yeux semblable à celle d'un enfant espérant qu'on ne lui refusera pas le jouet tant espéré. Il souriait, de sa bouche déjà édentée. Quelle idée de vouloir apprendre les langues ! pensa Lucie. Et pourquoi lui demander à elle ? Autrefois elle était bonne en langues, mais autrefois seulement, car ses souvenirs dataient maintenant du lycée. Voilà plus de dix ans qu'elle n'avait pas prononcé un mot étranger. Son anglais ne devait plus être *fluently* du tout et son espagnol était certainement aujourd'hui quasi *muerte*.

— C'est pour Sammy, précisa Jo en clignant de l'œil. Paraît que je peux le voir la semaine prochaine, attention, pas tout seul, hein, ce sera avec l'assistante spéciale.

— Sociale, corrigea Lucie. C'est une assistante sociale.

— Si tu veux… n'empêche qu'elle est spéciale. Alors, tu m'les prends ou pas, les langues ?

Dès qu'il se sentait incompris ou non écouté, c'est-à-dire à peu près tout le temps, Jo haussait le ton. Autour d'eux, quelques personnes se retournèrent, intriguées. Un homme eut un geste en direction de Lucie, s'interrogeant sur la nécessité de lui venir en aide, auquel cas il était prêt à intervenir.

Lucie s'accroupit devant Jo pour se mettre à sa hauteur.

— Mais… je ne peux pas, commença-t-elle. Je n'ai pas le temps et puis, je ne sais plus vraiment…

Jo poussa du coude la femme assise à ses côtés, occupée à se rouler une cigarette.

— Merde, Jo ! Tu fais chier ! râla cette dernière lorsque, sous le coup de coude, le tabac tout juste posé au creux du papier à cigarette tomba par terre.

— Ben, dis quelque chose, toi ! T'as un gosse, explique-lui. Les gosses ça aime les bonbons et Sammy, lui, c'est les langues.

Lucie comprit d'un seul coup.

— Des langues ? Des langues, mais je vais t'en acheter trois paquets si tu veux !

Son Caddie à moitié plein, Lucie eut un temps d'arrêt devant les jus de fruits dont la profusion lui donnait le tournis. Jus de banane, jus de poire, jus de pêche, de mangue, d'orange, de mandarine, d'abricot, de pomme, de citron, de kiwi, d'ananas… Tellement de choses à portée de main quand tant de personnes manquaient. Cette consommation à tous crins lui déplaisait profondément. Elle y voyait le signe d'une société qui avait perdu la boule, qui marchait sur la tête. Les produits allégés par exemple. C'était fou. Au lieu de pousser les gens à réduire leur consommation, on avait inventé le concept d'allégé. Une idée machiavélique qui incitait l'individu à continuer de manger trop, en allégeant soi-disant l'addition du corps… et, surtout, en augmentant celle du ticket de caisse. Un marché créé de toutes pièces pour une société bouffie, à la consommation obèse. Lucie sortit la liste de sa poche. Quel jus réclamait sa mère ? Deux de banane et trois de poire. Elle s'exécuta.

De rayon en rayon, Lucie remplissait son Caddie, cochant au fur et à mesure les produits sur sa liste. Parvenue aux légumes, elle se posta devant l'étalage des tomates de cinq variétés et origines différentes. Elle chercha l'étiquette des tomates bio. Combien en fallait-il déjà ? Ah oui, deux kilos. À côté d'elle, un gamin d'une dizaine d'années remplissait le sac plastique que sa mère venait de lui confier. Avec stupéfaction, Lucie le vit prendre une tomate dans chacun des casiers, se souciant comme d'une guigne de son mélange. Espagnole ou française, bio ou pas, seule la forme de la tomate semblait décider de son choix, et une fois son sac plein, le gosse fila rejoindre sa mère.

Lucie resta en arrêt. Rondes et rouges, c'est vrai qu'elles se ressemblaient toutes ou presque, ces tomates placées côte à côte. En fin de compte, qu'est-ce qui lui prouvait que les fameuses bio l'étaient vraiment ? Et si elles avaient été mélangées par un vendeur facétieux ou distrait au moment de leur mise en rayon, hein ? Comment elle le saurait ? Il fallait se rendre à l'évidence : elle ne le saurait jamais. Ces tomates bio qu'elle commençait à glisser dans un sac plastique n'en avaient peut-être que le nom. Elle parcourut du regard l'ensemble du rayon. C'était le même problème pour les kiwis, les courgettes, les bananes, les citrons et *tutti quanti*. Peut-être qu'en fait il n'y avait même pas de bio dans tout ça.

Elle soupira. Des promesses, les produits n'étaient plus que des promesses. Promesse d'un légume bio, promesse d'un yaourt anticholestérol avec, en clou du spectacle, le rayon des cosmétiques. Là, les déclarations commerciales rivalisaient d'audace et de mensonges éhontés : la crème Machin assurait un teint parfait, la crème Truc diminuait les rides, la crème Bidule vous rajeunissait (en trente jours quand même et testée sur un mince échantillon de quinze femmes) et le contour des yeux, de chez Bidule lui aussi, supprimait les cernes. Rien que ça ! Le pompon, c'était cette crème de jour « aux molécules de bonheur »... On frisait le pathétique.

Par souci d'économie, sa mère achetait ses produits au supermarché mais elle s'offrait tout de même le doublé gagnant, en associant la crème antirides et le sérum hydratant de la même marque. « À mon âge, c'est important de prendre soin de sa peau », affirmait-elle. Oui, ben si c'était vraiment le cas, elle choisirait la bonne crème Nivea de nos grands-mères, elle boirait un litre de flotte dans la journée et elle arrêterait de fumer... voilà ce qui serait vraiment efficace, pensa Lucie en s'emparant d'un vernis pour « ongles dynamiques » et du dissolvant sans acétone.

Elle finit ses courses par le meilleur : le rayon confiseries.

Gamine, elle adorait les langues qui piquaient, parfois si fort que ça lui coupait le souffle. Ses préférées étaient les rouge et jaune, fraise-citron. Lucie en prit trois paquets avant de se raviser et d'en ajouter un quatrième. Le petit serait heureux. Elle résista à l'envie de s'acheter un sachet de Car en Sac, son péché mignon.

Avant de passer à la caisse, Lucie vérifia que la liste était entièrement barrée. Elle n'avait rien oublié cette fois.

Fruit d'une longue habitude, Jo fit disparaître à toute allure les paquets dans ses poches. Quand on était dans la rue, on ne montrait pas ce qu'on avait pour ne pas se le faire piquer.

— Merci, c'est cool, il va être content l'Sammy.

— Tant mieux, répondit Lucie.

Elle consulta son téléphone. 19 heures. Déjà ?

— Ouh là ! faut qu'j'y aille, moi. Allez *ciao*, à dans quinze jours ! Tu me diras si les langues lui ont plu, à ton fils.

Jo partit d'un immense rire, guttural, presque hystérique. Il n'en finissait plus de rire. Tant et plus que, devant l'air interloqué de Lucie, Bijou crut bon de préciser :

— Sammy, c'est pas son fils, c'est son père.

Lucie quitta le parking, songeuse. Que savait-on des autres au juste ? Et surtout, que connaissait-on de ceux que l'on ne faisait que croiser, dont on se faisait une idée, une idée toute faite ? Elle se promit, la prochaine fois, de creuser cette histoire en interrogeant un peu plus Jo.

5

Lucie se tenait pelotonnée contre Fred, dans le canapé. Le feu crépitait joyeusement, répandant une chaleur douce dans le salon. Elle s'était mise en mode cocooning, comme elle l'appelait. De grosses chaussettes aux pieds, un plaid sur le dos et sa tenue de lutin qui consistait en un tee-shirt moulant noir à manches longues et un pantalon strech de la même couleur. Si sa mère la voyait attifée de la sorte ! Lucie l'entendait d'ici : « Franchement, comment un homme peut être attiré par une femme habillée en chimpanzé ? » Et si ça lui plaisait, à elle, de se mettre en lutin noir ? Qu'est-ce qui l'en empêchait ? Fred ne lui avait jamais fait la moindre remarque et Lucie n'avait aucune envie de se prendre la tête avec des histoires de fringues, de maquillage ou de brushing. Si elle voulait s'habiller de bric et de broc, c'était son affaire et celle de personne d'autre. Pas question de se balader comme sa mère, en rimmel et ongles carmin !

Ils avaient allumé l'ordinateur et, tout en piochant dans le paquet géant de Car en Sac que Fred lui avait acheté, Lucie regardait les photos de leurs deux jours à Center Parcs le mois dernier. Encore une surprise de Fred qui l'avait obligée à faire le voyage un bandeau sur les yeux jusqu'au lieu-dit. Elle avait adoré. Durant quarante-huit heures, ils avaient fait le plein d'activités en tout genre :

golf, natation où Lucie avait remporté (de peu) les deux allers et retours de piscine en crawl, vélo, escalade, tennis, tir à l'arc. Elle avait particulièrement aimé l'accro-branches où, les muscles gainés par ses milliers d'heures d'équitation, elle avait séché sur place un Fred pourtant en bonne forme physique.

— T'as vu ça ? Elle est pas mal, non ?

Lucie pencha la tête. Pas mal, pas mal… la photo la montrait de dos, en pleine escalade, et, pour tout dire, on voyait surtout ses fesses. Et vaguement une main floue, lancée en haut, à la recherche d'une prise quelconque.

— Elle est pas belle, ma photo ? insista Fred.

Cette semaine-là, il venait de s'offrir le dernier Nikon et il avait mitraillé Lucie sous toutes les coutures.

— Mmmouais, murmura Lucie en gardant pour elle la réflexion désagréable qui lui venait aux lèvres.

Prendre quelqu'un dans cette posture était quand même peu flatteur. Elle était mince d'habitude, mais là, la photo lui faisait un postérieur de pachyderme. Un instant, elle en voulut à Fred de ne pas y avoir pensé. Puisqu'elle était aussi belle qu'il le lui répétait à longueur de temps, pourquoi l'avait-il pris sous cet angle si… déformant ? Elle se reprit en réalisant que ce n'était sans doute pas sa pensée profonde qui s'exprimait mais plutôt des années de remarques maternelles sur l'image du corps féminin.

— Oh, dis donc ! La tronche que j'ai !

Cette fois, c'est elle qui avait pris la photo et, en la revoyant, Lucie éclata de rire. Ah, son gros plan sur ses fesses était bien vengé ! Elle avait appuyé sur le déclencheur au moment où Fred sortait la tête de l'eau, les mains agrippées au bord de la piscine, le bonnet de travers d'où s'échappait une longue mèche brune, plaquée sur sa bouche. Mais lui, ça ne le fit pas rire, au contraire.

Les mâchoires contractées, Fred supprima la photo, tout simplement.

— T'exagères, quand même, maugréa-t-il d'un ton rogue.

Lucie s'écarta de lui.

Et elle, qu'est-ce qu'elle devrait dire ? Lui non plus, il ne l'avait pas arrangée sur la photo de l'escalade ! D'ailleurs, elle allait la supprimer.

— Non. Elle est très bien, cette photo, décréta Fred en fermant l'ordinateur d'un geste brusque.

Lucie se leva du canapé.

De quel droit il supprimait sa photo et lui interdisait de faire de même pour la sienne !

— Rouvre cet ordi, ordonna-t-elle.

— Non.

— Fred, je suis sérieuse. Rouvre cet ordi et laisse-moi virer cette photo immonde.

Fred saisit l'ordinateur qu'il enfouit sous son pull.

— Non et non. Cette photo immonde comme tu dis, moi je la trouve très bien. C'est une photo d'artiste, tu ne peux pas comprendre.

— Toi, un artiste ? Un artichaut, plutôt !

Lucie se laissa retomber sur le canapé. Avec Fred, c'était toujours pareil. Quand il avait une idée en tête, à moins d'y aller à la tronçonneuse pour une trépanation d'urgence, impossible de la lui retirer. Les deux bras croisés sur sa poitrine, elle décida de se fâcher et de bouder un bon coup, pour une fois. Quelques minutes s'écoulèrent dans un silence lourd. Elle avait envie de rire. Non, décidément, elle n'y arrivait pas. Bouder plus de trois minutes était hors de sa portée. Impassible, Fred alluma la télévision qu'il se mit à dévorer du regard, avec l'air concentré de quelqu'un d'absolument passionné par ce qu'il découvre. Lucie jeta un coup d'œil vers l'écran, et de nouveau, elle éclata de rire. Ce que Fred regardait avec tant d'attention était une publicité pour du papier toilette à double épaisseur, molletonné et bio bien sûr !

— Tu veux qu'on achète le même ? demanda-t-elle en lui attrapant le bras.

Fred fit son possible pour retenir le rire qui le gagnait mais son sourire en coin, de plus en plus large, parlait de lui-même. Finalement, vaincu par le ridicule de la situation, il lâcha la télécommande et fondit sur Lucie pour l'envelopper de ses bras, avec une brusquerie enfantine.

Ils se réconciliaient toujours de la même façon, en finissant par rire d'eux-mêmes. L'inconvénient, c'est qu'ils ne parlaient jamais vraiment de ce qui les avait fâchés, l'un et l'autre, et qu'au final Fred l'emportait chaque fois. La jeune femme n'avait aucun souvenir d'un jour où il s'était excusé ou était revenu sur sa position. Il arrivait à Lucie de penser que ce genre de mini-embrouille mériterait bien une petite discussion. Par exemple, cette histoire de photo, apparemment anodine et sans intérêt, la troublait. Ce n'était pas la première fois que Fred la photographiait sous un angle défavorable, comme ce jour où il l'avait immortalisée malade, rouge de fièvre, en proie à une grippe qui lui avait donné l'impression d'être une petite vieille. La réaction de Fred compensait peut-être le fait qu'il ne s'aimait pas physiquement, mais devait-elle en faire les frais ? Lucie aurait aimé en parler avec lui à cœur ouvert mais Fred avait le chic pour éviter toute discussion en profondeur. Et le moment n'était jamais le bon. Ce ne serait pas non plus pour ce soir… Les yeux pleins de désir, le jeune homme entreprenait de déshabiller Lucie qui se laissa faire avec plaisir.

6

Il faisait beau comme prévu et, malgré l'heure matinale, le soleil était déjà chaud. Lorsque les deux chevaux pénétrèrent dans le pré de course, comme l'appelaient Léa et Lucie, ils piaffèrent d'impatience.

Lucie et Léa se tapèrent dans les paumes de main.

Les chevaux démarrèrent ensemble. Mus par un même signal, ils s'élancèrent au grand galop, encolure contre encolure, si proches qu'ils menaçaient de se toucher. Leurs sabots soulevaient des mottes de terre, les projetaient sur Kali qui courait à perdre haleine aux côtés de Saphir. Ivres de vitesse, étourdies par leur course, les deux filles riaient à gorge déployée.

— La dernière à la clôture paie sa bière ! hurla Lucie en aiguillonnant davantage sa monture.

Saphir prit aussitôt de l'avance et distança Jolie, la jument blanche de Léa.

— Vas-y, mon beau, vas-y, l'exhortait Lucie qui partageait avec lui le même désir de vaincre.

Saphir mettait tout son cœur au galop, avec la vigueur et l'excitation d'un jeune cheval. Il devançait nettement Jolie maintenant et il continuait d'allonger sa foulée. La clôture approchait à vive allure.

— Gagné ! fanfaronna Lucie en parvenant au bout du champ.

Elle savait qu'elle l'emporterait car, avant le départ de la course, elle avait aperçu deux chevreuils en bordure de la forêt. Et voir des animaux sauvages portait bonheur.

Quelques mètres derrière, Léa s'arrêta en râlant.

— C'est pas juste, y a disproportion des forces, inégalité de chances. Saphir est surentraîné et toi aussi.

— T'as jamais aimé perdre, c'est tout, la charria Lucie.

— Ouais, ben ça changerait que ce soit toi, de temps en temps.

— Pas d'ma faute. J'suis trop forte, qu'est-ce que tu veux !

Les deux femmes éclatèrent de rire. C'était un jeu qui durait depuis leur enfance, à l'école primaire où elles s'étaient rencontrées. Lucie et Léa entraient alors en CM2. Leur passion commune pour les chevaux les avait immédiatement rapprochées. Rapidement, Léa était venue monter au Cadran et, dès lors, les filles ne s'étaient plus quittées, laissant leur amitié grandir avec elles. Lucie appréciait l'humour de Léa et Léa admirait sans jalousie la beauté et la réussite de son amie. Tout ce que Lucie entreprenait lui réussissait. Première de la classe, elle était aussi la plus forte en gymnastique et la meilleure dans tous les challenges qu'elle se donnait régulièrement. Léa finissait toujours derrière elle, ce qui l'agaçait et en même temps l'impressionnait. Mais elle ne désespérait pas d'arriver à lui damer le pion un de ces quatre.

— Je n'ai pas dit mon dernier mot, asséna-t-elle en pointant un index vengeur vers Lucie. Tu verras la prochaine fois…

— C'est ça, oui, la prochaine fois, rétorqua Lucie, un brin moqueuse.

Les deux cavalières cheminaient maintenant au pas, sur la route du retour. La langue pendante, Kali traînait des pattes en soufflant bruyamment.

— Tu vas le tuer, un jour, dit Léa en regardant le chien.

— Mais non, il adore ça.

Une lumière douce et dorée luisait sur les champs perlés des dernières gouttes de la rosée. Annonciateurs du printemps, les premiers oiseaux s'égosillaient. Les arbres embellissaient, les branches se chargeaient de feuilles vertes. Depuis quelques jours, la campagne s'animait, semblant s'éveiller d'un long repos. Lucie respira à plein nez pour s'emplir de ces odeurs qu'elle aimait tant : l'herbe fraîche, la sueur corsée des chevaux, la légère fraîcheur de l'air régnant encore à cette heure. Le bonheur était ici, en ce moment même. Il semblait à Lucie que la vie lui offrait à cet instant ce qu'elle avait de plus précieux.

Léa interrompit sa rêverie.

— Dis donc, ton père, il avait la frite hier. Il semblait tout content.

— Tu penses ! Il a enfin reçu sa dernière trouvaille, une espèce de truc encore plus moche que les autres, t'y crois à ça ?

— Moi, je les aime bien, ses horloges. Elles sont marrantes.

Les deux jeunes femmes s'engagèrent dans le chemin de terre menant au centre.

— Par contre, j'ai croisé La Grimace ce matin. Elle faisait sacrément la gueule, dis donc.

Premier surnom donné par Léa à un membre de la famille, La Grimace désignait la mère de Lucie dont les sourires étaient aussi rares que de trouver un billet sous le sabot d'un cheval ou un trèfle à quatre feuilles.

— Tu parles ! s'emporta Lucie. Elle n'a que le fric à la bouche. Le fric, toujours le fric ! Elle n'arrête pas de hurler sur mon père à ce sujet.

— Oui, enfin, en même temps…

Lucie se tourna vers Léa avec vivacité.

— En même temps : quoi ?

— Ben, en même temps, Mister Tictac il dépense un peu beaucoup, non ? Tu ne crois pas ?

Lucie ne répondit pas. Les mâchoires crispées, elle garda son regard fixé devant elle.

Léa adopta un petit trot sur lequel Saphir se cala immédiatement. Elle n'aurait pas dû parler de ça, Lucie aimait trop son père pour le voir d'une façon réaliste. Après tout, la façon dont les Maillard géraient leurs finances, ce n'était pas son problème. Elle n'avait pas envie de se fâcher avec sa meilleure amie pour si peu.

— Enfin moi, tu sais, ce que j'en dis, ça ne me regard…

Lucie la coupa.

— Peut-être qu'il dépense trop, mais lui au moins il croit en moi. Et je te jure Léa, sur ma tête (Lucie toucha sa bombe de la main), je te jure qu'il a raison. (Elle flatta l'encolure de Saphir). N'est-ce pas, mon beau ? Ces jeux Olympiques, on les finira sur le podium.

Léa sourit.

— Ben moi, j'en suis sûre. Pourquoi tu ne serais pas la première, là aussi ?

Lucie sourit à son tour, les yeux brillants à cette seule idée. Oui, elle s'imaginait sur la plus haute marche du podium. C'est bien simple, il suffisait qu'elle ferme les yeux et elle se voyait gravir les marches la menant au sommet.

*

Cette fois, Kali avait chipé le cure-pied. Assis sur son derrière, il le tenait dans sa gueule en fixant Lucie de ses yeux espiègles. Elle fit un geste dans sa direction, déclenchant chez le chien des grognements joueurs. Elle s'approcha. Kali se leva et partit dans l'autre sens, la queue battant de plaisir. Lucie se mit à lui courir après en riant. Ils firent ainsi plusieurs fois le tour de l'arbre, en se poursuivant comme deux gosses. Puis Lucie parvint à attraper Kali et à saisir le cure-pied des deux mains.

GRRRR.

Le chien râlait en secouant la tête, bien décidé à ne pas céder sa prise.

— Donne, allez, donne ! lui intima Lucie.

Il ouvrit la gueule, mais alors que la jeune femme croyait l'affaire entendue, il la referma aussitôt sur le cure-pied.

GRRRR. Pas question de donner.

Il allait falloir ruser.

Lucie tendit un doigt vers une porte de box en s'exclamant :

— Chat, Kali ! Chat !

Kali dressa les oreilles, aux aguets. Les chats le mettaient en transe, au point qu'aucun d'eux ne restait dans le coin plus d'une journée. Épuisés d'être coursés par ce chien infatigable jusque bien au-delà du centre équestre, les quelques félins des environs rebroussaient vite chemin.

— Chat ! cria de nouveau Lucie.

Et Kali se fit avoir. Il aboya et lâcha sa proie.

— Hé hé… Perdu !

Lorsque Lucie entra dans le box pour curer les pieds de Saphir, elle le fit calmement car depuis toujours l'opération réclamait une sacrée patience. En souvenir d'une blessure ancienne à la corne lorsqu'il était poulain, Saphir détestait qu'on lui cure les pieds et il rechignait à présenter ses sabots. Lucie avait tout essayé, la manière forte, la façon douce, les deux ensemble, sans résultat notable. Chaque fois, le cheval tournait sur lui-même pour contourner le problème. Finalement, elle avait réussi à instaurer entre eux un rituel semblant apaiser l'animal. Lucie entourait son encolure de ses bras et y posait son visage sans bouger durant quelques minutes. Puis, sa main descendait lentement le long des antérieurs jusqu'au sabot. Elle laissait alors sa main recouvrir un petit moment le sabot avant de se pencher doucement et, d'un tapotement léger qui ressemblait plus à une caresse, elle lui signifiait de lever le pied. Pour les postérieurs, elle commençait par se pencher sur sa croupe et y poser son torse quelques instants avant de descendre lentement. Le tout prenait un certain temps bien sûr et, surtout, ne fonctionnait qu'avec elle. En dehors de Lucie, personne ne pouvait toucher aux pieds de Saphir, et la douceur requise par l'opération avait scellé davantage encore l'union entre les deux.

Assis à la porte du box, la tête inclinée sur le côté dans une tentative de séduction, Kali geignait après ce cure-pied qu'on lui avait volé de la plus perfide des façons.

— Chut ! (Lucie le fit taire puis elle le rassura.) Cet après-midi, je joue avec toi. Promis.

7

Assis sur son arrière-train au bord de la carrière, Kali s'impatientait. Il avait beau se lever et frétiller de la queue à chaque passage de sa maîtresse, celle-ci demeurait obstinément concentrée sur les obstacles. Si les chiens pouvaient parler, sans aucun doute il se serait fendu d'un long discours, plein de récriminations. C'est vrai, quoi ! Qu'est-ce que Lucie pouvait lui trouver de plus que lui, à ce grand animal qui passait sa journée à tourner en rond et à sauter des barres ? S'il n'y avait que ça, Kali lui aussi savait sauter, et en plus il courait, il dansait, il attrapait des choses dans sa gueule, il jouait… franchement, il était beaucoup plus drôle que ce quadrupède massif et mal élevé. Lorsque Saphir passant au galop le recouvrit une nouvelle fois de poussière, il aboya, n'obtenant comme effet que de se faire sortir de la carrière par Jérôme. Dépité, Kali s'avachit dans l'herbe.

Lucie abordait le dernier obstacle pour lequel, au tour précédent, elle avait essuyé un refus de Saphir. En équilibre sur ses étriers, elle accompagnait le cheval du mouvement de ses mains, son regard fixé loin devant, au-delà de l'obstacle. L'équitation lui avait appris à regarder le palier à atteindre plutôt que la marche à franchir. Elle se concentrait sur tout : ne pas perdre de vitesse mais ne pas accélérer, garder le contact avec la bouche de Saphir tout du long, accompagner l'encolure qui s'élève et s'étire. Lucie inclina son buste vers l'avant et le cheval s'éleva, dans un plané parfait, aérien. Ses mains s'allongèrent sur l'encolure et elle sentit comme chaque fois son cœur se soulever, plein d'une ivresse particulière, d'un sentiment de fusion totale avec cette masse animale défiant la gravitation. « *Yes !* » cria-t-elle intérieurement, Saphir avait sauté sans une hésitation. À la réception, ses fesses reprirent le contact avec la selle et elle continua à galoper, peu pressée d'interrompre une si belle énergie. Pour la vigueur réclamée, pour la vitesse exigée, pour le challenge permanent, Lucie adorait le saut d'obstacles. Tout se rejouait chaque fois à chaque seconde, la réussite tenait à un fil qu'elle imaginait bleu comme le porte-bonheur accroché à sa sangle. Quand le résultat était au rendez-vous, elle éprouvait un bonheur sans nom, mêlé d'un sentiment de fierté.

— Deux secondes de mieux.

Yes ! Double *yes* ! Elle avait gagné deux grandes précieuses secondes. Elle repassa Saphir au trot puis au pas et se dirigea vers le centre de la carrière où se tenait Jérôme.

— Mieux, dit-il, c'est mieux.

Ah, quand même ! Lucie inclina le buste, les deux mains écartées, mimant une révérence. Elle était contente d'elle, car son père ne pouvait pas le savoir et bien sûr Lucie ne s'en vanterait pas, mais la nuit avait été courte, trop courte. En entamant le parcours, elle ne s'était pas sentie au mieux de sa forme. Heureusement, Saphir avait compensé la légère baisse de régime de sa cavalière.

— On recommence, décréta Jérôme.

Au bout d'une heure d'enchaînements intensifs, Lucie déclara forfait. Sa belle concentration envolée, son énergie disparue, elle peinait à reprendre son souffle.

— J'ai besoin de me reposer et Saphir aussi, avoua-t-elle en s'arrêtant devant son père.

Elle mit pied à terre et caressa les flancs humides, moites de transpiration. Pour lui éviter de prendre froid, elle plaça le couvre-reins sur la croupe du cheval puis ils remontèrent tous les trois jusqu'au box, suivis par Kali qui sautillait dans tous les sens.

— Pierre a confirmé sa venue. Mercredi dans huit jours comme prévu, lui rappela son père.

Pierre, l'entraîneur national de l'équipe de France, se déplaçait pour constater l'évolution de Lucie, voir s'il fallait « redresser la barre », comme il disait avec humour, conseiller Jérôme sur les points à améliorer et fournir les derniers renseignements sur les attentes des juges. Si chaque cavalier s'entraînait de son côté avec son coach personnel, l'entraîneur national leur rendait visite individuellement le plus régulièrement possible. La constitution définitive de l'équipe de France aux jeux Olympiques se ferait au dernier moment, en fonction des capacités constatées de chaque couple cheval-cavalier et des résultats obtenus aux différents concours. Lucie comptait bien faire partie des heureux élus.

Pas dupe de la remarque de son père, la jeune femme attendait la suite. Elle ne tarda pas.

— C'est vraiment indispensable, votre virée ?

Ça y est, on y était. Chaque fois que Lucie s'éloignait du centre, Jérôme trouvait à redire. Il avait râlé contre leurs deux jours à Center Parcs et maintenant, c'était plus fort que lui, voilà qu'il s'attaquait au séjour surprise concocté par Fred. Certes, cela obligeait son père à assurer seul la sortie des chevaux, mais elle partait si rarement ! Décidément, pensa Lucie, entre Léa et lui…

Elle s'efforça d'adopter un ton léger.

— T'inquiète, je rattraperai le temps perdu. Je ferai des journées de vingt-six heures. Promis juré !

Contre toute attente, Jérôme ne renchérit pas. D'un ton rogue, il se contenta de marmonner :

— Tu ne m'empêcheras pas de penser que ce n'est pas le bon moment.

Des bons moments, Lucie ne s'en octroyait pas tant que ça. Ça ne lui manquait pas d'ailleurs : depuis l'enfance, monter était une véritable passion, et cette perspective des jeux Olympiques aiguillonnait son goût pour les défis et son appétit de victoire. Mais pour les quelques moments qu'elle volait de-ci de-là, elle estimait qu'on pouvait bien lui fiche la paix. C'était aussi l'opinion de Kali. En un éclair, il saisit un des gants de Lucie dans sa gueule et, le regard brillant, il secoua la tête dans sa direction, l'air de dire : « Alors, tu joues maintenant ? »

Lucie sortit en courant du box.

Oui. C'était le bon moment.

8

Comme tous les soirs, ils s'assirent à 8 heures pile, ses deux parents face à face et Lucie en bout de table. Le rituel était immuable. Ils entamaient le dîner au moment exact où le coucou surgissait de sa boîte pour pousser ses petits cris d'oiseau : « Coucou ! Coucou ! »

Non content d'essaimer des horloges un peu partout dans le centre, la lubie de Jérôme avait également envahi la maison. La cuisine était dotée d'une pendule chalet météo qui indiquait l'heure mais aussi le temps qu'il faisait. C'était l'attraction des enfants en stage, au moment du repas. Si le temps était à la pluie, un petit bonhomme à la figure grise et à la moue désappointée sortait de la boîte, un parapluie ouvert au-dessus de sa tête. Et s'il faisait beau, c'était la fermière en tablier qui jaillissait, le rouge aux joues et son petit panier à la main. Mais le clou du spectacle se trouvait dans le salon où trônait la pièce maîtresse de la collection paternelle. Une horloge à coucou fabriquée dans la Forêt-Noire, un modèle Schwartz Wald que Jérôme avait lui-même restauré… et quelque peu bricolé. Dès qu'il sortait son bec, on l'entendait dans toute la maison : « Coucou ! Coucou ! »

Lucie avait juste envie de lui tordre le cou.

— Ah, mais pousse-toi ! Tu pues ! Ce n'est pas possible, il s'est encore roulé dans le crottin… Sors d'ici ! cria Mathilde.

Kali coula un regard interrogateur vers Lucie. Devait-il vraiment obéir à cette femme ?

— Sors d'ici, j'te dis !

Sa mère repoussait constamment Kali. Elle ne lui trouvait rien d'attachant, le traitant de « miséreux même pas fini, tout juste bon à laisser des traces partout dans la cuisine ». Voilà ce qu'elle en pensait et répétait à l'envi, spécialement en automne quand le temps pluvieux couvrait de boue les pattes de l'animal.

Elle n'aime personne, même pas un chien, pensa Lucie en indiquant la cuisine d'un bref mouvement d'index. Kali sortit à pas lents, la tête basse et la queue entre les jambes.

Et, bien sûr, sa mère, qui ne pouvait s'empêcher de jeter un œil sur les comptes, se mit à parler d'argent. Elle avait ouvert le cahier des inscriptions à côté de son assiette et, après en avoir feuilleté nerveusement quelques pages, elle le referma brusquement.

— On n'affiche toujours pas complet le mercredi, ni le samedi après-midi. Comment ça se fait ?

Elle s'adressait à Jérôme. Sans lever le nez, celui-ci continuait de manger tranquillement, sa cuillère allant et venant de sa bouche à son bol de soupe. Lucie se redressa sur sa chaise. Ah non, ils n'allaient pas recommencer !

— Il faut les remplir, ces foutus cours. On a embauché Frédéric pour aider Lucie à cause de… à cause de tous ces entraînements, ces concours… mais il ne remplit pas les cours ! Comment veux-tu qu'on équilibre ?

Lucie savait que certains cavaliers avaient changé de centre équestre à cause de ses absences. Notamment des petites filles qui ne juraient que par elle et n'avaient jamais accepté que leur reprise soit désormais assurée par Fred, pourtant bon moniteur, sympa et pas gueulard.

— Gégé, je te parle !

Jérôme posa sa cuillère près de son assiette et leva sur sa femme un regard morne, sans rien répondre.

Il en fallait plus pour décourager Mathilde qui embraya aussi sec sur son autre cheval de bataille : les retards de paiement des pensions complètes.

— Il paraît que les Boiseau n'ont toujours pas payé leur mois ?

Jérôme marmonna un « semaine prochaine » que même Lucie ne trouva pas très convaincant. S'il n'y mettait pas du sien, la conversation allait très vite mal tourner.

— C'est ça, ironisa Mathilde. La semaine prochaine, toujours la semaine prochaine. Ah ça, pour nous confier leurs chevaux, ils sont à un jour près, et tout miel tout sucre, mais ensuite quand il s'agit de payer, y a plus personne. Ils déposent leurs gosses en voiture à l'entrée et nous, on n'a plus qu'à leur courir après.

— Arrête, Mathilde. Tu sais bien qu'ils vont payer. Laisse-moi gérer ça.

Elle le dévisagea d'un regard mauvais, une lueur méprisante au fond des yeux.

— Oh oui, bien sûr, tu vas gérer. T'es le roi de la gestion, c'est sûr !

Elle eut un petit rire sarcastique.

Jérôme leva sur sa femme un regard dur.

— Je te rappelle que c'est toi qui les as amenés, les Boiseau.

— Justement, parlons-en. Si je n'étais pas là pour assurer une clientèle digne de ce nom, je ne sais pas où on en serait.

C'était bien vrai, pensa Lucie, qu'ils en avaient de l'argent, ces Parisiens à qui sa mère, considérée comme la meilleure agente immobilière de la région, dénichait de superbes maisons secondaires.

Mathilde, elle, se rappelait surtout la façon dont les Boiseau avaient négocié une ristourne sur sa part d'agence et ce souvenir lui arracha une grimace.

— De toute façon, les Boiseau, ils ne sont pas corrects. D'ailleurs, moi, à votre place, leur Swing, là, je le virerais dès demain !

— Twist.

Sa mère se retourna vers Lucie.

— Quoi… Twist ?

— Leur jument, elle s'appelle Twist. Pas Swing.

Lucie leva les yeux au ciel, d'agacement. Sa mère refusait de retenir le nom d'un cheval, elle les confondait tous volontairement. Mis à part Saphir, hélas.

— Oui, ben, Twist ou Swing, ce que je vois c'est qu'ils nous mènent la danse, ceux-là.

Lucie saisit au vol l'occasion de détourner la conversation.

— En parlant de danse, on pourrait démarrer la fête du club sur un twist. C'est gai, c'est entraînant. Par exemple… (elle se mit à chantonner) « *let's twist again la la la, la la* ».

Sans que personne l'ait vu venir, Kali était là, subite apparition au pied de la table, à sautiller en rythme sur ses deux pattes arrière. Quel clown, celui-là ! Lucie capta le bref regard d'amusement de son père et elle désigna le chien du doigt.

— *Is it a bird ?* lui demanda-t-elle

Deux aboiements secs lui répondirent.

— *Is it a plane ?*

Jérôme coupa net le chien dès le premier aboiement.

— Kali ! Va coucher !

Kali fila aussitôt vers la cuisine pour s'écrouler dans son panier. Quand le colonel parlait, le chien s'exécutait, il savait qu'il ne fallait pas plaisanter.

Son père se tourna vers la jeune femme.

— Bon. On peut parler sérieusement maintenant ?

Mathilde esquissa un petit sourire satisfait. Enfin, Jérôme devenait raisonnable ! Avec un peu de chance, il allait remettre sa fille au boulot.

— Il va falloir mettre les bouchées doubles, Lucie.

« Au moins », pensa Mathilde non sans une certaine joie, un peu perverse.

— Il nous reste six mois, pas un jour de plus.

— Oui, mais pas un de moins, rétorqua Lucie, ne résistant pas au plaisir d'ajouter avec une pointe de perfidie : et je te rappelle qu'il y a vingt-quatre heures dans une journée.

— Je ne plaisante pas. Pour l'instant, t'atteins à peine le temps d'un concurrent moyen et encore, uniquement aujourd'hui, grâce à tes deux secondes de grappillées. Tu n'es pas assez rapide.

Le sourire de Mathilde s'effaçait au fur et à mesure de la conversation. De nervosité, elle fit une entorse à sa règle et alluma avant la fin du dîner une des trois cigarettes quotidiennes qu'elle s'octroyait.

— Je me concentre sur les obstacles, tenta de se justifier Lucie.

— Te cherche pas d'excuses, tu veux ?

— C'est pas des exc…

— C'est ça, faites comme si je n'étais pas là !

Mathilde se leva brusquement et jeta sa serviette dans son bol.

— Ras la casquette de tout ce manège ! On tourne en rond !

Elle quitta la pièce en claquant la porte.

Au même moment, le coucou retentit de nouveau, arrachant à Lucie un soupir d'agacement.

— Tu connais ta mère, temporisa Jérôme en se méprenant sur le soupir de sa fille. Une vraie soupe au lait : un coup de chaud et elle déborde.

Machinalement, Lucie suivait des yeux la ronde des animaux clôturant le chant mécanique de l'oiseau. Bon sang, ce que c'est moche, se dit-elle, en se jurant une nouvelle fois que dès son installation chez elle, elle bannirait tout ce qui ressemblait de près ou de loin à un cadran. Elle reporta son regard sur son père. « Mister Tictac » enlevait tranquillement la serviette de Mathilde du bol de soupe pour la poser, dégoulinante, sur une assiette. Puis il reprit le cours du repas comme si de rien n'était. Jérôme, le coach intraitable, qui se laissait maltraiter chez lui par sa propre femme.

Lucie ne relança pas la conversation. Elle n'avait plus envie de parler de concours ni même de la fête du club dont la date approchait pourtant à grands pas. Elle avala la fin de son repas le plus rapidement possible et, prétextant la fatigue, elle monta dès qu'elle put.

« Six, huit, dix. » Lucie comptait machinalement les marches la menant à sa chambre. Elle les grimpait toujours deux par deux car elle n'aimait pas les chiffres impairs, ils portaient la poisse. La preuve : le 13. Qui aimait le 13 ? C'était comme les échelles, valait mieux passer à côté. C'était plus sûr. Oui, elle était superstitieuse, oui, ça lui faisait comme des tocs, ce qui lui avait valu ce surnom ridicule dont Léa l'affublait lorsque Lucie poussait le bouchon un peu trop loin. « Oh, Miss Tic-Toc, tu vas te calmer, oui ? Des vendredis 13, t'en connaîtras des tonnes dans ta vie. »

À la quatorzième marche, elle atteignait le palier.

Depuis ses dix-huit ans, l'étage lui était réservé. « Au bénéfice de la majorité », avait décrété son père solennellement. Il avait organisé lui-même les aménagements indispensables à l'indépendance de sa fille. Lucie disposait ainsi d'une salle de bains personnelle, de toilettes, d'un dressing dans un ancien cagibi et même d'un coin ordinateur et d'une télé sur la mezzanine où elle s'installait de temps à autre pour zapper de chaîne en chaîne.

Le tout était joli, si l'on faisait fi de la coupe que son père avait fait monter en pendule. C'était la première coupe de sauts d'obstacles gagnée par Lucie, à l'âge de onze ans, mais en vérité, elle ne valait rien. Oui, Lucie était bien arrivée la première… mais sur une, car elle était la seule à concourir ! Ce détail n'avait pas empêché Jérôme d'en faire des gorges chaudes à l'époque, en omettant bien sûr de préciser le nombre de concurrents. Dès son installation, Lucie avait ôté la pile, et depuis, la coupe muette prenait gentiment la poussière au fond du dressing.

Certes, elle appréciait la simplicité de sa chambre au grand lit, avec cette fenêtre en chien-assis qui lui offrait une vue imprenable sur les box. Elle ne tirait jamais les rideaux et aimait à se faire réveiller par les premières lueurs de l'aube. Mais ce qu'elle aurait préféré, ç'aurait été de s'installer dans la petite maison, derrière la demeure familiale. Là, elle se serait vraiment sentie chez elle en vivant comme l'adulte qu'elle était. Hélas, chaque fois que Lucie revenait à la charge, Mathilde lui opposait sèchement une fin de non-recevoir.

— La petite maison, je vais en faire une chambre d'hôtes, ou alors je la louerai à la semaine, par exemple aux parents qui veulent rester près de leurs enfants pendant le stage. Si tu y habites, elle ne nous rapportera rien.

N'empêche que, à ce jour, la petite maison était toujours inhabitée.

Lucie se glissa dans ses draps avec plaisir, guettant l'apparition de la bouille poilue dans l'encadrement de la porte. Bien que l'étage lui fût normalement interdit, Kali pointait chaque soir le bout de son nez, timidement pour commencer, puis, devant l'absence de réaction de Lucie, il entrait sur la pointe des pattes. Dans ces circonstances, il savait se faire admirablement silencieux.

— Tu te couches là, hein, et tu ne bouges pas, lui ordonna la jeune femme en désignant le tapis au pied de son lit.

Elle attrapa son livre, *Colline*, de Jean Giono, qu'elle relisait pour la troisième fois, toujours avec le même bonheur. S'emplir la tête d'images de nature l'aidait à s'endormir. Au bout de quelques pages, ses yeux commencèrent à la picoter de fatigue et les lignes à se dédoubler. C'était un délice que de sombrer ainsi tranquillement.

Les cris la sortirent brutalement du sommeil.

9

— J'en ai marre ! Plus que marre ! Archimarre !

Lucie se réveilla en sursaut. L'insonorisation de la maison étant ce qu'elle était, un simple concept, elle entendait tout ce qui se disait dans la chambre en dessous de la sienne, au rez-de-chaussée. Et ses parents remettaient ça.

— Qu'est-ce que tu veux que je te dise ? répondit son père.

— Rien, je veux que tu me dises rien, je veux que tu fasses. C'est un gouffre, ce centre équestre ! Tu ne penses qu'à cette folie que vous vous êtes mise en tête, ta fille et toi.

Lucie enfonça son visage dans l'oreiller. Sa mère vociférait presque tous les soirs maintenant. Ambiance de merde. Elle aurait dû rester chez Fred. Un instant, elle repensa à sa proposition plusieurs fois réitérée de venir s'installer définitivement chez lui. « À trente-deux ans, il serait peut-être temps que tu coupes le cordon », lui répétait-il. En même temps, la perspective de vivre avec Fred en permanence ne la tentait qu'à moitié.

En bas, dans le salon, le ton de son père était monté d'un cran.

— Tu verras que j'ai raison. Lucie est une future championne. Elle peut le faire.

— C'est de la folie furieuse ! Tu veux que je te dise ? Ces jeux Olympiques, je n'y crois pas une seconde, mais pas une, tu m'entends ! T'as pensé à son avenir ? D'après toi, c'est quoi son avenir quand elle sera retombée de son rêve, de *ton* rêve plutôt ? Finir monitrice ? Passer toute sa vie dans une carrière en gagnant même pas 1 000 euros par mois ? Bravo ! C'est ambitieux…

Chaque fois le même leitmotiv. Mathilde ne pensait qu'à l'argent, qu'à son petit bonheur égoïste. C'était une mère, ça ?

Elle hurlait maintenant.

— Votre Saphir, il aurait dû s'appeler Suicide ! Ce canasson va nous mettre sur la paille, voilà ce qui va arriver !

Saphir, comme d'habitude, comme toujours… Trois ans que ça durait, et Mathilde ne baissait toujours pas les bras. Mais ça, fallait pas y compter ! Lucie était au courant maintenant, elle veillait. Saphir, un canasson ? Fallait vraiment avoir du crottin plein les yeux ! La jeune femme se colla les écouteurs d'iPod dans les oreilles et mit à fond *I Will Survive*, décidée à se laisser envahir par les mots de Gloria Gaynor. « *Go on now ! Go walk out the door !* – Allez, vas-y ! Sors d'ici ! » Mais elle ne décolérait pas. Impossible de se calmer.

Elle envisagea un instant de se lever et de descendre les voir pour leur dire qu'elle en avait assez, qu'elle partait vivre ailleurs, définitivement, et puis, et puis l'image de Saphir s'imposa. Si elle habitait chez Fred, comment ferait-elle certaines nuits ? Un sourire naquit sur ses lèvres. Saphir, son beau Saphir était là, à quelques mètres d'elle. Lucie ferma son livre resté ouvert, quitta silencieusement ses draps sans déranger Kali qui dormait en travers du lit, les pattes agitées de rêves, et elle se rhabilla de la tête aux pieds.

*

Il savait qu'il fallait rester discret, que c'était leur secret à eux, et il resta couché en silence. Lorsque Lucie ouvrit la porte du box, Saphir leva simplement l'encolure et tourna sa longue tête vers elle, ses grands yeux noirs pleins de confiance se posant doucement dans les siens. Lucie s'allongea entre ses pattes que le cheval décala avec précaution, dans un froissement de paille, pour lui laisser un peu de place. Elle se colla contre le large ventre, laissant son visage se soulever au rythme de la lourde respiration, bercée par les battements sourds du grand cœur et le souffle vif des naseaux qui jetaient autour d'elle de brefs nuages de buée. Peu à peu, la chaleur du corps, la douceur de sa robe, la caresse de son souffle, le petit craquètement de la paille sous un mouvement procurèrent à Lucie le merveilleux apaisement. Il lui semblait que rien ne pouvait plus l'atteindre. Tout ce que Saphir comprenait sans qu'elle ait besoin de parler, cette complicité muette qui les liait au plus profond, cet indicible entre eux… Le box était son refuge, son jardin secret. L'unique remède à ses peurs et à ses chagrins qu'elle confiait à Saphir d'une voix basse en pleurant parfois dans sa crinière. Chaque fois, elle en ressortait plus légère, libérée d'une partie de ses tourments.

La grande tête se penchait vers elle. Lucie approcha sa bouche et, doucement, souffla dans les naseaux frémissants. Souffle contre souffle, leurs deux odeurs mêlées, dans ce rituel où ils partageaient leur énergie et scellaient leur entente… Saphir n'acceptait cela d'aucun autre humain et Lucie ne le pratiquait avec aucun autre cheval.

Rapidement, elle reprit le chemin de la maison sans omettre de s'arrêter quelques instants devant le box de Buck pour le caresser. Elle n'en oubliait pas pour autant son ancien compagnon.

10

La journée avait filé comme l'éclair. Pour compenser son absence, Jérôme lui avait imposé deux entraînements successifs et Lucie était fière d'elle. Elle pouvait partir tranquille, elle avait encore gagné de précieuses secondes. Après avoir paillé le box de Saphir, elle s'était octroyé un temps de câlins et de grattouilles avant d'embrasser son fidèle compagnon et de lui donner rendez-vous dans deux jours. En revanche, le ménage de sa chambre attendrait, tant pis.

Il lui restait cinq minutes pour être dans les temps et Lucie boucla son sac à toute vitesse. Mystérieux, Fred lui avait dit de prendre des affaires de demi-saison, voire plutôt des fringues d'été. Elle jeta pêle-mêle un pantalon de toile beige, deux chemises blanches, une paire de tennis, deux paires de chaussettes et deux culottes. Pour quarante-huit heures, ça suffirait bien. En ce qui concernait sa toilette, la jeune femme était également partisane du strict minimum, ce n'était pas le genre de la maison de se trimballer une trousse complète de maquillage. Elle tira la fermeture Éclair de son sac. Cette fois elle était prête.

— J'espère que tu as fait un effort, lui lança Mathilde en regardant Lucie se pencher pour ramasser cet escargot qui avait eu la mauvaise idée de se placer en plein milieu du chemin. Tu as pensé à prendre une robe ?

— Je croyais que mes mollets étaient trop musclés ? lui renvoya Lucie d'un ton sec en déposant l'escargot sur la pelouse, à l'abri des bottes et des sabots.

— Ça ! Je te l'ai toujours dit : l'équitation, ça n'a jamais fait de belles jambes, ma chérie.

Cette façon qu'elle avait de prononcer « ma chérie », ce ton sarcastique…

Lucie enfourcha son scooter.

Jérôme sortit alors la tête du club house.

— Attends une minute, Lu. Ton phare, tu l'as réparé ?

— Ce n'est pas grave, je ne vais pas loin. Fred me récupère au carrefour de la Grabelle.

Son père insista.

— Tu ne veux pas que je t'emmène ? J'en ai pour sept minutes. Il fait presque nuit.

— Arrête, Papa, je te rappelle que j'ai trente-deux ans.

Lucie tourna la clé de contact. Le vrombissement du moteur couvrit la dernière remarque de son père : « Et ne roule pas trop vite ! », puis elle disparut dans un nuage de poussière.

*

L'obscurité tombait doucement. C'était cette heure étrange que l'on disait « entre chien et loup », cette heure bleutée entre deux mondes, le jour et la nuit. À la recherche de musique pour la fête du club, Lucie avait enfoncé ses écouteurs dans ses oreilles. Elle tourna sur la droite au premier carrefour et accéléra dans la ligne droite. Dans quinze minutes au plus tard, elle serait à la Grabelle. Fred mettrait la mob dans sa fourgonnette et, pour commencer, ils iraient manger en ville, dans cette fameuse pizzeria qu'ils adoraient. Ensuite – ils avaient choisi ensemble le DVD, ils regarderaient *Un homme d'exception* sur l'ordi, collés l'un à l'autre dans le lit. Si elle ne se décidait pas à s'installer chez Fred, c'était justement pour garder le plaisir de ces nuits qui ressemblaient à des rendez-vous dont était exclu le quotidien, celui-là même qui avait jeté ses parents dans la guerre. Puis ils essaieraient de s'endormir pas trop tard car le réveil sonnerait tôt. L'avion pour l'inconnu décollait à 9 heures.

En face d'elle, loin devant, des phares jaillirent, blancs, éblouissants. Lucie cligna des yeux. Encore un abruti qui roulait pleins phares, en se pensant seul sur la route ! Heureusement, la voiture tourna et les phrases disparurent aussi vite qu'ils étaient apparus, replongeant la jeune femme dans une semi-obscurité.

« Merde ! J'me suis encore gouré ! » pesta Marc en freinant brusquement. C'était quand même dingue, depuis dix ans qu'il possédait sa maison de campagne il se trompait toujours au même endroit. Faut dire que le panneau était tellement gros qu'à moins d'avoir la vue d'une buse, personne ne le voyait.

« Merde ! » râla-t-il de nouveau. Il avait faim, les trop nombreuses vodkas du bar lui restaient sur l'estomac et la nausée le gagnait.

Marc fit demi-tour à toute berzingue, direction la départementale. Rien à bouffer dans le frigo mis à part un bout de fromage oublié le week-end dernier. Il s'alluma une cigarette. Un kebab ! Il allait se payer un kebab. « Avec double portion de frites », se promit-il en brûlant le stop. Il reprit la départementale dans un crissement de pneus avant de se pencher vers son portable pour activer le kit mains libres. Il composa une nouvelle fois le numéro de son pote cameraman, Chris, son plus fidèle compagnon de reportage.

L'éclair d'une blancheur inouïe surgit brutalement, éclaboussant son visage d'une lueur si violente que Lucie en ferma les yeux, éblouie. Elle les rouvrit juste à temps pour voir la voiture lui foncer dessus. Elle donna un brutal coup de guidon, fit un large écart sur la route. Le scooter s'écrasa dans une gerbe d'étincelles et tout s'arrêta brusquement. Le choc la cueillit net. La douleur lui coupa le souffle, son cerveau assailli de flashes perçants comme des couteaux… Fred-Saphir-la main de son père sur le chrono-un aboiement de Kali-Saphir à nouveau…

— Qu'est-ce que c'est que ça ?

Marc enfonça son pied sur le frein. La voiture pila brutalement. Il avait vu quelque chose devant lui. Un animal ? Un ovni ? Qu'est-ce que c'était ?

Il sortit de la voiture, titubant. Sur le bas-côté de la route, il distingua un enchevêtrement métallique luisant dans ses phares puis une sorte de forme posée à côté, pliée dans une drôle de position. La vue dédoublée par l'alcool, il peinait à comprendre ce qu'il voyait. Marc s'approcha. Ce n'était pas un animal. Près d'un scooter dont le vrombissement se faisait moribond, la forme allongée à terre était un être humain. Il se pencha. Une jeune femme, c'était une belle jeune femme à la longue chevelure, dont le regard fixe se posait sur lui, calmement.

— Ça va, mada… mademoiselle ? demanda-t-il en lui tendant la main.

Elle ne bougeait pas, elle souriait vaguement, sans rien dire. Putain, qu'est-ce qu'il s'était passé ? Il ne l'avait pas touchée, non, il n'y avait pas eu de choc. P'têt qu'elle avait essayé de l'éviter ? Marc jeta un œil alentour. Au loin, il vit avec inquiétude grandir les phares d'une voiture. Et si on pensait que c'était lui ? Si on l'accusait ? Il ne lui restait plus qu'un point sur son permis. Et s'il perdait son permis, il pouvait faire une croix sur son prochain reportage ! Machinalement, il interrompit de la main les tours de roue du scooter et s'agenouilla auprès de la jeune femme. Doucement, il replaça ses cheveux que la chute avait éparpillés devant son visage et il lui chuchota :

— Ça va aller, ne vous en faites pas. Ça va aller.

Un dernier regard sur la jeune femme le rassura. Ça irait, elle s'en sortirait.

Marc se redressa et regagna son véhicule. L'autre bagnole allait s'arrêter, c'était sûr. Il démarra et fonça dans la nuit, écarquillant les yeux pour combattre une soudaine envie de s'assoupir qui lui brûlait les paupières, luttant contre les effets de la vodka qui troublait sa vision. Pour se réveiller, il alluma une cigarette et ouvrit en grand les fenêtres. Faut que je ralentisse, pensa-t-il. Ces derniers mois il buvait beaucoup trop.

« Ça va aller, ne vous en faites pas. Ça va aller », avait dit l'homme.

— Ça va aller… Y a intérêt, murmura Lucie avant de perdre connaissance.

Sa dernière pensée fut pour Fred. Elle allait encore être en retard, mais cette fois, elle avait une bonne excuse.

11

Marc se réveilla en sueur, avec un mal de crâne lancinant. Ses draps étaient trempés et la vague odeur de viande flottant dans l'air ranima aussitôt ses maux de cœur. Un café, de toute urgence, pensa-t-il en posant un premier pied par terre puis un second, qui atterrit sur un papier gras dans lequel trônait une fin de kebab. Il s'essuya le pied avec un bout de drap. Il passa la main dans ses cheveux en désordre, se massa le crâne quelques instants sans succès. Pourvu qu'il lui reste de l'aspirine quelque part !

Son grand corps nu d'un mètre quatre-vingts se refléta dans la glace en pied posée devant son lit. Il s'examina. L'abus de vodka commençait à lui pocher les yeux et lui gonfler le ventre. Il se regarda de profil. À quarante-quatre ans, Marc était toujours un bel homme, et s'il avait stoppé l'alcool comme le lui demandait sa femme depuis des années, il n'aurait pas ce léger embonpoint qui lui déplaisait. Maintenant, c'était trop tard, cette histoire d'arrêt n'était plus d'actualité. Depuis que Béatrice l'avait quitté voilà trois mois, il picolait même plus que d'habitude. Faut dire qu'elle ne l'avait pas épargné en se barrant non pas avec un autre homme, ce qu'il aurait éventuellement compris, mais avec une femme ! Ça, ça lui posait problème, à Marc. En son for intérieur, il ne pouvait s'empêcher de penser qu'il l'avait peut-être dégoûtée du sexe masculin, ce qui ne le rendait pas très fier. Et puis, même si elle ne vivait pas au quotidien avec sa compagne, dont il oubliait soigneusement le prénom, l'idée que Béa partage des moments avec cette « femme » et Emma, en pleine adolescence, le rendait fou. Il aurait dû proposer à sa fille de venir avec lui. Vu son peu d'assiduité scolaire, Emma pouvait bien rater deux jours de lycée !

Il enfila son grand peignoir en éponge et ramassa le kebab qui traînait par terre. Au moment où il se relevait, une image lui revint. Nette. Précise. Un flash lui jaillissant au cerveau. Il se revit en voiture la veille au soir, filant vers la ville, avec la voix de Chris dans la nuit presque noire, « Allô ? », puis cette masse, soudain, coupant la route devant lui.

La voiture stoppée.

Le vrombissement agaçant.

Marc s'arrêta, saisi, à la porte de la cuisine. Que s'était-il passé ? Ses souvenirs étaient embués, imprécis. Il se frotta le visage avec vigueur, pour forcer sa mémoire à ressurgir, et soudain elle fut là, sous ses yeux. Cette femme qui le regardait en silence.

Il s'assit sur la première chaise venue, le cœur battant. Le film se refaisait maintenant dans sa tête. Un accident ! Il avait peut-être provoqué un accident et – il écarquilla les yeux d'effroi à cette découverte – il avait pris la fuite. Lui, le journaliste sans peur, le reporter de guerre, le courage personnifié… il s'était enfui comme un pleutre. Comme un vulgaire et gigantesque lâche.

Il secoua la tête. Non. Non ce n'était pas possible. Même sous l'emprise de l'alcool, ce qui devait être sacrément le cas s'il se référait à son mal de crâne, il n'était pas homme à se conduire de la sorte. Non ! NON !

Marc saisit son paquet de Nuitgrave comme il les appelait, en sortit une cigarette, mais à peine fichée entre ses lèvres, il la reposa sur la table.

Chris.

Il se leva à la hâte. Son portable, où était son portable ? Après avoir cherché durant de longues minutes, il finit par le retrouver au fond du lit entre les draps. Il consulta fébrilement sa liste d'appels. Chris, hier soir, à trois reprises entre 19 heures et 19 h 52. Le dernier appel avait duré une minute. Marc appuya sur le prénom, entendit la première sonnerie puis la seconde, puis la troisième. Réponds !

La messagerie se mit en route.

Il se racla la gorge.

« Chris, c'est Marco. Écoute, je voulais te parler de… savoir si… hier soir… bon, écoute, rappelle-moi dès que tu peux. »

Après avoir raccroché, il resta assis sur le lit, son portable à la main, les yeux dans le vague. Il lui semblait que son cerveau ne fonctionnait plus, bloqué sur une seule image. Machinalement, il enregistrait les détails de la chambre : les rideaux trop longs qui s'étiraient à terre, couverts de poussière, les murs piquetés par ses soins, le plancher dont quelques lattes sous la fenêtre avaient gonflé avec l'humidité, le ciel bleu qui pointait son nez derrière les carreaux sales.

La sonnerie du téléphone lui arracha un cri. Il appuya aussitôt sur le bouton.

— Chris ?

À l'autre bout du fil, la voix était jeune.

— Papa ?

— Ah, Emma. Dépêche-toi, j'attends un coup de fil important.

Soupir dans le combiné.

— Oui, je sais.

Marc se redressa, aux aguets.

— Comment ça, tu sais ? Tu sais quoi ? De quoi tu parles ?

— Oh, ça va, calme. Tu vas pas commencer à me soûler.

Marc se mordit les lèvres pour s'empêcher de lui répondre. Ce n'était pas le moment de rentrer dans une discussion sur le respect dû aux parents, le ton employé, la politesse, etc. Chris allait le rappeler incessamment.

— Tu voulais me dire quoi ?

— Je viens à la Framboisière.

— Aujourd'hui ?

— Ben oui, aujourd'hui. Je ne t'appelle pas demain que je sache.

Il résista à une envie subite de l'envoyer bouler. Cette façon qu'elle avait de lui parler depuis quelque temps, lui, son propre père, de lui aboyer dessus plutôt, le mettait hors de lui. Il se contint. Bien qu'elle tienne désormais davantage de la sorcière avec son air rogue, ses piercings et ses cheveux teints en bleu, Emma restait toujours cette petite fille de cinq ans qui lui sautait autrefois dans les bras en le couvrant de baisers. Sa princesse.

— Mais t'as pas cours ?

— Hé ho, la Terre ! C'est les vacances scolaires, j'te rappelle.

Marc toussa, gêné.

— J'arrive à 18 h 10.

— T'as regardé les horaires de train ?

— Non, je viens à pied… À ton avis ?

Marc ne releva pas. Il éloigna son portable de son oreille pour regarder l'heure. 10 h 20. Ça lui laissait la journée. De nouveau, le regard de la femme s'imposa à lui, en un flash bref, douloureux.

— J'y serai. Bon je te laisse, j'attends un coup de fil. À ce s…

L'adolescente avait déjà raccroché.

Marc fumait cigarette sur cigarette, allumant la suivante avec la précédente, lorsque le portable sonna. Il décrocha immédiatement.

— Chris ?

— Ouais, Marco. Alors, bien remis de ta chute de cheval ? T'en tenais une bonne hier, dis-moi.

— Qu'est-ce que je t'ai dit ? s'inquiéta Marc.

— Des conneries, comme toujours. Que t'allais refaire le monde, monter des fuegos, éradiquer la misère, ah oui, et aussi « entuber » les puissants – là je traduis pour rester poli.

— Déconne pas, Chris, je suis sérieux. Dis-moi.

À l'autre bout du fil, son ami partit d'un rire.

— Mais je ne peux rien te dire, moi ! Il aurait fallu que je te comprenne pour ça. Or, comment t'expliquer… tu avais quelques petites difficultés d'élocution hier soir. J'ai d'ailleurs reçu un SMS de toi un peu comique. Fais gaffe à la correction automatique, ça craint, mon vieux !

Marc se tut, incapable de répondre. Se pouvait-il qu'il ait bu à ce point ?

— Marco ?

Il ne se souvenait plus du motif de ses appels, ni de ce qu'il avait dit. Il ne parvenait plus à se rappeler autre chose que ces yeux le regardant tranquillement, au milieu d'une obscurité brumeuse.

— Oh, Marco ! Ça va ?

Non ça n'allait pas, rien n'allait plus.

— Je te rappellerai, dit-il d'une voix morne, et il raccrocha.

Messages. Chris. 19 h 48

viens bourrer un kebab avec my, boufe ton cul et rapplique.

Marc laissa tomber sa tête entre ses mains. Bon Dieu ! Qu'est-ce qu'il avait fait ?

12

Marc n'était pas un débutant à qui on la faisait. Il avait mis son portable en numéro masqué. Pas question d'éveiller des soupçons tant qu'il ne savait pas au juste ce qui s'était passé.

Peut-être rien… Après avoir raccroché d'avec Chris, il avait subitement pensé à sa voiture. S'il y avait eu un choc, s'il avait provoqué un accident, forcément il y avait une trace de cela, sur le pare-chocs ou sur le côté latéral ou quelque part. Avec minutie, il avait fait le tour de sa voiture. Rien, elle n'avait rien. Aucune trace, pas même une éraflure. Il n'y avait pas eu de choc, il n'avait renversé personne. Quoi qu'il soit arrivé hier, ce n'était pas sa faute.

Pourtant… ce visage, ces flashes, il ne parvenait pas à les enlever de sa tête. Il lui fallait en avoir le cœur net, savoir ce qu'était devenue la jeune femme.

Marc eut d'abord toutes les peines du monde à obtenir quelqu'un au bout du fil. Mais à force d'acharnement – n'était-il pas un journaliste d'investigation et l'un des meilleurs ? – il parvint à entrer en contact avec le service des urgences de l'hôpital. La chance était avec lui. La voix, jeune, trahissait une infirmière à ses débuts qui, contrairement aux autres, l'accueillit gentiment. La tête pleine de projections sinistres, Marc voulait une réponse à sa question, la principale, la seule qui le hantait depuis ce matin :

— Comment va la jeune femme accidentée en scooter hier soir ?

Il ne se l'avouait pas, mais au fond de lui, une angoisse l'habitait.

— Un instant, demanda la voix juvénile.

Il entendit un bruit de papier, de pages que l'on tourne rapidement, puis au loin des sons métalliques, le bruit d'un chariot peut-être ou le choc d'un instrument sur un plateau. Des voix lui parvenaient confusément, révélant toute une agitation qui le rendait de plus en plus nerveux.

L'infirmière reprit le combiné.

— Quel nom dites-vous ?

Quel nom ? Marc toussa, la gorge brusquement prise dans un étau. Quel nom ? Il eut l'impression d'étouffer. Quel nom ? Il espérait que son émotion l'emporterait.

— S'il vous plaît, répéta-t-il d'une voix sourde. Dites-moi seulement comment elle va.

— Monsieur, il me faut le nom de la personne, répéta l'infirmière d'un ton soudain moins bienveillant.

Marc réalisa seulement à cet instant qu'il ne savait rien de la jeune femme, si ce n'est qu'elle avait dans la trentaine, du moins dans son souvenir, et que son regard l'avait transpercé. Cette inconnue qu'il n'oublierait plus jamais désormais… et dont il ignorait le nom.

À l'autre bout du fil, le ton se fit sec.

— Vous êtes de la famille ?

La question fit redoubler son angoisse. Ce genre de question sentait mauvais, très mauvais. Ça sentait le drame.

Marc raccrocha brusquement. Puis il se précipita dans la cuisine pour se servir un grand verre de vodka qu'il but cul sec. Dès que le liquide eut pénétré son corps, ses idées lui revinrent. Quel con il faisait ! Il n'avait même pas pensé à se faire passer pour un journaliste local, c'était un comble !

*

Jamais Marc n'avait conduit aussi lentement. Dans un premier temps, il avait voulu repasser par le lieu où l'accident avait dû se produire, sans certitude de parvenir à le retrouver, puis il avait changé d'avis. On ne revient pas sur les lieux d'un… Chut ! Marc avait fait taire sa pensée à coups de vodka et il s'était concentré sur la route. Pour finir, lui qui toute sa vie avait été à l'heure à un rendez-vous, il arriva à la gare avec dix minutes de retard.

De loin, il vit sa fille assise sur son sac à dos, les cheveux encore plus bleus que d'habitude, un vieux short de jean effrangé sur d'épais collants noirs, troués aux genoux. Il klaxonna. Emma redressa la tête, le repéra et, sans un sourire, elle se leva lentement en attrapant son sac par une lanière. Il en profita pour saisir dans la boîte à gants son paquet de Fisherman's et engouffrer un, non deux, c'était plus sûr pour l'haleine, bonbons à la menthe.

Marc la regarda approcher, de sa démarche traînante d'adolescente blasée, le teint pâle, trop pâle (elle devait mal s'alimenter, pensa-t-il). Elle ouvrit la portière et, sans un mot, se laissa tomber sur le siège, son sac à dos sur les genoux.

— Bonjour quand même, dit-il.

Il approcha son visage pour l'embrasser mais Emma détourna la tête en grimaçant.

— Tu pues l'alcool.

La réflexion le mit hors de lui. Il avait l'impression d'entendre Béa !

Marc démarra sur les chapeaux de roue en faisant crisser les pneus.

— Vodkalisé et chauffard... Super ! dit sa fille en levant le pouce.

Jusque-là, ça ne lui était jamais arrivé, et pourtant il en avait vu des choses, il en avait vécu des situations, si folles qu'il aurait eu de quoi trembler toute sa vie. Son métier de journaliste l'avait mené dans ces pays en guerre aux rues éventrées, jonchées de cadavres. Même ce jour où les balles lui avaient sifflé aux oreilles, Marc n'avait pas perdu le contrôle de lui-même, à aucun moment. Et voilà qu'un seul mot dans la bouche d'une ado provoquait chez lui un tremblement irrépressible, l'empêchait de tenir normalement son volant.

Il freina, arrêta la voiture sur le bord de la route et se prit la tête entre les mains. Un « chauffard ». Oui, voilà ce qu'il était.

— Papa ?

Emma s'était retournée vers lui, inquiète. Lorsque Marc releva la tête et la regarda, il fut touché par l'interrogation anxieuse lisible dans ses yeux. Un bref instant, il faillit lui parler de ce qui s'était passé pour se soulager un peu de ce poids qui lui écrasait la poitrine... pur égoïsme de sa part. Il se força à lui sourire. Il devait protéger Emma. Elle était sa fille. Sa princesse. Déjà, le tremblement de ses mains s'apaisait.

— Ça va. Ne t'en fais pas, ma puce.

Emma détourna son regard et, à nouveau agacée, elle lui lança vertement :

— T'as Alzheimer ou quoi ? Je t'ai déjà dit mille fois de ne pas m'appeler ta puce !

Marc fit un nouvel effort pour alléger un peu l'atmosphère.

— Tu préfères « mon pou » ?

— Ah ah… très drôle… T'as fini major à l'école du rire, toi.

Comment ils avaient pu en arriver là ? Était-ce l'adolescence qui faisait ça ? Avait-il loupé quelque chose de fondamental dans l'éducation, d'irrattrapable peut-être ? Mais tout se rattrape toujours, sauf la mort. Marc chassa cette idée de sa tête.

Il remit le contact, démarra lentement puis s'alluma une cigarette. En soupirant ostensiblement, Emma ouvrit toute grande la fenêtre et passa sa tête à l'extérieur.

Marc avait besoin de calme pour réfléchir. Le terme de « chauffard » avait suffi pour étaler sous ses yeux la véritable ampleur des dégâts qu'il avait provoqués. Oui, il était un chauffard. Un chauffard doublé d'un lâche de la pire espèce.

— J'aimerais qu'on fasse une trêve, toi et moi. Juste deux jours, dit-il à mi-voix.

Il avait besoin de calme pour prendre une décision.

À 19 heures précises, les deux voitures se croisèrent sur la départementale. Les traits figés, le regard fixe, Jérôme et Mathilde, de retour de l'hôpital, n'échangeaient pas un mot. Rompant seul le silence, Kali, que dans l'urgence personne n'avait vu monter dans le 4×4, geignait doucement. Assis sur la banquette arrière, comme s'il comprenait la gravité du moment, le chien pleurnichait sans discontinuer depuis la veille. Et ni Mathilde ni Jérôme ne songeaient à le faire taire.

13

… Le visage informe avance, recule, lui donne la nausée…

Blanc total. Disparition dans le brouillard.

… Une voix venue de loin, lourde et déformée…
Au milieu du brouillard si épais.

… Un mot…
— … ucie ?

… Deux mots…
— … entendez ?

… qui surnagent dans la pièce…
Et de nouveau le naufrage de ce corps qui sombre.

Elle galope à cru, dans le pré de course, cheveux au vent, le visage chaud sous le soleil ardent. C'est l'été. Ses mains entourent l'encolure vibrante, la crinière bat sous le vent, Saphir ondule entre ses jambes. C'est le plus bel été qu'elle ait jamais vu.

— Lucie ?

La chaleur est blanche, si blanche qu'elle garde les yeux fermés. Elle a l'impression de flotter, son corps engourdi sous les rayons du soleil, comme écrasé.

— Vous m'entendez ?

— Prévenez mon père que je serai en retard à l'entraînement, murmura-t-elle avant de replonger dans la grande masse blanche, éblouissante.

14

Elle s'appelait Lucie Maillard, avait trente-deux ans, et elle était partie pour devenir une future championne internationale.

L'article du quotidien local que Marc lisait avec avidité décrivait la jeune femme avec force détails et la journaliste en rajoutait, histoire de faire pleurer dans les chaumières jusqu'aux lecteurs les plus endurcis. On la connaissait comme monitrice du Cadran, ce centre équestre si apprécié dans la région, mais savait-on que les jeux Olympiques étaient l'unique raison de vivre de Lucie ? (Alors qu'elle ne la connaissait pas, la journaliste l'appelait par son prénom comme si être l'héroïne de son article faisait d'elle sa meilleure amie.) Récemment sélectionnée dans l'équipe de France d'équitation pour les prochains jeux Olympiques de saut d'obstacles, Lucie y pensait, semblait-il, depuis l'enfance, et elle s'entraînait avec acharnement, encadrée par son père également son coach.

« Hélas ! » écrivait la journaliste dont on voyait presque les larmes aux yeux. Célébrité locale destinée à devenir gloire internationale, la vie de la jeune et belle femme avait été fauchée en plein vol dans des circonstances encore non élucidées. Le conducteur d'une voiture arrivée juste après le drame rapportait avoir vu une voiture s'éloigner dans la nuit, mais rien n'était sûr, ni prouvé.

Marc sentit tout son être se contracter de douleur.

« Un immense gâchis pour le monde de la compétition équestre française et une vie brisée », concluait tristement la journaliste.

Délit de fuite. Sa vie à lui se résumait maintenant à ces trois mots : délit de fuite.

Une photographie en noir et blanc montrait la jeune femme dont Marc ne se rappelait que les yeux. Il approcha le journal de son visage, cherchant à s'imprégner de chacun de ses traits : l'arc régulier des sourcils, le dessin souple des lèvres, la rondeur touchante du menton, la perfection du nez, la longue chevelure ondulée qu'il reconnut… La future championne olympique était une femme magnifique.

— Pas mal, lâcha Emma derrière son épaule.

Marc sursauta, il n'avait pas entendu sa fille arriver.

— C'est qui ? demanda-t-elle.

Il replia précipitamment le journal et écrasa sa cigarette dans le cendrier.

— Personne, s'entendit-il répondre avec horreur.

Emma haussa les épaules et se dirigea vers la cuisine en traînant des pieds. Marc la suivit. Elle avait enfilé une grande chemise d'homme froissée, la sienne, qui lui arrivait presque au-dessus de ses genoux, cagneux et couverts de croûtes comme ceux d'une gamine. Elle portait le même short élimé que la veille, à croire qu'elle avait dormi avec.

— Je t'ai acheté un croissant, dit-il. Et tu me rendras ma chemise, s'te plaît.

Emma fit mine de l'enlever aussi sec. Marc se raidit. Non mais, ça va pas la tête ! Elle n'allait quand même pas se foutre à poil devant son père !

Il l'arrêta d'un geste.

— C'est bon, garde-la.

Il retourna dans le salon et se laissa tomber dans le canapé.

« Personne », avait-il répondu. Personne ? C'était tout le contraire. Maintenant, Lucie était quelqu'un à ses yeux, quelqu'un à qui sa vie était désormais liée. Si elle était encore en vie, le journal n'en disait rien. Il se leva, pris de nervosité.

Se dénoncer. Voilà ce qu'il fallait faire dans ce genre de circonstances. Il allait se présenter à la police, reconnaître sa fuite. Et les choses suivraient leur cours normal. Il serait jugé, condamné pour ses actes… Sa conscience serait soulagée. L'argent ne le tracassait pas. S'il était déclaré coupable et qu'il avait à payer, il paierait ce qu'il fallait. Il s'acquitterait de cette dette, qu'il peinait à chiffrer, mais, pour lui, l'argent n'était pas un problème. À la mort de sa mère, voilà dix ans, Marc avait hérité d'une belle fortune le mettant à l'abri jusqu'à la fin de ses jours, même s'il finissait centenaire.

— Il est dégueu, l'croissant, râla Emma depuis la cuisine.

Emma.

Marc se pencha pour regarder sa fille. Juchée sur un tabouret, sans se soucier des miettes qui tombaient régulièrement sur sa chemise puis sur le carrelage, elle faisait un sort au fameux croissant, qui n'avait pas l'air si « dégueu » que ça. Il comprit alors que ce qui s'était passé était bien plus grave qu'il ne le pensait. S'il était condamné par la justice, il perdrait Emma. Béa ne lui pardonnerait jamais, sa fille non plus. Jugé et condamné, il perdrait d'un seul coup les deux femmes de sa vie. Marc réalisa soudain qu'il serait dans le même temps dépossédé de son boulot. Le casier judiciaire d'un journaliste se devait d'être vierge, c'était l'une des conditions pour exercer la profession et obtenir la fameuse carte barrée de bleu et de rouge qui l'avait rendu si fier à l'âge de vingt ans. Or, ce boulot, il l'aimait passionnément. C'était sa raison de vivre, à lui. Courir le monde, couvrir les guerres, déstabiliser les puissants, dénoncer les injustices : tout cela avait un sens, profond, dans sa vie. Que deviendrait-il sans ses reportages ? Qui défendrait à sa place les opprimés du monde entier ?

« L'immense gâchis, la vie brisée » dont parlait la journaliste s'appliquerait à lui aussi, de plein fouet.

À la fenêtre, soudain, un bruit retentit, violent. Un oiseau. C'était un oiseau qui n'avait pas vu la vitre et venait de s'exploser contre elle, de toutes ses ailes. Marc se leva, ouvrit la fenêtre. L'oiseau était étendu à terre, les ailes dépliées. Vivant. Alors qu'il se penchait pour le secourir, le volatile, paniqué, fit un effort pour s'échapper, et soudain il se dressa sur ses pattes frêles, Marc perçut le crissement léger des petits pas sautillants sur le marbre de la terrasse puis l'oiseau battit des ailes et s'envola d'un seul coup.

Il suivit des yeux l'animal qui n'avait finalement pas eu besoin de lui. Et une idée commença à naître dans son esprit, une idée qui, au fur et à mesure qu'elle germait, possédait la clarté de l'évidence.

15

DEUX SEMAINES PLUS TARD

— Bonjour bonjour. Alors, on a bien dormi ?

Lucie plissa des yeux sous la puissante lumière. C'était qui celle-là, qui lui infligeait ces néons atroces en plein visage ? À tous les coups, elle appartenait à la congrégation secrète de ces quelques blouses blanches persuadées que l'avenir appartenait à ceux qui se levaient tôt et qui prenaient, dès l'aube, un malin plaisir à inonder les visages couchés avec leur saleté de néons ! C'était la seule raison valable qu'elle ait trouvée. Sinon, comment expliquer ces réveils en sursaut à pas d'heure, tous les matins ?

— Pouvez pas éteindre les lumières ? gémit-elle.

— Ah, vous n'allez pas faire votre chochotte, hein !

Elle était où, l'infirmière sympa qui entrait en douceur ? Comment elle s'appelait déjà ? Sylvie. Oui, c'est ça. Sylvie. La plus gentille de toute l'équipe.

Bon sang, mais c'était trop lui demander à celle-là que d'allumer une lumière douce ? Les néons devraient être rayés de la surface de la Terre.

— Allez, ma cocotte, il fait jour dehors.

Lucie rouvrit les yeux. Une femme d'une cinquantaine d'années, boudinée dans sa blouse, se tenait devant elle en lui souriant de toutes ses dents. Elle ne l'avait encore jamais vue celle-là, ce devait être une nouvelle.

— Moi, c'est Marjory, se présenta la blouse. Et vous, c'est Lucie, n'est-ce pas, ma cocotte ?

Lucie grimaça.

— Il est quelle heure ? questionna-t-elle d'un ton rauque.

Voilà trois jours, on lui avait retiré le tube enfoncé dans sa gorge, mais elle n'avait toujours pas récupéré sa voix normale.

— 7 heures.

C'était quoi, le délire ? Le petit déjeuner, les soins, la visite des médecins : tout ça au pas de charge en deux ou trois heures, et puis après, plus rien ? Le vide sidéral, l'ennui profond jusqu'au soir ? Un après-midi qui comptait triple, et encore, certains jours, il semblait à Lucie qu'il ne s'achèverait jamais.

— Alors, on a une petite visite aujourd'hui ?

Oui, « on » a ça. Depuis son accident, son père venait la voir tous les jours, en dehors du dimanche réservé à Mathilde. Contrairement à la règle en vigueur, il avait obtenu l'autorisation de venir le matin pour assister à la visite des médecins. Aujourd'hui, une fois n'était pas coutume, sa mère l'accompagnait.

— Cet après-midi, un de vos admirateurs paraît-il, un grand fan d'équitation, précisa l'infirmière. Alors comme ça, ma cocotte, vous êtes une championne ?

— C'est quoi votre prénom à vous, déjà ? demanda Lucie sans quitter le plafond des yeux.

Un admirateur ? Elle pensa aussitôt à Fred qui n'était toujours pas venu la voir.

— Marjory, mais attention, avec un « y ». Fantaisie parentale, répondit fièrement la blouse en posant une carafe d'eau sur la table de chevet, avant de sortir.

Jérôme avait excusé Fred, « les travaux dans sa maison, les reprises, il n'arrête pas en ce moment », avec, dans la voix, un malaise qui n'avait pas échappé à Lucie. Que Fred se décide enfin à venir la rassurait et la rendait heureuse. Elle espérait seulement ne pas avoir trop mauvaise mine pour l'accueillir. Elle ne lui en voulait pas d'avoir tant tardé car elle savait, par son père, qu'il s'occupait bien de Saphir en son absence. Preuves à l'appui car elle avait exigé de Jérôme une vidéo quotidienne. Quand elle remonterait, dans son esprit très bientôt, elle voulait n'avoir rien perdu de la vie de Saphir.

C'était le meilleur moment de sa journée. Son père tenait le portable au-dessus de sa tête et Lucie regardait en silence défiler les images. Saphir dans son box secouant la tête et hennissant. Saphir monté par Fred (il ne devait pas perdre le rythme pour quand elle reviendrait). Saphir prenant une douche. Saphir le rebelle lors d'une séance, ratée, de curage de pieds.

Quand pourrait-elle remonter ? Elle devait se remettre en selle au plus vite. Chaque jour qui passait la rapprochait des jeux Olympiques.

La nuit de son accident, Lucie était tombée dans le fossé où traînait un vieux poteau électrique recouvert de mauvaises herbes. Sa tête avait heurté le béton, c'est du moins ce qu'on lui avait raconté car elle ne se souvenait de rien. Traumatisme crânien. Et puis ce mot, effrayant, qui avait été prononcé devant elle l'autre jour : hémiplégie.

On frappa à la porte.

Ça lui faisait mal de ne pas voir qui entrait dans la chambre. Couchée comme elle l'était, Lucie devait attendre que la personne soit presque au-dessus de son lit pour découvrir qui elle était. Rien que cela la renvoyait cruellement à son état : un corps à l'horizontale, une planche.

— Bonjour, ma Lu.

Son père avait la délicatesse de toujours s'annoncer dès l'ouverture de la porte.

— Jour, P'pa.

Lorsque le visage de Jérôme entra dans son champ visuel, Lucie vit qu'il tenait à bout de bras un bouquet de marguerites. Derrière lui, le visage de sa mère apparut, un sourire crispé aux lèvres.

— Bonjour, ma chérie, dit-elle en déposant un baiser sec sur le front de Lucie.

— De la part de Fred, dit son père en lui tendant le bouquet.

Lucie grimaça. Elle ne pouvait pas bouger le bras, ou si peu, les doigts peut-être. Tout le côté droit de son corps lui semblait comme mort.

Jérôme recula son bras, les joues empourprées.

— Il n'y a pas de vase dans cet hôtel cinq étoiles ? dit-il d'une voix faussement enjouée.

— Je suis désolée.

Il se força à rire.

— Oh ! ne le sois pas. Ce n'est quand même pas à toi de t'occuper de l'intendance ! Un vase, il doit bien y en avoir quelque part, on va trouver.

— Je vais en demander un, déclara Mathilde en rebroussant chemin.

Elle était toujours mal à l'aise quand elle venait, à cause de « l'odeur aseptisée de l'hôpital », disait-elle.

Lucie attendit qu'elle soit sortie.

— Non, je suis désolée pour… (Elle leva les yeux au ciel, réprimant une subite envie de pleurer) … pour l'accident.

Jérôme avait disparu du champ de vision de sa fille et Lucie ne remarqua pas le trouble qui l'envahissait.

— On va manquer de temps pour les JO, ajouta-t-elle.

Son père toussa, fit quelques pas, essuya d'un revers de main une larme avant de s'approcher à nouveau du lit, le visage barré d'un large sourire.

— T'en fais pas, ma Lu. Dès que tu sortiras, tu mettras les bouchées triples, c'est tout. À cœur vaillant rien d'impossible, le courage vient à bout de tout.

Oui, c'était aussi ce que Lucie croyait. Si elle avait pu embrasser son père sur-le-champ, elle l'aurait fait ! Il comptait toujours sur elle, pas un instant il n'avait montré le moindre doute. Pour lui comme pour elle, l'accident était un pépin imprévu, un simple grain de sable dans l'engrenage. Tout allait rentrer dans l'ordre.

Lucie se faisait confiance. Du courage, elle en avait toujours eu à revendre et encore plus aujourd'hui, maintenant qu'elle était séparée de Saphir. Il lui manquait tellement ! Sa douceur, son regard, le lent mouvement de ses flancs quand il allait au pas, sa tête sous son aisselle dans le box… Lorsqu'elle fermait les yeux, Lucie avait parfois l'impression qu'il était là, à ses côtés. Par moments, elle parvenait si bien à l'imaginer que l'odeur javellisée de l'hôpital, le roulement des chariots dans le couloir, l'écho glacé des portes qu'on ouvre et qu'on ferme… tout cela disparaissait pour laisser place à la seule présence de Saphir. Jusqu'à son odeur semblait planer autour d'elle.

— Tu as soif, ma Lu ? Tu veux un peu d'eau ?

— Non merci.

C'était marrant quand même, cette carafe d'eau sur sa table de chevet, côté droit qui plus est. Comme si, dans son état, elle pouvait se servir ! Ce qui était beaucoup moins drôle, c'est qu'elle était tombée dans un service où la carafe d'eau était changée à 4 ou 5 heures du matin par l'équipe de nuit. Comme si ça ne pouvait pas attendre le matin ! Chaque fois, ça la réveillait.

La porte se rouvrit et Lucie reconnut le bruit des talons maternels. Mathilde avait trouvé un vase dans lequel elle entreprit de disposer les fleurs.

— Elles sont belles, dit-elle un peu nerveusement. C'est un peu de printemps que tu auras avec toi.

Sa voix s'était radoucie et Lucie l'en remercia d'un bref sourire.

Jérôme consulta sa montre.

— Il ne devrait plus tarder maintenant.

— Quand on parle du loup… rétorqua Lucie en entendant la porte s'ouvrir.

Avant même qu'il ait prononcé le moindre mot, elle le reconnaissait à son parfum. Homme jeune et plein d'entrain, son médecin, un certain docteur Langris, portait Vétiver, comme Fred. Dès qu'il ouvrait la porte de la chambre, les effluves épicés le précédaient.

— Bonjour, Lucie. Bonjour, madame, bonjour, monsieur.

Jérôme et Mathilde s'approchèrent pour lui serrer la main.

— Bonjour, docteur, répondit Lucie.

Elle avait hâte de l'entendre, de savoir quand au juste elle allait récupérer cette main et cette jambe qui ne lui répondaient plus. On se remettait d'une hémiplégie, on pouvait retrouver l'usage de ses membres, c'est Sylvie, l'infirmière, qui le lui avait dit. Elle avait ajouté qu'il fallait de la patience mais Lucie n'avait pas le temps pour ça. Elle savait que, ce matin, le médecin arrivait avec les derniers résultats. Il allait enfin lui donner une échéance.

— Alors docteur ? demanda-t-elle en s'efforçant de sourire. Ce bras et cette jambe, quand est-ce qu'ils se décident à revenir ?

Le médecin lui sourit en retour avant de s'asseoir à côté d'elle, sur le lit.

— Vous comprenez, ajouta Jérôme, les jeux Olympiques ont lieu dans six mois et ma fille y a toutes ses chances.

Lucie capta le regard sévère du médecin à l'égard de son père.

— Lucie, commença-t-il d'une voix grave que la jeune femme détesta d'emblée. Lucie, vous allez m'écouter attentivement. (Le médecin se tourna un bref instant vers Jérôme :) Et je vous demanderai, monsieur, de ne pas m'interrompre.

Les yeux du docteur Langris plongèrent à nouveau dans ceux de Lucie. Elle sentit subitement son cœur accélérer.

— Je pense que vous êtes suffisamment forte et intelligente pour comprendre ce que je vais vous dire.

Le cœur de Lucie se mit à battre plus vite encore et elle sentit des gouttes de transpiration perler à ses tempes.

— Au moment de l'accident, votre tête a heurté le poteau sur le côté gauche, provoquant une lésion importante. Il faut savoir que le côté gauche du cerveau commande le côté droit du corps, et vice versa. Votre lésion à gauche explique que ce soit votre bras et votre jambe droite qui ne répondent plus. Si le choc avait eu lieu à droite, ce serait votre côté gauche qui serait atteint. Vous me suivez ?

Lucie battit des yeux en signe d'acquiescement.

— Bien. Comme je vous l'ai déjà dit, ce traumatisme crânien a engendré ce qu'on appelle une hémiplégie. Dans votre cas, il s'agit d'une hémiplégie flasque.

Le médecin prit avec douceur le bras droit de Lucie. Il le leva puis le lâcha et le bras retomba mollement sur le drap. Il fit de même avec sa jambe.

— Vos membres sont mous, vous voyez bien.

Lucie toussa pour s'éclaircir la voix.

— Mais je bouge les doigts, docteur, je le sens. Regardez mieux.

Le médecin saisit son bras et le plaça devant elle.

— Allez-y, essayez.

Lucie se mordit les lèvres dans un énorme effort pour commander à ses doigts de bouger. Allez ! Ne serait-ce qu'un millimètre, un dixième de millimètre, quelque chose pour lui prouver que…

— Non, Lucie, je suis désolé mais non, vos doigts ne bougent pas.

Le médecin reposa doucement son bras sur le drap.

Les larmes vinrent aux yeux de la jeune femme.

— C'est normal, dit l'homme d'un ton qui se voulait rassurant. Vous avez la volonté de bouger mais votre corps ne suit pas. Pas encore.

Lucie sentit soudain l'espoir revenir.

— La bonne nouvelle, c'est qu'un corps peut réapprendre. Ce que je vous explique, avec toutes les précautions d'usage, c'est que vous pouvez, peut-être, récupérer votre bras et votre jambe. Plus ou moins complètement, plus ou moins vite, on ne peut pas savoir mais c'est possible.

« Peut-être » ? Pourquoi « peut-être » ? Qu'est-ce qu'il racontait ? Ce n'était pas drôle, pas drôle du tout.

— Tout dépendra des réponses de votre corps et de la rééducation. Personne ne se ressemble. Certains hémiplégiques recouvrent presque la totalité de leurs mouvements, d'autres une petite partie et d'autres encore… (Il marqua un temps d'arrêt...) D'autres ne retrouvent jamais l'usage de leurs membres.

Une colonne d'air froid parcourut le corps de Lucie, comme si son sang avait reflué dans un endroit inconnu, la laissant glacée, sans voix.

— Comprenez-moi bien. Je ne suis pas en train de vous dire que vous ne retrouverez pas l'usage de votre bras et de votre jambe droite, je dis seulement qu'en l'état actuel des choses, je ne peux pas vous l'assurer.

Les autres peut-être, mais pas elle. Elle, elle avait une compétition à gagner, un concours mondial, le rendez-vous de sa vie de cavalière. Elle ferait partie de ceux qui récupéraient entièrement.

— Vous avez beaucoup de volonté, Lucie. C'est votre meilleur atout. Mais il va falloir la mettre à l'épreuve et vous appuyer dessus du plus fort que vous pourrez. C'est cette volonté qui vous aidera à retrouver l'usage de vos membres.

Oui, elle retrouverait l'usage de ses membres. Et elle remonterait. Détournant la tête pour cacher les larmes qui lui montaient aux yeux, Lucie s'en fit intérieurement la promesse. Elle ne devait penser qu'à ça : elle remonterait. Et plus vite qu'il ne croyait.

— Quand ? Ça pourrait être quand ?

Jérôme n'avait pas pu se retenir.

Le médecin se leva et, prenant délicatement le père de Lucie par le bras, il l'entraîna avec lui.

— Venez avec nous, madame, dit-il à Mathilde, avant d'ajouter : Vous me donnez un instant, Lucie ?

Clouée au lit comme elle l'était, évidemment qu'elle lui donnait un instant, plein d'instants, tous les moments de la terre même. Que pouvait-elle faire d'autre ?

Au moment où la porte se ferma derrière le médecin et ses parents, Lucie sentit soudain une inquiétude terrible l'envahir. Et si les choses étaient plus compliquées qu'on ne voulait bien le lui dire ?

*

— Monsieur, vous n'avez pas l'air de comprendre.

L'air sévère, le docteur Langris faisait face à Jérôme.

— Votre fille a subi une lésion importante qui ne se rétablira pas comme ça (il claqua des doigts) d'un tour de main. Il faudra du temps, beaucoup de temps. Des mois de rééducation.

— C'est vous qui ne comprenez pas, elle se prépare pour les jeux Olympiques.

Le regard réprobateur de Mathilde n'échappa pas au médecin.

— Elle se « préparait », monsieur Maillard, se « préparait ». C'est un imparfait maintenant. (Il posa une main sur le bras de Jérôme et ajouta, d'une voix plus douce :) Vous ne lui rendez pas service en la maintenant dans cet espoir irréaliste.

— Tout à fait d'accord, acquiesça Mathilde.

Jérôme dégagea son bras et répliqua avec vivacité :

— Vous vous trompez, je connais mieux ma fille que vous. Monter est tout pour elle et gagner les JO, c'est son moteur. Avec votre imparfait, vous l'enterrez vivante !

Le docteur Langris soupira.

— Je vais être très clair avec vous, monsieur Maillard. Sa vie d'avant est morte. Dites-vous que Lucie ne remontera jamais plus.

Jérôme recula, dans un mouvement de dégoût et d'effroi mêlés.

— Vous ne savez pas ce que vous dites.

— Je le sais très bien, au contraire. C'est vous qui l'enterrez en l'enfermant dans le passé. Or votre fille est vivante, monsieur Maillard. Vivante, vous comprenez ? Vous devez l'aider à se reconstruire. Autrement. Dans un autre corps.

— Vous dites n'importe quoi !

Jérôme avait reculé jusqu'à la porte qu'il ouvrit précipitamment et, sans attendre de réponse, il s'engouffra dans la chambre de Lucie.

— C'est l'histoire de sa vie, vous savez, murmura Mathilde. Il va avoir du mal…

Le docteur Langris s'approcha, la main tendue. Il garda la main de Mathilde serrée quelques instants dans la sienne.

— Il va falloir que vous aidiez votre mari, madame.

16

Marc avait déjà parcouru plusieurs fois le couloir dans les deux sens sans oser entrer dans la chambre 32. Chaque fois, il s'était arrêté quelques secondes devant la porte, avait même posé la main sur la poignée avant de repartir dans l'autre sens, le cœur battant. Qu'est-ce qui lui arrivait ? Ce n'était tout de même pas si compliqué ! Il redoutait ce qui l'attendait de l'autre côté, voilà ce qui se passait et le faisait rebrousser chemin.

La vie décida pour lui. Au moment même où il hésitait une nouvelle fois devant la chambre, la porte s'ouvrit sur une infirmière. Celle-ci le salua et lui tint la porte avant de sortir. Marc n'eut d'autre possibilité que d'entrer.

Une forme dans un lit, quelques cheveux épars et un corps qui ne bougeait pas. Il toussa pour s'annoncer.

— Fred ? demanda la forme du lit.

Il toussa de nouveau en s'approchant.

— Non, Marc. Je m'appelle Marc.

Il était parvenu devant le lit. C'était elle, il reconnaissait ce regard doux, un peu flottant. Dans ses yeux verts qu'il trouva splendides, il lut l'ombre d'une déception. Le fameux Fred sans doute.

La jeune femme se reprit et esquissa un début de sourire.

— Ah… c'est donc vous « l'admirateur ? » murmura-t-elle.

Gêné, Marc se balança nerveusement d'un pied sur l'autre. Il n'osait pas la regarder dans les yeux, et en même temps, sa beauté et la douceur de sa voix attiraient malgré lui son regard sur elle.

— L'admirateur ? s'étonna-t-il avant de se souvenir brusquement s'être présenté à l'accueil comme un grand fan de Lucie Maillard, un fou d'équitation, un admirateur inquiet du sort de son idole.

— Ah oui ! Oui. Je… je vous suis depuis longtemps et quand j'ai appris… appris votre… (Son regard suivit la forme du corps sous le drap)… Eh bien… je me suis permis de venir.

Lucie l'observa avec attention. Pourquoi avait-il l'air si mal à l'aise ? Il paraissait avoir bu, elle le sentait à son haleine alcoolisée. Que lui voulait ce type au juste ? Un admirateur ? Clouée au lit, elle était à sa merci, mais curieusement elle n'éprouvait aucune inquiétude.

— Prenez une chaise, proposa-t-elle, et asseyez-vous près de moi.

L'homme disparut de son champ de vision. Elle entendit un raclement de pieds de chaise puis, de nouveau, il réapparut. Lorsqu'il s'assit à ses côtés, Lucie prit le temps de le regarder plus attentivement. Grand, brun, les yeux marron pétillants, c'était ce qu'on pouvait appeler un bel homme. Une barbe de quelques jours noircissait son menton carré, volontaire, et sa voix grave aux accents doux, presque timides, le rendait touchant.

— Alors comme ça, s'enquit Lucie d'un ton légèrement ironique, vous vous intéressez à mon parcours ?

Il répondit aussitôt, sans réfléchir.

— Oui, depuis le début.

L'article du journal était suffisamment précis pour que Marc, à sa lecture, y ait appris l'essentiel de sa vie de cavalière. Ses premiers championnats, ses premières coupes, ses plus grandes victoires : il savait à peu près tout de Lucie Maillard. Il avait fouillé lui-même le passé sportif de la jeune femme, devenant incollable à son sujet. Toutefois, était-ce la candeur de son regard, l'ironie de son ton, l'honnêteté qu'il lui devait, comme à tout autre individu ? Il se contenta de cette réponse vague qui ne l'obligeait pas à mentir trop effrontément.

— Et… ? demanda-t-elle alors de façon inattendue.

Et ? Et quoi ? Marc tâta nerveusement la poche de sa veste pour y sentir la présence rassurante de sa flasque. Il avait une envie furieuse d'une gorgée de vodka, rien qu'une. Et d'une cigarette. Pour repousser ses envies délétères, il sortit son paquet de Fisherman's et plaça un bonbon à la menthe dans sa bouche.

Lucie sourit de le voir si embarrassé, les mains collées à sa veste, presque comme un adolescent, alors qu'à vue de nez il devait avoir dans les quarante ans.

Elle eut pitié de lui et l'orienta sur une autre piste.

— Et vous montez vous-même, bien sûr ?

— Oui, bien sûr.

Pauvre type ! pensa-t-il aussitôt de lui-même. Il avait menti spontanément. En même temps, qu'en saurait-elle s'il avait jamais posé ses fesses sur un canasson ? Des séances de tape-cul sur une selle insupportablement dure, en déséquilibre sur un quadrupède qui oscillait de gauche à droite avec la trouille au ventre… S'il y avait une chose qui ne l'avait jamais tenté, c'était bien celle-là ! Et si jamais il avait été tenté un seul instant, la vue de l'animal l'en aurait aussitôt dissuadé. Marc avait une peur terrible des chevaux. Selon lui, parce qu'il était avant tout une proie naturelle, le cheval choisissait toujours entre deux options : soit la fuite au grand galop (alors là, il y avait intérêt à s'accrocher), soit le coup de sabot (et valait mieux se garer !). Non. Plutôt crever que de monter sur ces choses-là. L'animal était ingérable, et trop bête à ses yeux.

— … dran ?

— Pardon ?

Il n'avait pas écouté.

Lucie répéta.

— Vous montez au Cadran ?

— Pas du tout.

— Vous possédez votre propre cheval, peut-être ? insista-t-elle.

Ce début de discussion ne la passionnait pas mais il avait au moins le mérite de la désennuyer en lui permettant de tuer un peu de temps.

Marc la regarda sans répondre, un sourire flottant sur les lèvres, et Lucie éprouva subitement un sentiment de déjà-vu. Cet air à la fois embarrassé et insouciant lui rappelait quelque chose. Sitôt venue à son esprit, la question lui échappa.

— On ne s'est pas déjà vus quelque part ?

— Non non. Non.

Marc se leva de sa chaise, le cœur battant à se rompre. Était-il possible qu'elle se souvienne ? Il eut peur. Il ne l'avait pas heurtée, il était peut-être responsable mais pas coupable. Il n'avait pas voulu que les choses se passent ainsi. La scène était si lointaine, si confuse… et en même temps si proche maintenant qu'il se trouvait devant la jeune femme.

À la façon dont Marc s'était dressé, à sa dénégation affolée, Lucie prit conscience de sa bévue. Quelle idiote, non mais quelle idiote ! Qu'est-ce qui lui avait pris ? C'était la meilleure ! Voilà qu'elle lui avait sorti la phrase la plus banale de tous les plans drague ! Elle eut affreusement honte à l'idée qu'il pense qu'elle était en train de le draguer, elle, une pauvre fille clouée dans son lit. C'était pitoyable.

— Pardon, s'excusa-t-elle en bafouillant. Pardon, je ne voulais pas dire… j'ai dû me tromper… je…

Marc fit un geste devant lui pour chasser cette histoire comme on éloignerait une mouche agaçante puis il se passa une main dans les cheveux. Lucie détourna le regard. Une pensée stupide, d'une tristesse infinie, venait de naître. Quand pourrait-elle à nouveau passer ses mains dans ses cheveux à elle ? Se laver la tête, faire mousser son shampoing à la vanille, au lieu de cette poudre sèche qui entretenait bon an mal an sa longue chevelure ?

Marc sentit le désarroi de Lucie. Avec pudeur, il posa sa main sur la sienne, inerte, et y exerça une légère pression.

— Ça va aller, dit-il d'une voix douce.

Lucie plissa des yeux. Oh non, ça recommençait ! Sans crier gare, la lumière crue inondait son visage, elle perdait le contrôle et les images surgissaient devant elle : le scooter glissait, glissait jusqu'à cette douleur subite, suivie d'un grand moment de calme avant la chute dans les abysses… Une irrépressible envie de vomir s'empara d'elle et elle rouvrit les yeux, paniquée.

— S'il vous plaît. Appelez une infirmière.

17

Lorsqu'elle entra dans l'atelier, Mathilde eut presque pitié et, pour la première fois depuis des mois, elle ressentit un élan de tendresse envers Jérôme. Il se tenait le dos courbé devant son établi, les mains inoccupées, le regard vide devant une horloge à moitié démontée.

Elle s'approcha de lui.

— Qu'est-ce qu'on va devenir ? murmura-t-il.

Plus que les mots, c'est sa voix qui la frappa. Sa voix était sourde, vibrante d'un chagrin mal contenu. Jérôme ne s'adressait pas à elle, il se parlait à lui-même et il répéta :

— Qu'est-ce qu'on va devenir ?

Un instant, Mathilde fut tentée de poser une main sur son épaule mais elle retint son geste, de peur qu'il ne la repousse. Elle repensa à ce que le médecin lui avait dit. « Essayez de raisonner votre mari, madame Maillard. Sinon, vous allez devoir porter non seulement le handicap de votre fille mais aussi la dépression de son père. » Elle toussa ostensiblement.

Jérôme tourna lentement vers elle son visage où de nouvelles rides étaient récemment apparues.

— Tu peux me le dire ? demanda-t-il, semblant s'apercevoir de sa présence à cet instant.

Oui, elle pouvait le lui dire et elle en mourait d'envie. Elle pouvait lui dire que ça faisait des mois que tout tournait autour de cette histoire de jeux Olympiques, qu'il était devenu au fur et à mesure un homme dur pour qui plus rien ne comptait en dehors des obstacles franchis, des secondes gagnées, de cette réussite à tout prix. Oh oui, elle en avait des choses à lui dire ! Par exemple, que tout l'argent dépensé dans cette folie était perdu maintenant, à jamais. Et qu'aujourd'hui ils en auraient eu bien besoin, de cet argent, ne serait-ce que pour aménager la maison au handicap de Lucie.

Mathilde aussi souffrait. Elle souffrait de voir le corps déglingué de sa fille, elle souffrait de l'obstination de Jérôme, elle souffrait chaque fois qu'elle passait devant le box de Saphir et de Buck, et de tous les autres chevaux. À quoi rimait un centre équestre dont le patron déprimait de jour en jour et dont la succession n'était plus assurée ?

— La question, c'est toi, dit-elle d'une voix qu'elle aurait préféré moins sèche. Qu'est-ce que tu vas devenir, *toi* ? Tu vas continuer longtemps à te mentir comme ça, à faire comme si tout était de nouveau possible ?

Cette fois, elle prit sur elle de poser une main sur l'épaule de Jérôme. Il la laissa faire.

— Réagis, Gégé ! Arrête de ressasser tes vieux rêves et, pour une fois, regarde la réalité en face. Plus rien ne sera comme avant, mais pour toi, pour Lucie, pour… (sa voix baissa d'un ton) pour moi, je te demande de te ressaisir.

Jérôme ne répondit rien.

Mathilde retira sa main.

— Je t'ai connu plus fort que ça, lâcha-t-elle d'une voix lasse.

Elle fit quelques pas vers la porte. Puis, avant de sortir, elle se retourna pour lui jeter un dernier coup d'œil.

Lentement, Jérôme avança une main pour prendre un rouage de l'horloge, fixa à son œil sa loupe d'horloger et, toujours sans un mot, il reprit son ouvrage.

18

Il y avait des « jours avec », et des « jours sans ». Ce matin était un « jour sans ».

Pourtant, Lucie avait été réveillée en douceur par Sylvie. L'infirmière avait juste allumé le petit néon de la chambre, celui qui n'explosait pas à la figure, et elle lui avait demandé avec gentillesse si elle préférait un café ou un thé, des biscottes ou un petit pain. « Un chausson aux pommes », avait rétorqué Lucie d'une voix triste.

C'était vrai qu'elle rêvait d'un chausson aux pommes. Mais qu'elle aurait mangé elle-même, avec sa main droite, comme dans son rêve cette nuit où elle prenait un petit déjeuner au lit avec Fred. Au lieu de cela, depuis quelques jours, les doigts de sa main atteinte se crispaient, se refermaient sur eux-mêmes comme des serres d'oiseau. Il lui semblait même que son bras tournait sur lui-même.

— Ben alors, ma beauté, qu'est-ce qui ne va pas ?

Qu'est-ce qui ne va pas ? Qu'est-ce qui devrait aller alors qu'elle était séparée de Saphir, que sa main et que sa jambe lui semblaient des membres étrangers, hostiles, et que son père ne parlait même plus des JO ? Qu'est-ce qui pourrait aller alors qu'elle se sentait laide comme un pou ?

Sylvie s'assit au bord du lit.

Elle prit la main malade de Lucie et en caressa l'intérieur de la paume, étirant avec douceur chaque doigt.

— C'est normal, vous savez. Ces réactions du corps sont impressionnantes mais normales, et la kiné va progressivement vous aider à vous détendre, à vous remuscler. Ayez confiance.

— Tous ces exercices me font atrocement mal, gémit Lucie. (Puis elle ajouta, dans un murmure, en détournant le regard :) J'ai peur, j'ai très peur que rien ne revienne.

Sylvie sourit.

— C'est bien d'avoir peur.

Interloquée, Lucie fixa l'infirmière.

— Oui, répéta celle-ci, c'est bien d'avoir peur. Ça rend vivant et ça va vous aider. Vous voulez que je vous dise ? Dans toute émotion, il y a un message. Et dans votre grande peur, peut-être que le message, c'est simplement l'immense espoir qui vous habite.

Lucie ne répondit rien, laissant les mots de Sylvie faire leur chemin en elle. Un espoir, oui, elle avait raison, un immense espoir l'animait qui ne l'avait jamais quittée. L'espoir de ce jour prochain où elle retrouverait Saphir. Il l'attendait, il l'attendrait le temps qu'il faudrait. Mais elle… serait-elle au rendez-vous ? Lucie avait fait le décompte des semaines la séparant des jeux Olympiques, et, les jours de blues comme aujourd'hui, elle doutait. Cette jambe et ce bras qui reprenaient peu à peu vie sous la douleur des exercices lui semblaient loin d'être opérationnels. Est-ce qu'elle serait remontée à temps ? Son père ne lui parlait plus des JO, est-ce qu'il doutait, lui aussi ? Il n'en disait rien et elle se sentait incapable d'aborder le sujet avec lui. Il tenait tellement à cette victoire aux Jeux ! Plus le temps passait, plus Lucie se disait que, à moins d'un miracle auquel une petite part d'elle-même croyait encore, elle ne serait jamais prête.

— L'espoir, Lucie, l'espoir, lui rappela Sylvie avant de quitter la chambre.

*

— T'as bien fermé la porte derrière toi ?

Léa répondit à son amie par un large sourire.

— Oh, tu ne vas pas me demander ça chaque fois, Miss Tic-Toc. T'as peur que le diable rentre ou quoi ?

— Qu'est-ce que tu crois ? répliqua Lucie. Il est déjà là. Tiens, regarde ! Attrape mon bras pour voir.

Léa s'assit sur le lit.

— Arrête.

— Mais si vas-y, prends-le ! Puisque j'te le dis. Allez, vas-y !

Léa hocha négativement la tête, de gauche à droite.

Lucie la fixait, le regard plein de défi.

— T'as peur, hein ? T'es qu'une trouillarde en fait.

— Parfaitement, une trouillarde de première classe. Là-dessus, je te bats à plates coutures.

— Eh bien, désormais, tu seras toujours la première. Dans tout.

Léa lutta pour contenir le tremblement dans sa voix.

— Arrête, Lulu, t'es pas drôle. (Elle se pencha vers Lucie.) Je t'interdis de dire ça, tu m'entends ?

Sans attendre de réponse, Léa approcha lentement son visage de celui de son amie, jusqu'à se coller à elle, et elle lui fit la plus belle de ses grimaces, langue tirée en prime. Pas question de se laisser aller à la déprime, ça non ! Ce n'était pas leur genre, en tout cas pas jusqu'ici.

En lui décochant un clin d'œil, elle susurra d'une voix moqueuse :

— Alors comme ça, un bel homme entre dans ta chambre et toi, tout ce que tu trouves à faire, c'est vomir ?

Lucie fronça le nez.

— Qui t'a dit ça ?

Léa recula son visage et prit un air mystérieux.

— T'aimerais bien savoir, hein ? Ben, c'est mon p'tit doigt.

— Arrête, t'es pas drôle.

— Ah ah ah, chacune son tour…

Devant l'air dépité de son amie, Léa lâcha l'affaire.

— C'est l'infirmière un peu forte, celle qu'est toute serrée dans sa blouse. Ils pourraient d'ailleurs en fournir à la bonne taille quand même… « Ce genre d'homme, quand il vient chez vous, ma cocotte, vous ne le laissez pas dormir dans la baignoire », voilà ce qu'elle m'a dit. Cocotte ! Est-ce que je l'appelle Poupoule, moi ? Oui, d'ailleurs on va l'appeler comme ça, ça lui va très bien.

Lucie eut un sourire en coin.

Léa continuait sur sa lancée.

— D'ailleurs je ne sais pas d'où elle vient cette phrase, elle est complètement idiote ! Un bel homme dans une baignoire ? Mais qui dort dans une baignoire à part un canard en plastique, franchement ?

Oui, un bel homme, et Lucie se demanda surtout quel homme en dehors de Fred se retournerait maintenant sur elle, si ce n'était pour la montrer du doigt ou chuchoter dans son dos d'un air contrit.

— Alors, c'est qui ce bel homme ? insista Léa. J'aimerais bien le voir, moi.

— Je ne sais pas. Un admirateur. Il s'appelle Marc. Mais bon, tu sais, je l'ai vu cinq minutes et je ne le reverrai sans doute jamais.

— Ça, y a des chances. Une fille qui vomit au premier rendez-vous, ça ne donne pas très envie à un type de revenir, faut dire.

« Surtout quand la fille en question est coincée dans un lit avec un bras et une jambe en vrac », pensa Lucie avec amertume.

Léa remarqua le regard assombri de son amie. Elle se leva de sa chaise et brandit son sac à dos devant Lucie.

— J't'ai apporté de la déco. Tu vas aimer !

Elle sortit de son sac un paquet de photos et un rouleau de scotch.

— On va la repeindre au goût du bonheur, cette chambre, c'est moi qui te le dis !

Une à une, sur les indications de Lucie, Léa placarda les photographies sur les murs nus. Et peu à peu, la chambre s'anima de Kali assis sur son arrière-train, la tête de côté, avec cet air plein d'une attente joyeuse que Lucie aimait tant ; de Saphir dans son box en train de dévorer sa ration de granulés, les oreilles penchées en arrière (attention, on ne plaisantait pas avec la nourriture, on ne s'approchait pas, et Lucie avait toujours respecté le sérieux qu'il mettait à ses repas), de Saphir encore, se roulant sur le dos dans le pré, les sabots en l'air dans cette attitude de confiance que Lucie aimait tant ; de Saphir toujours, douché par Jérôme, et un gros plan sur Pauline, la bombe de travers, louchant ostensiblement à l'intention de sa monitrice préférée.

Léa interrompit un instant son accrochage.

— Tu veux que je te raconte la dernière de Pauline ?

— Vas-y.

— Eh bien, d'après elle, un omnivore c'est quelqu'un qui mange des hommes.

Lucie leva les yeux au ciel.

— Alors, tu connais Achille. Il s'est lancé dans un grand laïus comme quoi *omni* venait du latin *omnis* qui voulait dire « tout » et bla bla bla… inutile de te dire que Pauline se fichait complètement de ses explications.

Léa afficha une nouvelle photo : les enfants galopant autour de Fred, concentrés, à bonne distance les uns des autres, remarqua Lucie.

— Ça se passe bien les cours avec Fred ? demanda-t-elle.

— Pas mal, mais les gamins n'arrêtent pas de te réclamer, surtout Pauline. Chaque fois qu'elle arrive au centre, elle pose invariablement les deux mêmes questions. La première c'est : « Quel jour sommes-t-on ? » et la seconde : « Quand qu'elle revient, Lucie ? »

Un silence s'installa. Lucie regardait les photos avec un léger sourire et Léa se retenait de lui poser ces questions qui tournaient dans sa tête comme une deuxième voix, curieuse, insistante. Comment son amie, si impatiente, si active, supportait-elle de rester allongée toute la journée ? Et quand elle avait envie d'aller aux toilettes, comment faisait-elle ? Et si jamais elle ne remarchait pas, comment elle le vivrait ?

Léa manquait de courage pour affronter directement les réponses alors elle gardait ses questions pour elle.

Elle termina de coller la dernière photo : Saphir penché sur Kali, naseau contre truffe.

— C'est la plus belle, non… tu ne crois pas ?

Lucie eut un sourire soudain rayonnant.

— Oh oui ! Si tu savais comme j'ai hâte de les retrouver !

Ragaillardie par le bonheur de son amie, Léa en ajouta une couche.

— J'ai une super nouvelle, dis donc.

Un éclair jaillit dans les yeux de Lucie.

— Tu m'amènes Saphir ?

Léa éclata de rire.

— Ah ! Tu me vois me pointant à l'accueil de l'hosto avec un cheval en longe, la bouche en cœur : « C'est pour une visite, on n'en a pas pour longtemps » ?

Lucie rit à son tour.

— Remarque, on pourrait peut-être demander à Poupoule de nous arranger le coup. Non. La bonne nouvelle, c'est un peu moins bien que ça mais tout de même… Allez, je ne te fais pas languir plus longtemps. C'est Fred. Mais oui mais oui, Don Juan se décide. Il vient te voir demain.

Lucie sourit. Fred l'appelait tous les soirs à la même heure mais il lui manquait physiquement. Elle voulait sentir sa peau, voir se poser sa main sur la sienne (la bonne de préférence). Elle se sentit heureuse soudain.

— Il t'a dit vers quelle heure ?

— Vers 16 heures, je crois. Après avoir monté Saphir.

Saphir. Un peu de Saphir entrerait demain dans la chambre ! Si Fred avait l'idée de garder sa tenue d'équitation, et Lucie espérait follement que ce serait le cas, elle sentirait l'odeur de Saphir.

— Allez, vas-y, parle-moi de lui.

— Ben, tu vois les photos, c'est toujours le plus beau. En plus de Fred, ton père le monte aussi pour éviter qu'il perde la main en attendant…

Léa eut une brève hésitation (en attendant quoi ? et combien de temps ?), mais elle se reprit, espérant secrètement que son amie n'avait rien perçu.

— Tu lui manques, tu sais.

De nouveau, un sourire jaillit sur les lèvres de Lucie. Son regard se perdit dans le vague, de bonheur, cela se lisait dans la lumière de ses yeux. Oh oui, elle était sûre qu'elle manquait à Saphir. Leur connivence était d'une telle puissance qu'il ne pouvait en être autrement.

— Tu lui as parlé comme je t'ai demandé ? Tu as bien tout dit à Saphir, hein ?

Lucie avait également demandé à son père de transmettre le message à son cheval mais elle voulait être certaine que cela avait été fait. Plutôt deux fois qu'une.

Léa acquiesça de la tête.

— Oui, je lui ai tout dit.

— Tu lui as bien expliqué que ce n'était pas ma faute, n'est-ce pas ? insista Lucie. Répète-lui, je t'en prie, et dis-lui que je pense à lui tous les jours, que je vais revenir vite. Tu me promets, Léa ?

— Promis juré !

Et Léa leva la main devant elle, dans l'attente de la paume de Lucie.

Quand elle comprit sa gaffe, elle eut l'impression que tout son sang refluait soudain en elle.

— Oh, pardon.

Mais Lucie, tout à sa joie, leva la main gauche et tapa dans la paume de son amie. Finalement, pensa-t-elle dans un sourire, il y avait des « jours sans » qui cachaient des « jours avec ».

Sylvie avait raison. Derrière la peur, l'espoir.

19

À peine Fred était-il entré dans sa chambre que Lucie l'avait senti mal à l'aise. Il était resté debout, habillé comme un sou neuf, les bras ballants et le regard fuyant, maladroit comme un débutant. Pendant un quart d'heure, ils avaient parlé de Saphir puis des travaux dans la maison de Fred et de ses cours au centre équestre. Durant tout ce temps qui avait paru interminable à Lucie, Fred n'avait pas eu un geste affectueux, à peine un sourire de temps à autre. Il ne s'était jamais assis. Son regard oscillait sans cesse d'un endroit à l'autre de la pièce et il se perdait en détails insignifiants (« Et cette sonnette, ça sert à quoi ? », « Tu ne trouves pas que le papier peint est affreusement triste ? », « Elle s'appelle comment l'infirmière du matin ? »). Plus Lucie le regardait, plus elle le trouvait inconsistant, et une colère sourde, curieusement exempte de tristesse, la gagnait. Bientôt elle n'eut plus qu'une envie, qu'il s'en aille.

Lorsqu'elle lui annonça être fatiguée, Fred ne se fit pas prier pour décamper, en lui faisant toutefois l'aumône d'un baiser rapide sur les lèvres qu'elle refusa en détournant la tête. Il s'était aspergé de Vétiver, un parfum qu'elle associait maintenant au docteur Langris et à l'hôpital. Sur lui, elle ne sentit même pas l'odeur de Saphir.

Liés pour la vie

Au moment où la porte se referma sur Fred, Lucie comprit que leur histoire ne tenait plus qu'à un fil. Et elle eut la sensation détestable qu'il en avait sans doute toujours été ainsi.

20

Le passage du lit au fauteuil roulant avait été terrifiant, elle avait cru qu'elle n'y arriverait jamais. La tête lui avait tourné atrocement, elle ne parvenait plus à respirer et il lui avait semblé qu'elle allait tomber dans les pommes à tout moment. C'était normal, l'avait aussitôt rassurée le kiné de l'hôpital. Quitter la position horizontale pour un début de « re-verticalisation », comme on l'appelait, procurait toujours ce genre de sensation. C'était vrai. Au bout de quelques minutes, elle s'était sentie mieux.

Depuis quinze jours qu'elle se déplaçait en fauteuil roulant, Lucie allait et venait à sa guise. Assise sur ses roues et entre deux séances de kiné, elle profitait inlassablement de cette sensation de liberté retrouvée en attendant de partir, bientôt, en centre de rééducation.

Ce jour-là, il faisait un soleil magnifique et les premières chaleurs de l'été rentraient par la fenêtre ouverte. Avec un temps pareil, Lucie n'avait pas l'intention de rester dans sa chambre. D'humeur joueuse, elle avait plutôt envie de surprendre Mysterious Man, comme l'avait surnommé Léa.

« En tout cas, c'est pas du genre impressionnable », avait conclu son amie lorsque Lucie lui avait confessé que Marc était revenu la voir. C'était vrai, son admirateur ne s'était pas arrêté à la désagréable impression du premier rendez-vous. Il faut dire qu'avec le métier qu'il faisait il en avait vu d'autres. Grand reporter « de guerre », avait-il précisé non sans une certaine fierté. Lucie, qui n'avait jamais été très loin, l'Italie en l'occurrence, aimait l'entendre parler de ces pays lointains meurtris par l'histoire où les populations, à l'entendre, aussi miséreuses soient-elles, avaient toujours à cœur de l'accueillir généreusement et de l'aider dans son travail. À l'écouter, c'était comme si elle voyageait, elle aussi. Une amitié tranquille se nouait peu à peu entre eux et ils étaient passés naturellement au tutoiement.

Lucie vit Marc sortir de l'ascenseur, un sac plastique à la main, l'air agité.

Il s'arrêta brusquement, semblant invectiver quelqu'un d'invisible. Mais qu'est-ce qu'il fichait, là, immobile au milieu du couloir, à faire de grands gestes ? On aurait dit un fou qui parlait tout seul.

— Dites, monsieur, normalement les portables sont interdits à l'hôpital.

La bonne excuse ! Tu parles, tout le monde avait son portable dans sa chambre. Poupoule avait juste trouvé le moyen d'attirer quelques instants l'attention du bel homme. Lucie hocha la tête, l'infirmière était vraiment ridicule, et elle actionna son fauteuil pour se rapprocher d'eux.

Marc venait de raccrocher. Il rangeait ses écouteurs dans sa poche lorsqu'il la vit. Ignorant l'infirmière, il se dirigea vers la jeune femme à grands pas.

— Hey ! dit-il. Super !

Arrivé devant elle, il se recula de quelques pas pour la regarder. Lucie eut une drôle d'impression. Marc l'examinait comme s'il jugeait ce qu'il voyait. Était-ce elle ou le fauteuil ? On aurait dit qu'elle venait de faire un essayage et qu'il détaillait sa nouvelle tenue pour lui donner ensuite son avis.

Il fit le tour du fauteuil, dans un sens puis dans l'autre. À la fin de son inspection, il se planta devant elle et leva un pouce satisfait.

— Super ! répéta-t-il. Vraiment super.

— Tu ne sais dire que ça ? ironisa Lucie.

Marc la contourna et plaça ses deux mains sur les poignées du fauteuil. Il se pencha vers elle et lui murmura de son haleine mentholée :

— Je te ramène dans ta chambre car là (du menton, il montra l'infirmière), j'ai la désagréable impression qu'on nous écoute.

Lucie fit la moue.

— Si on allait plutôt prendre l'air dans le parc de l'hôpital ?

— Ça te ferait plaisir ? Mais oui, c'est une excellente idée, approuva Marc. Allons donc attraper quelques coups de soleil. Ça ne te fera pas de mal, tu es blanche comme les murs du couloir.

— Merci, répliqua Lucie, un peu vexée.

Le parc regorgeait d'oiseaux se répondant par trilles joyeux. Marc et Lucie cherchèrent un banc libre face au soleil. La plupart étaient occupés par des malades en blouse et leur famille. Ils finirent par prendre place au pied d'un arbre et Marc s'assit par terre.

— C'est pratique un fauteuil quand même, constata Lucie avec une pointe d'humour. On a toujours une place.

Marc sourit. Il sortit son paquet de cigarettes de sa poche et le lui présenta.

— Ah non, merci, dit-elle.

— Toujours pas ? Même pas une ou deux par-ci par-là ?

Lucie leva les yeux au ciel. Elle croyait entendre sa mère qui clamait haut et fort ne pas fumer sous prétexte qu'elle n'en grillait que trois par jour.

— Ben non, répliqua-t-elle, ce n'est pas une histoire de quantité. Soit tu es fumeur soit tu n'es pas fumeur, et moi, je ne fume pas. Tout court.

Marc planta une cigarette entre ses lèvres.

— Mmmm... pas faux.

Il alluma sa cigarette puis se déplaça aussitôt en remarquant que la fumée se dirigeait vers la jeune femme. Lucie regarda ses joues se creuser à chaque inspiration et suivit des yeux le nuage gris qu'il soufflait devant lui. Tous deux gardaient le silence et elle se fit intérieurement cette remarque : Fumeur ou pas, elle se sentait bien en sa présence. Tout simplement.

Marc écrasa sa cigarette par terre, enfourna aussitôt un de ces bonbons à la menthe (immangeables, selon Lucie) dont il semblait posséder une cargaison et se saisit du sac plastique posé à ses côtés.

— J'ai un petit cadeau pour toi, dit-il.

— Tu ne ramasses pas ton mégot ?

Son geste la choquait. Ce n'était pas écologique ni respectueux, tous ces mégots par terre malgré l'interdiction alors que des cendriers étaient disséminés un peu partout sur les pelouses.

— Ah euh... oui oui.

Marc récupéra le mégot pour le fourrer dans sa poche. Puis il agita le sac plastique devant lui avec un air mystérieux.

— Alors, tu ne veux pas savoir ce que c'est ?

— Des bonbons ?

Il rit.

— Oh, tu n'as plus l'âge ! Non, c'est un cadeau pour la femme.

Lucie se sentit rougir. Ainsi, malgré son bras en vrac, malgré le fauteuil, elle était encore une femme… au moins pour lui, son Mysterious Man dont elle appréciait de plus en plus la compagnie.

— Des fleurs ? risqua-t-elle.

— Dans un petit sac comme ça ? Des fleurs naines alors… C'est quoi, tes fleurs préférées d'ailleurs ?

— Les roses blanches.

Il posa le sac sur ses genoux.

— Non, ce ne sont pas des fleurs.

Lucie ouvrit maladroitement le sac et en sortit un petit paquet soigneusement enrubanné.

— Tu veux bien m'aider ? Ce n'est pas très facile d'ouvrir un paquet avec une seule main.

— Oh, pardon.

Marc lui reprit le cadeau et entreprit de le déballer. Un bracelet apparut, étincelant sous le soleil. Lucie écarquilla les yeux. Il était tout simple mais magnifique. Elle n'avait jamais été coquette et c'était son premier bijou, mais étrangement ce choix lui fit un plaisir fou.

Avec douceur, Marc lui prit le bras droit pour y placer le bracelet.

— Voilà, dit-il d'un air satisfait. C'est pour aider ce petit bras à se remettre.

Devant son air interrogateur, il précisa :

— Il est en argent et l'argent possède des vertus thérapeutiques, tu ne le savais pas ? Ça renforce le système immunitaire.

Lucie regarda son bras. Elle le voyait différemment, soudain. Il n'était plus seulement ce membre mou qui la désespérait tant certains jours, il se trouvait embelli, brillant, et visible, mais de cela elle n'avait plus honte.

— Merci, murmura-t-elle. Il est très beau.

— Ce n'est rien, s'excusa presque Marc, soudain gêné à son tour. Prends cela pour le gage de mon admiration… et de mon amitié.

Il se leva.

— On y va ? Je ne peux pas rester plus longtemps, ma fille m'attend.

Ainsi Mysterious Man avait une fille. C'était la première fois qu'il en parlait. Et s'il avait une fille, il avait une femme forcément. Lucie constata qu'elle en ressentait une pointe de contrariété. Elle actionna son fauteuil et ne put s'empêcher de s'inventer une occupation, elle aussi.

— Allons-y. Je suis également pressée.

Ce soir-là, avant de s'endormir, Lucie contempla longuement le bracelet. Fred ne lui avait jamais offert de bijou. Il avait fallu un inconnu, touché par son histoire, pour qu'elle reçoive son premier cadeau de femme. Elle avait refusé qu'on le lui enlève pour la nuit.

Au même moment, couché dans son lit, Marc buvait une dernière vodka en repensant au bref moment passé avec Lucie. Il était heureux que le bracelet lui ait plu car il avait longuement hésité entre ça et un collier. L'idée d'un bijou lui était venue le matin même de sa visite. Il avait pensé que s'il le choisissait bien, si celui-ci plaisait à la jeune femme et si elle le portait vraiment, ce bracelet était une façon pour lui d'être à ses côtés à tout instant. C'était irrationnel, il le savait, mais cela lui donnait l'impression de faire quelque chose pour elle.

Il écrasa sa cigarette dans le cendrier posé au pied de son lit.

« Ce bracelet, c'est un petit rien de rien du tout, corrigea sa petite voix intérieure. Il va falloir faire mieux, mon vieux, beaucoup mieux. »

Marc se frotta les tempes, fatigué. Bien sûr qu'il allait faire mieux, mais pour l'heure, il devait dormir. Après-demain, il partait en Syrie. Un reportage obtenu à l'arrache dans ce pays réputé pour être l'un des plus dangereux pour les journalistes. Mais c'était dans ce genre d'endroit que son métier prenait tout son sens, dans un pays en proie à une guerre effroyable où, en toute impunité, la population était aussi assassinée à coups de gaz chimiques.

Plus profondément, il avait une dette personnelle envers tous ces gens jetés dans le chaos et la souffrance.

21

« *Numéro 204. À la porte.* »

C'était toujours le moment le plus dur mais aussi celui où tout était possible. « On va gagner, on va gagner. » Elle y croyait dur comme fer durant ces quelques minutes précédant l'entrée en piste. Intérieurement, elle refit tout le parcours. Minutieusement, la conscience aiguisée, elle repassa les obstacles en accéléré, en visualisant précisément chacun d'eux. Aucun ne lui résisterait.

À l'arrêt, Saphir attendait, en se balançant doucement d'une jambe sur l'autre. Lucie flatta brièvement son encolure. Ce serait la coupe, ou rien.

Le cœur battant, elle surveillait le cavalier précédent qui finissait son parcours, guettant chez lui une nouvelle faute. Il avait déjà fait tomber une barre au sixième obstacle.

Plus que quelques secondes.

Une onde de chaleur l'emplit tout entière.

Chaque fois, c'était la même chose, elle ressentait le même trac, faisant perler la sueur à ses tempes. Le plus difficile, c'était toujours le premier obstacle. Comme le premier pas dans la vie, c'était là que tout commençait. Elle entendit son père lui souffler : « Vas-y, ma Lu, vas-y. » La sueur à la lisière de sa bombe lui chatouillait le front.

« *Numéro 204, en piste.* »

Lucie s'engagea, pleinement concentrée sur le balancement lourd et puissant entre ses jambes, respirant au rythme de Saphir. Leur harmonie était évidente. Puis elle le mit au trot. Un, deux, un, deux. Ample et délié, il trotta, indifférent au cheval concurrent qui finissait son parcours à quelques mètres d'eux. Saphir et elle étaient ensemble. Ils formaient un couple.

Le cavalier en lice franchit le dernier obstacle.

Ça y est. On y était.

Lucie repassa au pas.

« *Quatre points, pour une barre* », grésilla le haut-parleur.

Elle serra les lèvres. C'était son tour. Elle allait franchir sans encombre le premier obstacle et le reste suivrait. Même l'oxer redouté ne lui résisterait pas. Elle ferait un sans-faute. Elle reviendrait avec la coupe, dût-elle l'arracher avec ses dents.

« *Et nous accueillons maintenant Lucie Maillard, numéro 204. Cette cavalière de trente-deux ans, plusieurs fois championne, nous vient du centre équestre Le Cadran, dans le département de l'Orne, région Basse-Normandie.* »

Les battements de son cœur s'accélérèrent. Elle murmura à Saphir : « On y va, mon beau. On va leur montrer. »

Lucie gagna au trot le milieu de la piste. Puis elle s'arrêta pour saluer le jury. À cet instant plus que jamais, elle était sûre d'eux.

La cloche du départ retentit.

Lucie se réveilla, la nuque trempée de sueur, la tête pleine des derniers échos de la cloche qui lui parvenaient encore, presque réels.

Un rêve ! Ce n'était qu'un rêve ! Un cauchemar, rectifia-t-elle aussitôt en regardant son sac de voyage posé près du lit.

La réalité lui revint subitement.

C'était le grand jour.

Lucie mourait de trouille. Depuis le temps qu'elle vivait là, l'endroit était devenu pour elle comme une seconde maison. Pour avoir roulé sa bosse dans les couloirs, elle connaissait l'étage par cœur. Et c'était bien ce qui l'effrayait : la perspective de lâcher un endroit rassurant pour se lancer dans un lieu inconnu.

— Alors ma cocotte, c'est aujourd'hui qu'on nous quitte ?

Oh non, pitié. Pas elle, pas aujourd'hui.

— Un dernier petit café ? Un dernier petit thé ? Ah, on sait toujours ce qu'on perd mais pas ce qu'on gagne, hein ma cocotte ? P'têt que là-bas, le café ne sera pas bon.

Soit elle était bête, soit elle était méchante, soit les deux. Lucie n'avait jamais réussi à opter pour une des trois hypothèses. D'ailleurs, fallait-il vraiment choisir, l'expression courante parlait bien de « bête et méchant », non ? En tout cas, Poupoule ne lui manquerait pas une seconde.

Avec soulagement, Lucie entendit la voix de Sylvie.

— Marjory, on t'attend chambre 15. Laisse, je vais faire la sortie de Mlle Maillard.

Poupoule grommela mais elle céda sa place.

— Au revoir, lança-t-elle à Lucie d'un ton revêche.

Elle ferma bruyamment la porte derrière elle.

Sylvie s'approcha du lit.

— Avant que le docteur Langris n'arrive… tiens. C'est pour toi.

L'infirmière lui tendit un petit sachet dans lequel Lucie plongea la main.

— Un chausson aux pommes ! Merci.

— Eh oui, un grand jour comme celui-là, ça se fête. (Sylvie se pencha sur elle pour l'embrasser affectueusement.) Tu vas me manquer, tu sais.

Lucie l'entoura de son bras valide pour l'embrasser à son tour, de toutes ses forces.

— À moi aussi, avoua-t-elle. Si vous n'aviez pas été là, je crois que certains jours je serais morte de tristesse.

— Mais non, mais non…

Sylvie cacha son émotion en s'affairant. Elle déplaça le sac de voyage de Lucie, ouvrit le tiroir de la table de chevet, vérifia le placard à deux reprises.

— Bon, tout est là ? Tu n'as rien oublié ? Tu vas me manquer peut-être mais je ne te souhaite surtout pas de revenir. Allez hop, ma beauté ! Dans le fauteuil maintenant. L'heure tourne et la chambre est louée.

Lucie et elle rirent.

Dix minutes plus tard, le docteur Langris entrait, accompagné de Jérôme. Lucie était prête, habillée, son sac de voyage sur les genoux. Son père s'assit sans un mot tandis que le médecin s'accroupissait avec décontraction devant les roues de Lucie, vraisemblablement pour détendre l'atmosphère. Elle ne fut pas dupe. Dès les premiers mots, il avait pris son ton des moments graves.

— Je ne vais pas y aller par quatre chemins, Lucie. Ce que j'ai à te dire est simple et je te sais apte à l'entendre aujourd'hui.

Elle sut. Elle sut immédiatement ce qu'il allait lui dire. Elle le savait, au plus profond d'elle-même.

— Ta vie de cavalière, c'était avant.

Malgré elle, Lucie se raidit.

— Maintenant, continua le médecin d'un ton calme et posé, ton challenge à toi, le podium dont tu rêves, ce n'est plus une victoire aux jeux Olympiques.

Lucie l'écoutait tout en fixant son père avec intensité, guettant chez lui un mouvement, une réaction, une indignation, un refus, n'importe quoi pourvu qu'il cesse de détourner son regard comme il le faisait.

Elle fit pivoter son fauteuil roulant de façon à lui faire face.

— Papa.

Jérôme ne répondit rien. Il pencha la tête, à la façon d'un vaincu.

— Regarde-moi, Lucie, continua le médecin de sa voix ferme et sûre. Ce ne sont plus les jeux Olympiques peut-être mais tu as un challenge à relever au moins aussi important, si ce n'est plus.

Lucie tourna son visage vers le docteur Langris. Dans son regard, elle lut une conviction et une profondeur qui rendaient ses paroles plus fortes encore.

— Aujourd'hui, tu entames une nouvelle étape en partant en centre de rééducation. Tout se jouera dans les mois qui viennent. Le choc dans ta tête a provoqué un arrêt de l'influx nerveux dans ton cerveau qui commande les mouvements. La kiné va servir à réactiver cet influx nerveux en faisant fonctionner des neurones différents de ceux que ton accident a endommagés. Tu vas essayer de remarcher, Lucie.

Jérôme restait muet, la tête baissée, et Lucie lui en voulut brusquement. Pourquoi n'avait-il pas le courage de la regarder dans les yeux ? Pourquoi se taisait-il ? Il semblait absorber chaque mot du médecin comme des coups qu'on lui aurait portés.

— Ton nouveau challenge, Lucie, c'est de te remettre debout et de marcher à nouveau.

Subitement, la colère qui gonflait en elle depuis plusieurs minutes explosa. Lucie avança son fauteuil jusqu'à la chaise où son père se tenait prostré, le bousculant brusquement. Sous le choc, le sac de voyage glissa de ses genoux et tomba par terre.

De surprise, Jérôme releva la tête.

— Eh bien, voilà ! lui cria Lucie. Voilà ce que tu as été incapable de me dire ! Mort et enterré, le rêve de gloire ! C'est fini les JO, tu m'entends ? Fini ! Pourquoi tu ne m'as rien dit ?

Jérôme regardait tour à tour sa fille et le médecin d'un air affolé.

Lucie lui hurla au visage, du plus fort qu'elle put.

— Hein, pourquoi ? T'avais pas le courage, c'est ça ?

Elle recula son fauteuil et avança de nouveau vers son père, poussant sa chaise.

— Tu vois, eh bien, je préfère ce que je viens d'entendre. Remarcher ! Ça, c'est un challenge, un vrai ! Re-mar-cher ! Tu comprends maintenant ?

Puis elle se retourna vivement vers le docteur Langris.

— Je monterai sur ce podium dont vous me parlez, docteur. Je remarcherai. Et je ferai même plus.

Elle fit faire une volte-face à son fauteuil et tourna ostensiblement le dos aux deux hommes avant d'ajouter, pour elle-même, à voix basse :

— Je remonterai à cheval, quoi que vous en disiez.

Voyant les larmes perler aux yeux de Lucie, Sylvie s'approcha de la jeune femme. Elle se pencha vers elle et lui parla avec douceur.

— N'oublie pas ton espoir. Fais-toi confiance et tu verras… Dans quelques mois, c'est toi qui viendras nous voir. Debout, avec une canne peut-être, ce n'est même pas sûr, et on se serrera la main. (Elle ajouta en lui décochant un clin d'œil complice :) La droite, bien sûr.

Lucie eut un maigre sourire.

— Allez, on dit comme ça, dit Sylvie. Et maintenant allons-y, il faut faire tes papiers de sortie…

Le SMS arriva sur son portable au moment où Lucie franchissait la porte de l'hôpital.

J'aurais aimé être là pour t'accompagner mais je suis à quatre mille kilomètres, alors ça fait un peu loin. Ça va aller. Je pense à toi. Marc.

22

Toujours ce même visage juvénile, cet air surpris devant cette chose inouïe, impossible, ces yeux pleins d'étonnement : ça ne pouvait pas lui arriver, pas à son âge. Il n'avait que quatorze ans ! Et pourtant, autour de lui, le jeune garçon le savait pour le voir tous les jours, les enfants mouraient eux aussi.

Partout où Marc allait, sans que rien laisse présager l'arrivée de l'image sous ses yeux, il retrouvait soudain cet adolescent sous lequel pointait l'homme qui ne verrait jamais le jour.

Dans cette chambre d'hôtel à la façade criblée de balles où s'entassaient les journalistes, Marc cherchait à tuer ses souvenirs. Nuit blanche aveuglée par un alcool qui faisait fuir de moins en moins facilement l'image terrible. Comment tout cela s'était-il produit ? Pourquoi l'équipe de télévision à laquelle il appartenait n'avait-elle pas reçu un signal, pourquoi il n'avait pas été lui-même alerté par cette sorte de sixième sens qui lui avait si souvent sauvé la vie ? Sarajevo. 1992. Cela faisait vingt-cinq ans maintenant. Marc avait alors tout juste vingt ans.

C'est lui qui avait dû annoncer la mort de l'enfant à son père.

Vingt-cinq ans et toujours la même présence. La même culpabilité. Si seulement, ce jour-là, le gamin qu'ils suivaient n'était pas passé dans cette rue… Marc leva la bouteille devant lui, presque vide. Il porta le goulot à sa bouche et lui fit un sort, laissant dégouliner à la commissure de ses lèvres l'alcool chaud, « Tais-toi ! Va-t'en ! », exhortant en silence l'effroyable souvenir. Les dernières gorgées eurent bientôt raison de lui. Ivre, au bord de la nausée, Marc tomba brutalement dans un sommeil de plomb.

23

TROIS MOIS PLUS TARD

Striée par la pluie, la maison lui apparut soudain, familière et en même temps étrangère. Entre l'hôpital et le centre de rééducation, voilà cinq mois que Lucie n'avait pas remis les pieds chez elle, et elle eut l'impression d'y être une invitée.

Jérôme se gara au plus près et coupa le contact.

— Bienvenue, ma Lu.

Lorsque son père la posa dans son fauteuil, Lucie sentit les roues s'enfoncer.

Bienvenue ?

Bienvenue la galère oui, pour se déplacer dans cette boue. Bienvenue dans cette maison qui lui semblait soudain si loin, presque inatteignable. Sa mère était sortie, un parapluie à la main qu'elle ouvrit au-dessus de la tête de Lucie. Elle avait faux, comme toujours. La pluie pouvait bien tomber sur sa jambe, elle pouvait même s'y affaler en rafales, Lucie ne sentait presque rien. Une branche sèche, voilà l'effet que lui faisait sa jambe droite à cet instant.

— Allez, on y va, dit Jérôme en poussant le fauteuil avec peine.

— Je veux voir Saphir, exigea Lucie d'un ton ferme.

Une semaine qu'elle attendait ce moment. Depuis ce jour où on lui avait donné sa date de sortie du centre, elle n'avait plus qu'une idée en tête : revoir Saphir, retrouver son compagnon, le prendre de nouveau contre elle, sentir sa large encolure pousser de toute sa masse contre son épaule.

— Mais il pleut, ma Lu, tu ne veux pas attendre ?

— La pluie ne mouille que les imbéciles. Je veux voir Saphir. Si tu ne m'emmènes pas, j'y vais toute seule.

Elle pouvait. Elle pouvait actionner les roues du fauteuil grâce à ses bras fortifiés par des heures d'exercice au centre de rééducation, et elle pouvait aussi se lever quelques minutes, si elle le décidait, à l'aide de ses béquilles. Elle n'avait pas besoin de son père.

— Tu peux ouvrir à Kali, s'il te plaît !

Cette fois Lucie s'adressait à sa mère. Elle entendait les aboiements d'impatience de Kali qui grattait furieusement derrière la porte de la cuisine.

Mathilde soupira, agacée par l'exigence de sa fille, mais elle s'exécuta.

Dès que la porte lui fut ouverte, Kali fonça comme un fou vers Lucie. Indifférent au fauteuil, méprisant l'objet inconnu qui s'interposait entre eux, il sauta sur les genoux de sa maîtresse en gémissant de bonheur. Lucie entoura son chien d'un bras, riant sous les coups de langue qui couvraient son visage de salive. « Kali ! Mon Kali ! » répétait-elle en fourrant son visage profondément dans les poils du chien. C'était bon comme elle n'aurait pas pu l'imaginer, même dans ses plus beaux rêves. Cinq mois que Lucie n'avait pas enfoui sa main dans le pelage soyeux, qu'elle n'avait pas senti contre elle toute la chaleur d'une présence animale. Kali couinait, tournait en rond sur ses genoux, lui léchait les oreilles, aboya deux ou trois fois, alla jusqu'à poser ses pattes avant sur ses épaules, cherchant visiblement la meilleure façon d'exprimer la transe qui l'habitait. « Stop Kali, stop. » Lucie essaya, sans conviction, d'interrompre cette manifestation bruyante.

— Kali ! Allez, ça suffit maintenant. Descends.

Le chien s'exécuta aussitôt.

Lucie se retourna vers sa mère, étonnée. Mathilde avait donné son ordre d'un ton ferme mais bienveillant. Depuis quand elle ne hurlait plus sur Kali ? Lucie regarda le chien, sagement assis devant les roues du fauteuil, à la dévorer des yeux. Et depuis quand celui-ci obéissait-il à sa mère ?

— Je t'emmène au box de Saphir, annonça Jérôme, redoutant visiblement que Lucie ne s'y rende seule.

Il prit avec lui la paire de béquilles.

Tout le temps du trajet, Kali sauta d'un côté à l'autre du fauteuil, comme enivré par la présence de sa maîtresse adorée à qui il offrit quelques saltos particulièrement réussis.

Lucie ne s'attendait pas à cela. Lorsque son père ouvrit le box, Saphir recula à la vue du fauteuil et elle hésita avant d'entrer. Ce fut l'affaire d'une fraction de seconde car aussitôt un bonheur si intense qu'il lui oppressait la poitrine et lui serrait le cœur s'empara d'elle. Son beau, son merveilleux Saphir se tenait devant elle, immense. Sauf que, assise dans son fauteuil, elle avait l'impression d'être toute petite et que l'encolure qu'elle avait tant rêvé de serrer était devenue inatteignable.

Lucie tendit la main vers lui.

— Hé oh, hé oh.

Couché entre les roues du fauteuil, Kali leva la tête, les oreilles dressées.

— Hé oh, hé oh, mon beau.

Lucie allongea le torse le plus possible, sentant avec douleur combien elle paraissait fragile.

— C'est moi, mon beau, c'est moi.

Elle rapprocha le fauteuil de quelques centimètres et tendit de nouveau sa main gauche vers les naseaux. Et là, quelque chose craqua en elle, au plus profond. Elle ne pouvait pas tricher, elle pouvait juste être… ce qu'elle était.

— Mon Saphir, dit-elle simplement.

Et Saphir s'approcha, soufflant son haleine chaude de plus en plus près jusqu'à appuyer ses naseaux contre sa paume. Lucie caressa sa tête et, doucement, elle avança ses lèvres pour lui rendre son souffle.

— Mon Saphir, mon amour.

Respiration contre respiration, l'osmose était là de nouveau. Il lui sembla que son cœur allait exploser de bonheur.

*

Immobile au pied de l'escalier, Lucie regardait l'envolée des marches avec inquiétude. Comment allait-elle accéder à l'étage maintenant ? À son étage, « ses appartements », comme disait Léa ? Debout derrière elle, son père posa une main sur son épaule et lui dit doucement :

— Viens, il y a une surprise pour toi.

Lucie se retourna.

Aux côtés de Jérôme, sa mère abordait un sourire mystérieux.

— Oui, une surprise, parfaitement, confirma-t-elle. Allez, viens voir.

La pluie avait cessé, rendant la progression en fauteuil à peine plus facile. Lorsque Mathilde s'arrêta devant la petite maison et en ouvrit la porte, Lucie mit quelques minutes avant de réaliser. Tout y avait été rénové, arrangé avec goût. Un canapé rouge ornait le salon où un feu de cheminée crépitait doucement. À la vue de l'énorme bouquet de roses blanches s'épanouissant sur la table basse, Lucie sentit fondre son sentiment de solitude dans cet endroit encore étranger. D'un seul regard, elle enveloppa l'ensemble et, petit à petit, elle reconnut ses affaires : sa télévision installée face au canapé, son petit meuble en bois avec l'ordinateur posé dessus, jusqu'à la coupe pendule sortie de son placard et visiblement restaurée. À droite, une porte avait été laissée ouverte et Lucie y retrouva son grand lit, sa couette, ses oreillers, sa table de chevet où trônait *Colline*, le livre qu'elle lisait la veille de son accident et qu'elle n'avait jamais fini.

Elle leva sur sa mère un regard interrogateur.

— Eh oui, sur ce coup-là, tu m'as bien eue, lâcha Mathilde dans une tentative d'humour inhabituelle.

— Mais…

Lucie hésitait, doutant encore de ce qu'elle comprenait.

— Mais oui, c'est chez toi, lui confirma sa mère. Tu la voulais bien, cette petite maison, non ? Ce n'est pas faute de me l'avoir réclamée, pas toujours gentiment d'ailleurs… Eh bien, tu l'as. Et tout est en rez-de-chaussée. Allez, entre !

Lucie voulait entrer debout. Elle devait entrer du pied droit, celui qui portait bonheur. Si elle y parvenait, ce serait le signe que tout irait bien dans cette maison. Elle se souleva hors du fauteuil et, soutenue de chaque côté par ses parents, concentra tous ses efforts sur sa jambe malade. Elle se mordit les lèvres de douleur mais elle parvint à lever de quelques centimètres la jambe pour poser en premier le bon pied. Sitôt entrée, elle retomba épuisée dans son fauteuil.

— Alors ? Comment tu trouves ? demanda Jérôme avec, dans le ton, une pointe de fierté.

Lucie regardait autour d'elle et elle voyait le travail accompli. Les fenêtres disjointes avaient été changées, les murs intérieurs piquetés pour retrouver leur cachet d'antan et les portes en bois, jusque-là de guingois, étaient replacées dans leurs gonds. Son père avait dû bosser comme un dingue durant son absence ! Lucie lui sourit brièvement, en taisant le fait qu'il aurait pu s'abstenir de remettre en état de marche l'affreuse coupe pendule dont le tic-tac régulier l'agaçait déjà.

Elle voulait les remercier, l'un et l'autre, elle aurait dû le faire mais, impossible… Elle restait muette. Pourtant, il ne se passait pas un jour sans qu'elle pense à la peine faite à ses parents, à l'immense chagrin qu'elle leur avait infligé avec cet accident. Mais malgré cela, le simple mot de « merci » n'arrivait pas à franchir ses lèvres. Ses deux membres étaient mous, mais elle, est-ce qu'elle n'était pas devenue trop dure ? Lucie avait parfois peur de cela. Et si elle était heureuse d'avoir un chez elle, soulagée de ne pas avoir à affronter les quatorze marches menant à son ancien domaine, à cet instant Lucie souffrait aussi de se dire que tout cela était la conséquence de son handicap.

Elle s'approcha de la table basse et caressa du bout des doigts le bouquet de roses.

— C'est arrivé ce matin, précisa Jérôme en lui tendant la petite enveloppe calée entre deux tiges.

— Un admirateur, ma chérie ? s'enquit Mathilde en regardant Lucie ouvrir l'enveloppe et lire la petite carte glissée à l'intérieur.

Il y avait toujours dans ce « ma chérie » quelque chose d'ironique, de moqueur, que Lucie peinait à s'expliquer.

Elle replaça la carte dans l'enveloppe et, baissant les yeux pour ne pas mentir à visage découvert, elle murmura :

— Les infirmières du centre. Sympa, non ?

*

Après le dîner pris dans la maison familiale, Lucie avait regagné *sa* maison, elle pouvait l'appeler ainsi maintenant. Agacée par la prévenance excessive de ses parents, pour une fois associés dans leur désir de la coucher et de la border comme si elle était une enfant, elle avait renvoyé ses géniteurs à leurs pénates. Postée à la fenêtre du salon, Lucie laissait son regard aller dans la nuit bleutée. Le crépuscule tombait lentement. Dehors, une chouette hulula au loin. Ses yeux descendirent le chemin de terre où traînaient encore quelques brins de paille puis ils s'arrêtèrent devant le box de Saphir. Que faisait-il à cet instant ? Elle tourna la tête vers sa coupe. 21 h 10. À cette heure, il devait dormir, du sommeil du sage. Elle mourait d'envie de sortir, de le rejoindre, de se coucher contre lui. Mais c'était déjà trop d'émotion pour une seule journée et Lucie se rendit à l'évidence. Elle mourait de fatigue.

Une fois sous sa couette, elle relut pour la troisième fois la petite carte de Marc. Il n'avait écrit que quelques mots mais ils suffisaient à la rendre heureuse.

« *Quelques fleurs pour faire entrer un peu de bonheur.* »

24

De loin, Lucie vit approcher les petits cavaliers du samedi matin, flanqués de leurs parents. Elle se tenait à l'entrée du centre équestre, face aux attaches des poneys, les mains crispées sur ses genoux. C'était la première fois que les enfants allaient la revoir depuis l'accident. C'était plus fort qu'elle, Lucie ne pouvait s'empêcher de redouter ce moment. L'impossibilité d'aller à leur rencontre (ses exercices matinaux, quelques allers et retours dans le salon avec ses béquilles, l'avaient épuisée pour la journée) lui pesait.

Assise, elle arrivait tout juste au cul des poneys.

Immobile, calée dans un fauteuil roulant, posée là comme un objet.

Un rire nerveux la secoua brièvement en repensant à cette blague qui circulait au centre de rééducation. « Tu sais où trouver un tétraplégique ? Au dernier endroit où tu l'as laissé. » À ceci près qu'elle n'était « que » hémiplégique, et encore, au bout de ses trois mois de rééducation, elle avait assez bien récupéré. Même si sa jambe était encore molle, son bras droit fonctionnait de mieux en mieux.

Les enfants grimpaient, suivis par leurs parents, et l'inquiétude de Lucie augmentait à chacun de leurs pas. Pourquoi n'étaient-ils que quatre sur les six enfants normalement inscrits à cette reprise ?

— Lucie !

Pauline surgit, un immense sourire aux lèvres.

— T'es reviendue !

La fillette se jeta contre elle, la serra dans ses bras.

Lucie sentit contre elle palpiter le petit corps chaud. Dans son dos, elle vit Safia qui l'observait, plus intimidée encore qu'avant, puis Thomas et Achille qui la saluèrent en même temps de la main. À leurs côtés, les parents, gênés, lui souriaient sans vraiment la regarder. Lucie sourit en retour mais d'un sourire qu'elle sentait forcé, plus proche du rictus.

Pauline se redressa et recula de quelques pas, butant contre sa mère qui affichait un air navré, plein d'une compassion affreuse.

— T'es pas morte !

La compassion disparut des yeux de la mère pour laisser place à une lueur horrifiée.

Lucie s'entendit répondre d'une voix plus blanche qu'elle ne le voulait.

— Et pourquoi je serais morte, ma belle ?

Surprise par la bêtise de la question, Pauline s'exclama.

— Ben un accident, c'est grave ! Moi, j'ai eu peur que t'étais morte.

— On dit « que tu *sois* mor… ».

La mère de Pauline s'interrompit, le feu aux joues.

On ne dit pas « morte », c'est ça ? pensa Lucie avec amertume. On ne prononce pas ce mot devant elle, c'est ça ? Lucie se mordit les lèvres, résistant à la tentation de répliquer que oui, par moments elle se sentait à moitié morte. Les adultes étaient trop stupides. Pauline n'avait que sept ans, c'était une enfant pleine de joie, alors, pour la préserver, elle se tut.

La fillette examinait maintenant le fauteuil d'un air pénétré.

— T'as pas mal aux fesses ?

— Pauline, voyons…

Sa mère prit l'enfant par la main dans une tentative pour l'entraîner plus loin.

Pauline se dégagea avec vivacité.

— Parce que moi, si je reste longtemps longtemps assise à l'école, j'ai trop mal aux fesses. Ça me fait des guilis, alors faut que j'me lève.

Achille, qui s'était rapproché, soupira d'agacement.

— Pfft ! C'est pas des guilis, c'est des fourmis.

Avant qu'elle sente des guilis ou des fourmis ou quoi que ce soit du même genre… Lucie, elle, c'étaient les escarres qui l'avaient guettée jusqu'à ce qu'elle se remette debout. Le cauchemar des gens en fauteuil. Elle les avait vus au centre de rééducation, ceux que leurs escarres clouaient sur le ventre durant des jours et des nuits.

— Tu vas rester toujours comme ça ?

— Pauline !

Cette fois sa mère lui prit la main de force.

— Pas toujours, ma belle, non, murmura Lucie.

Son bras récupérait bien, plus vite que sa jambe, et les médecins lui avaient dit qu'avec une béquille elle pourrait bientôt remarcher suffisamment correctement pour se passer complètement de son fauteuil. Elle n'en était pas là. L'épuisement des exercices de kiné, la fatigue accusée par tous ses muscles trop sollicités l'obligeaient encore à regagner le fauteuil plusieurs heures par jour.

— Tu me fais mal ! gémit Pauline en cherchant à se dégager, en vain, de l'emprise maternelle. Et c'est quand que tu refais la monitrice ? demanda soudain la fillette.

C'était la première fois que quelqu'un lui posait la question aussi directement. Avant Pauline, personne n'avait osé. Ni Mathilde, ni Fred, ni Jérôme bien sûr qui évitait le sujet le plus soigneusement du monde, ni même Léa que son franc-parler abandonnait dès qu'il s'agissait d'équitation.

Prise au dépourvu, Lucie ne sut quoi dire. Elle non plus n'abordait jamais le sujet.

— Alors, c'est quand ?

Pauline la regardait, les yeux pleins d'une attente grave. La question était sérieuse !

Lucie lui montra son fauteuil et les béquilles dépassant de la poche arrière du fauteuil.

— Là-dedans ? Tu te vois avec une monitrice en fauteuil ou clopin-clopant sur des béquilles ?

— Ben, t'auras qu'à monter sur Saphir et t'auras quatre jambes, ce sera encore mieux.

Moulin à paroles, machine à pensées plus rapides les unes que les autres, comme d'habitude elle ne doutait de rien, cette petite ! Monter Saphir, oui, bien sûr, Lucie ne pensait qu'à cela, et l'évidence avec laquelle Pauline présentait les choses la troublait.

— Alors c'est quand que tu remontes à cheval ? insistait l'enfant.

— Et toi, c'est quand que tu te tais ? lâcha soudain avec exaspération la mère de Pauline, en oubliant subitement son français.

Alors, pour une raison qu'elle ne s'expliquerait jamais, même après y avoir longuement réfléchi, Lucie s'entendit répondre.

— La semaine prochaine, ma belle.

25

« Je ne peux peut-être pas lui mettre sa selle, ni le sangler, ni le panser entièrement, mais il y a une chose que je peux faire, avait argumenté Lucie. Je peux t'aider à lui curer les pieds. (Elle avait ajouté dans un petit rire :) C'est même idéal, je suis à la bonne hauteur. »

Dans un premier temps, Jérôme avait refusé. Curer Saphir était un véritable combat chaque fois. Puis, devant l'insistance de sa fille, de guerre lasse, il avait fini par céder mais en restant à ses côtés, prêt à intervenir. Même si elle aurait préféré être seule, Lucie se sentait rassurée par sa présence. Maintenant qu'elle se trouvait devant le box de Saphir, elle se demandait à nouveau comment l'opération allait se dérouler. Elle n'était plus à la bonne hauteur pour effectuer le rituel destiné à rassurer le cheval, il lui était impossible d'entourer son encolure avant de descendre la main jusqu'aux sabots. D'autant plus que sa main droite était encore faible et elle savait que Jérôme aurait à l'aider.

Elle respira profondément et pénétra dans le box.

— Hé ho, mon beau. C'est moi.

Chaque fois, elle craignait qu'il ne recule comme le premier jour à la vue du fauteuil, mais Saphir, au contraire, s'avançait, penchait sur elle sa tête et lui soufflait au visage. Naturellement, spontanément, sans le plus petit mouvement de crainte. Cette fois encore le cœur de Lucie se gonfla de reconnaissance. En l'acceptant ainsi, il lui redonnait confiance et, subitement, elle ne douta plus.

— Il va falloir que tu m'aides, chuchota-t-elle en embrassant le chanfrein de Saphir.

Il secoua la tête et elle voulut y lire son soutien.

Lucie se positionna à droite de la patte avant. Lentement, elle descendit sa main gauche le long du membre. Et là, sans aucune hésitation, avec douceur, Saphir lui donna son pied, pliant le genou et présentant un sabot prêt à être curé.

— Ça alors, murmura Jérôme en se penchant, le cure-pied à la main.

Il gratta rapidement les lacunes du sabot et en dégagea grossièrement la terre agglomérée.

Lucie n'en revenait pas elle-même. Elle réussit ainsi à faire avec Jérôme les quatre pieds, et chaque fois, Saphir se plia à l'exercice avec un bon-vouloir inédit. Lucie remarqua qu'ensuite il reposait toujours son sabot avec une extrême délicatesse, comme s'il craignait de lui faire mal, de la blesser. Un élan d'amour absolu l'étreignait à voir cette masse de plusieurs centaines de kilos faire preuve d'une telle légèreté, d'une telle compréhension. Saphir n'avait pas peur du fauteuil, mais en même temps, il le prenait en compte et se concentrait pour ne pas le toucher, pour ne pas la bousculer. Cette finesse de réaction, cette sensibilité pleine d'intelligence bouleversaient Lucie, et des larmes lui vinrent aux yeux, des larmes de bonheur.

Maintenant, installée au bord de la carrière, elle le regardait galoper et son cœur s'emballait comme si c'était elle qui le montait. Saphir, son beau Saphir… une petite semaine seulement les séparait, et Lucie frémit à la perspective de la sensation bientôt retrouvée avec son compagnon. À le voir évoluer, elle le trouvait meilleur qu'avant l'accident, plus groupé, plus sûr de lui. Il semblait franchir les obstacles avec une facilité et une tranquillité déconcertantes. Son père n'avait pas perdu son temps en son absence. Saphir avait progressé et elle reconnaissait en lui les signes d'un futur champion. Lorsque Jérôme passa devant elle, Lucie leva à son intention un pouce admiratif. Il avait vraiment fait du bon boulot.

26

Emma lui tournait le dos ostensiblement, le visage collé à la vitre de la voiture. Agacé par sa paresse (elle s'était levée péniblement la veille à 13 heures), ce matin Marc avait tiré sa fille du lit pour l'obliger à l'accompagner.

— Ça te fera prendre l'air, répéta-t-il en allumant une cigarette.

— C'est toi qui m'pompes l'air, lâcha Emma d'un ton rogue en ouvrant tout grand la vitre. Tu peux pas attendre avant de fumer ?

Ça, c'était la meilleure ! Emma s'était mise à fumer, elle s'en cachait mais il n'était pas dupe, et voilà qu'elle se permettait de lui donner des leçons. Marc résista à une envie mauvaise de lui souffler sa fumée dans les cheveux. Elle continuait de bougonner.

— J'aime pas les chevaux, ça pue le crottin. Et puis c'est con.

— Tu ne peux pas faire preuve, pour une fois, d'un peu d'intérêt pour autre chose que ta petite personne ? Tu n'as jamais approché un cheval de ta vie.

— Et alors ? Je m'en passe très bien.

Marc soupira. C'était devenu vraiment impossible de discuter avec Emma. Tout ce qu'il lui proposait pour l'extraire de cette adolescence molle et désabusée dans laquelle elle se roulait avec délectation échouait lamentablement.

Voilà six mois, lorsque Emma avait voulu arrêter le lycée, il lui avait proposé d'accompagner Chris dans un reportage sur les bergers en Ardèche. Il s'était heurté à une fin de non-recevoir obstinée, bornée selon lui, de la demoiselle. La conséquence heureuse avait été toutefois qu'Emma était restée au lycée, même si « restée » était un bien grand mot puisqu'elle oubliait ses cours deux fois sur trois. Chaque fois que Marc en discutait avec Béa, celle-ci relativisait avec, à la bouche, cette expression qu'il jugeait d'une idiotie sans nom : « C'est l'âge », concluait avec fatalisme sa femme (il répugnait à parler d'elle comme de son « ex », selon la formule consacrée). Marc ne s'y trompait pas. Béa était surtout bien plus intéressée par son aventure avec cette femme, dont décidément il se refusait à prononcer le nom, que par les états d'âme de sa propre fille. De *leur* fille. Il avait donc décidé de prendre les choses en main.

Il s'engagea dans le parking en terre au pied du centre équestre et se gara à côté d'un van à la porte grande ouverte.

— On y est, déclara-t-il en coupant le contact. (Il se retourna vers sa fille.) Et je te demanderai d'être aimable si c'est encore dans tes possibilités.

Un grommellement lui répondit, sitôt suivi d'une portière claquée. « Eh bien, ça commence bien », se dit-il en grimpant le chemin menant au manège.

Lucie vit Marc arriver de loin et son cœur s'accéléra à la vue de la silhouette masculine. Derrière lui, une jeune fille aux cheveux d'un bleu électrique traînait des pieds, avec une lassitude non feinte. Sa fille sans doute, Emma, si elle se souvenait bien. En revanche, pas de femme pour les accompagner, et Lucie s'en trouva soulagée.

— C'est qui, ce type ? Il n'est pas mal, dis donc.

Elle sursauta. Debout à ses côtés, Mathilde tenait sa main en visière pour protéger son regard du soleil et elle examinait le duo inconnu.

— Un type, répondit sèchement Lucie.

De quoi se mêlait-elle ? C'était quoi, cette réflexion ? Lucie n'avait pas envie d'instruire sa mère sur Marc. Et puis, qu'aurait-elle pu en dire ? Qu'il était un fan ? Une connaissance ? Un ami ? Un admirateur ? Elle-même ne savait pas comment qualifier leur relation.

Mathilde se pencha vers sa fille, surprise par sa réponse lapidaire. Lucie se reprit. C'était ridicule. Elle allait bien être obligée de le présenter.

Elle attendit que Marc soit à leur hauteur.

Tout sourires, il commença par tendre une main à Mathilde.

— Marc, dit-il, puis, se retournant pour désigner la jeune fille à l'air boudeur, et voici Emma, ma fille.

À son tour, Lucie fit les présentations.

— Ma mère.

— Bonjour, madame, fit Marc.

Mathilde le reprit avec un petit rire coquet :

— Oh, appelez-moi Mathilde, je préfère.

Lucie réprima un geste d'agacement. Sa mère était une dame, bien qu'elle fasse tout pour paraître plus jeune que son âge.

Emma regarda Lucie par en dessous lorsque Marc se pencha sur elle pour l'embrasser.

— Alors, ce retour chez toi ? Tu es heureuse ? demanda-t-il.

Mathilde dévisagea tour à tour sa fille et cet inconnu qui la tutoyait comme s'il la connaissait depuis longtemps. Elle eut l'impression qu'une part de Lucie lui avait échappé, une part d'autant plus incompréhensible qu'elle semblait liée à sa nouvelle condition. Ce Marc semblait bien au courant de sa vie.

— Tu viens monter ? éluda Lucie en s'adressant à Marc.

Elle n'avait aucune intention de satisfaire la curiosité de sa mère.

— Tu vas monter ? s'étonna Emma, soudain présente à la conversation. Tu montes, toi ?

— Pas aujourd'hui, non ! Marc sauta sur le premier prétexte qui lui vint à l'esprit. En fait, je suis venu voir la beauté faite animal. Alors, il est où, le fameux Saphir. C'est lui ?

Il désigna la première encolure venue dans l'encadrement d'un box.

— Non, il est plus loin, répondit Lucie en poussant sur les roues de son fauteuil.

Le chemin menant aux box lui était pénible, elle devait forcer sur ses roues et son bras droit n'était pas encore à la hauteur. Avec naturel, Marc se plaça derrière elle et saisit les poignées du fauteuil :

— En voiture, Simone ! déclara-t-il en poussant l'engin.

Emma le regarda faire avec dégoût. « Beurk », se dit-elle en observant le duo. Qu'est-ce que son père pouvait bien trouver à cette fille cassée de partout ?

— Et toi, mademoiselle ? demanda Mathilde, ça t'intéresserait de monter ? Fred donne des cours tous les week-ends, c'est un très bon moniteur et, si tu veux, tu pour…

— Non, la coupa Emma.

Marc se retourna vers sa fille.

— Emma !

— J'ai dit non ! et elle partit dans le sens opposé, en direction de la voiture, bien décidée à attendre assise contre la portière le temps qu'il faudrait. Dernière fois qu'elle venait en week-end avec son lourdaud de père !

Marc se tenait debout, les bras ballants, devant le box ouvert de Saphir. Lucie avait beau lui vanter la beauté de son encolure, la perfection de ses muscles, la douceur de sa crinière, le cheval ne lui faisait ni chaud ni froid. Il se forçait pour paraître intéressé, inutilement car le quadrupède lui-même semblait l'ignorer totalement. Pire, au bout de quelques secondes d'observation, Saphir leur tourna ostensiblement le dos pour ne plus offrir que sa large croupe.

— Hé ho, mon beau, le reprit Lucie.

Pourquoi faisait-il ça ? D'un naturel curieux, d'ordinaire intéressé par l'inconnu, Saphir faisait preuve à cet instant d'une attitude étonnante, à la limite de l'affront.

— Je suis désolée, je ne comprends pas.

— Ce n'est pas grave, s'empressa de dire Marc, et il en profita pour reculer, mal à l'aise d'avoir devant lui non seulement une croupe mais surtout des sabots.

Il s'arrêta devant Lucie et balaya le jardin d'un large geste de la main.

— Tu me fais visiter les lieux ?

Le terrain était plane et ils partirent tous deux, côte à côte.

Marc trouva l'endroit plaisant. Le Cadran semblait un centre équestre bien entretenu où les chevaux vivaient apparemment heureux et entourés d'affection. Le soleil régnant à cette heure augmentait encore l'impression de gaieté se dégageant de l'ensemble. Toutefois, comme chaque fois qu'il revenait d'un pays en guerre, Marc avait du mal à se sentir concerné par ce qui l'entourait. Par exemple, cette maison jolie et toute proprette dans laquelle vivait Lucie avait un côté plan-plan, ordinaire, qui ne le faisait pas vibrer. C'était plus fort que lui. Comparé aux situations folles de cet autre coin de la planète qu'il venait de quitter, le quotidien lui semblait terne, sans grand intérêt. À chacun de ses retours, c'était la même chose, et il lui fallait plusieurs jours avant de se réacclimater à la morosité d'une vie « normale ». Il avait trouvé la parade. Généralement, il s'arrangeait pour repartir rapidement et retrouver au plus vite cette adrénaline devenue son moteur.

Chaque fois que Lucie montrait des signes de fatigue, sans sembler le moins du monde embarrassé, Marc reprenait les poignées du fauteuil. Lorsqu'il se penchait sur elle pour commenter sa visite, Lucie sentait l'odeur de sa veste en cuir, un mélange de parfum boisé, de tabac et d'une odeur plus lourde, plus profonde qu'elle n'aurait su nommer mais qui ne lui était pas désagréable. Il y avait quelque chose de doux dans cette odeur. De doux et d'heureux.

Aux côtés de Lucie, Marc se tenait accoudé à la clôture, à l'entrée du manège. Depuis presque une semaine, Jérôme assurait les reprises, en l'absence de Fred qu'une grippe durable consignait chez lui.

— Mon père, fit Lucie en désignant Jérôme.

Marc regarda l'homme en tenue d'équitation qui se dressait, droit comme un « i », au milieu du groupe de cavaliers obéissant à sa série d'ordres. « Volte », « demi-volte en R », « trot-tez », « au pas », « galop à gauche »… le grand ordonnateur ponctuait ses commandes de coups de cravache contre sa botte et les autres s'exécutaient sans rechigner.

— Ben dis donc, ça ne plaisante pas, ne put s'empêcher de faire remarquer Marc.

Lucie leva vers lui un regard étonné où il lut une pointe de reproche.

— Mais c'est sérieux de monter, qu'est-ce que tu crois ? C'est marrant que tu dises ça, toi, un cavalier.

— Ils vont sauter, là ? (Marc eut un petit rire, dans lequel il essaya de prendre le ton de celui qui sait parfaitement de quoi il parle.) Parce que l'obstacle, c'est quand même ce qu'il y a de plus drôle, non ?

Lucie baissa les yeux. Oui, le saut d'obstacles, cette sensation de s'envoler soudain, de ne faire plus qu'un avec la grande masse qui s'élève et vous emporte. Oui, cette sensation-là lui manquait cruellement. Elle releva la tête et vit arriver Jérôme. Il avait mis tout le monde au pas et il s'approchait d'eux, le regard fixe.

Elle fit les présentations et si Marc semblait à l'aise, Lucie sentit son père se rétracter, se durcir.

— Vous venez pour un cours ? demanda-t-il avec brusquerie.

Décidément, pensa Marc, pas moyen d'être tranquille. Il n'avait pas pensé à cela, que s'inviter ainsi dans un centre équestre laissait normalement entendre qu'on avait l'intention d'enfourcher un des quadrupèdes à disposition. Pour se donner une contenance, il sortit son paquet de sa poche et en tira une cigarette, mais, au moment où il approchait la flamme de son briquet, Jérôme l'arrêta d'un geste.

— On ne fume pas ici. Trop de paille, trop de risque d'incendie.

Marc remit son paquet dans sa poche en retenant un soupir d'agacement. Ça devenait franchement de plus en plus difficile de fumer quelque part, maintenant !

Lucie lui sauva la mise.

— Non, Papa, Marc ne vient pas pour un cours. En tout cas pas aujourd'hui. Il est venu me voir, et voir Saphir.

— Pourquoi ? rétorqua Jérôme sèchement. Vous voulez l'acheter ? Il n'est pas à vendre.

À vendre ? Saphir, à vendre ? Lucie sentit un vertige la gagner. Mais qu'est-ce qui prenait à son père ? Il était devenu fou ou quoi ?

Marc rit nerveusement.

— Non, monsieur, n'ayez crainte, je n'ai pas l'intention d'acheter un cheval. (Il se tourna vers Lucie.) Et surtout pas celui auquel votre fille tient tant.

— Très bien, conclut Jérôme en tournant le dos. Maintenant, si vous voulez bien m'excuser…

Et sans laisser à Marc le temps de lui répondre, il repartit d'un pas ferme vers le milieu du manège.

Lucie balaya l'air d'un bras.

— Laisse tomber. Depuis quelque temps, il n'est pas très en forme.

Ce « depuis quelque temps », elle n'osait pas le dire, mais Lucie en connaissait la durée et l'origine. Depuis son accident, son père avait changé, peu à peu mais d'une façon qui aujourd'hui faisait de lui un homme différent. Autrefois si exigeant envers elle, il ne lui demandait plus rien, n'évoquait même pas ce jour où elle allait remonter, ce jour qui approchait pourtant à pas de géant et dont Lucie avait fixé l'heure avec Jérôme lui-même.

— Je remonte dans deux jours.

Sans le vouloir, elle avait parlé à voix haute.

Marc la regarda avec inquiétude.

— Mais… comment… comment tu vas faire ? Et les médecins, ils sont d'accord ?

Lucie partit d'un rire amer.

— Si je devais attendre leur autorisation, j'aurais le temps de pourrir trois fois sur mes deux roues !

Dans le sourire de Marc, elle vit un peu d'admiration et elle enfonça le clou.

— Tu me demandes « comment » je vais faire mais la vraie question, c'est plutôt « pourquoi » je le fais ? Et ça, maintenant que tu as vu Saphir, tu dois comprendre.

Marc baissa le regard. Non, ça, il avait du mal à comprendre qu'on puisse aimer un cheval au point de monter dessus avec une jambe molle et un bras moribond. En même temps, il revit soudain cet enfant dont une jambe avait été pulvérisée par une mine antipersonnel ressemblant à un jouet et qui jouait au foot à coups de béquilles, en se démenant comme un beau diable. Il releva la tête et proposa à voix basse :

— Si tu veux, je viendrai.

Lucie refusa en secouant la tête de gauche à droite. Elle ne voulait personne ce jour-là. Elle n'accepterait qu'une présence, celle de son père. C'est lui qui la porterait et la monterait jusqu'à la selle, lui qui ajusterait les rênes de Saphir et l'accompagnerait dans ce moment où tout, de nouveau, redeviendrait enfin possible. Ce moment faisait partie de leur histoire à tous les trois.

Les coups de Klaxon résonnèrent soudain, arrachant Lucie à ses pensées et précipitant le départ de Marc. Emma ramenait son père à la réalité à grands coups de cornet et, visiblement, elle était au bord de l'exaspération. Marc embrassa rapidement Lucie en lui promettant de revenir très vite puis il fila vers sa voiture.

— Non, mais t'as vu comment elle est ?

Emma avait replié ses genoux qu'elle tenait serrés entre ses bras.

— Mets ta ceinture.

— Tu m'avais pas dit qu'elle était handicapée… L'horreur… Si ça s'trouve en plus, c'est un accident de cheval et toi, tu voudrais qu'on monte sur ces trucs immenses ? T'es dev'nu ouf, ou quoi ?

— Mets ta ceinture, Emma.

— Pfft ! Pour faire trois mètres, on s'en fout.

— Ce n'est pas trois mètres d'abord, et toi qui as l'air si dégoûtée par une « handicapée » comme tu dis, figure-toi que c'est à cause d'un accident. Alors tu mets cette ceinture, c'est un ordre !

Emma obéit en soufflant suffisamment fort pour faire comprendre à son père à quel point il était odieux, invivable, réac !

— Un accident de voiture ? grommela-t-elle.

— Tais-toi maintenant. Tu veux que je te parle comme tu me parles ? Tu me soûles.

— Oh, c'est bon…

— Non, c'est pas bon. Tais-toi maintenant.

Ils firent la fin du trajet en silence, chacun perdu dans ses pensées. Dans celles de Marc, le regard de Lucie passait et repassait, ce fameux jour de l'accident. Ce regard avait fait basculer quelque chose en lui dont il ignorait encore jusqu'où il le mènerait.

27

Mathilde courait entre deux rendez-vous, Jérôme assurait la reprise de Fred toujours grippé, aussi Léa, de passage au centre, s'était proposée. Lorsqu'elle avait suggéré à son amie de l'accompagner au supermarché, Lucie avait accepté, à son propre étonnement. Elle qui détestait tant faire les courses y vit soudain la possibilité d'une brève échappée vers ce monde dont elle se sentait désormais à l'écart. Choisir ses yaourts, s'acheter un paquet de bonbons, remplir son Caddie de plein de choses utiles et de quelques inutiles : soudain, les gestes les plus ordinaires prenaient à ses yeux une saveur extraordinaire. En enfilant son blouson, elle eut presque l'impression, à l'accélération de son cœur, de se rendre à un rendez-vous.

Les premiers regards vinrent dès que Léa déplia le fauteuil devant la portière ouverte. Sortir d'un siège de voiture avec une jambe de chiffon et un bras quasi inerte n'était pas des plus faciles et les deux jeunes femmes jouèrent les acrobates. L'affaire était pénible mais pas autant que les regards curieux de cette femme qui, faisant mine de relacer ses chaussures, jetait des coups d'œil voyeurs vers le fauteuil et son occupante. « Pauvre fille, tu portes des mocassins », enragea Léa en claquant la portière. Pires encore, les regards apitoyés, dégoulinants de compassion, atteignaient Lucie de plein fouet. « Oh, la pauvre… », « Si jeune… », « Si jolie… », « Arrête de regarder la dame comme ça, ce n'est pas gentil… » Il semblait à Lucie qu'elle les entendait à haute voix, ces paroles qu'ils ne prononçaient pas mais qu'elle lisait dans leurs yeux comme dans un livre ouvert. Soudain, elle redouta les éclairages criards du supermarché, sa musique moelleuse au kilomètre et tous ces gens qui la regarderaient tour à tour comme un objet d'intérêt, de dégoût, de pitié.

— Hé ! Hé hé ! On est là !

Lucie sortit brusquement de ses réflexions. Quelques mètres plus loin, Jo lui faisait de grands signes de la main. À ses côtés, Bijou, qui roulait sa cinq-centième cigarette de la journée, leva le menton dans sa direction en guise de salut.

— Tu les connais ? s'étonna Léa.

— Oui, bien sûr. Je te présente Jo et Bijou. Je les vois chaque fois que je vais faire les courses, enfin que j'allais… Ça fait un bail maintenant.

Lucie et Léa s'arrêtèrent devant les deux SDF.

— Alors, ça roule pour de vrai cette fois ! s'esclaffa Jo dans un sourire édenté.

— C'est malin, ça ! grogna Léa.

— Oh, ben si on peut plus rire maintenant ! Allez, on se connaît bien elle et moi, hein ? rétorqua Jo en adressant un clin d'œil complice à Lucie. On nous la fait pas à nous, hein ?

— Non, répondit Lucie. On nous la fait pas.

Jo se recula pour l'observer de bas en haut.

— Ben alors, qu'est-ce qui t'est arrivé ? On se demandait, Bijou et moi, on te voyait plus.

— Maintenant tu vois. Accident, hosto, rééducation, jambe en vrac, bras pareil.

— Ben, ça t'empêchait pas de rouler jusqu'ici quand même.

— Euh, un peu, si.

— Sont bien gonflés au moins ? s'interrogea soudain Jo en se penchant pour tâter d'une main experte les roues du fauteuil… Mmmouais, conclut-il d'un ton docte. Pas terrible terrible. Va falloir me donner un p'tit coup de pompe là-dedans.

— C'est sûr, intervint Bijou de son débit lent, donnant l'impression qu'elle se réveillait toujours d'un très long somme. T'es le roi des mécanos, Jo. (Elle murmura à Lucie :) Il ne sait même pas changer une roue de vélo. »

Jo se retourna vers sa compagne, vexé.

— Et alors ? On n'en a pas de vélo, alors qu'est-ce ça peut faire ?

— Ça peut faire, c'est tout, répliqua Bijou tout aussi doctement.

Lucie sentit alors sur sa gauche bouger quelque chose de chaud. Elle baissa la tête et vit soudain le chien pelé de Jo qui, le plus tranquillement du monde, levait consciencieusement la patte sur la roue de son fauteuil. Elle hurla.

Jo bondit sur la pauvre bête en criant.

— Satanas !

Il le saisit par la peau du cou.

— C'est ça, fais comme chez toi ! Va pisser ailleurs, vieille carne !

Il était heureusement arrivé à temps, juste au moment où l'animal entamait son affaire. Mais il n'est pas bon d'interrompre une chose commencée et Satanas se refusait à suspendre sa miction si soulageante. Les cris de son maître ne l'impressionnaient pas, il savait celui-ci bien trop gentil pour faire du mal à une mouche, alors à un chien… Tiré par Jo, Satanas avançait donc sur trois pattes en gardant la quatrième à moitié levée afin de finir, du mieux qu'il pouvait, sa besogne. Au fil de sa progression chaotique, le trottoir se couvrait d'un petit ruisseau d'urine tortueux. Lucie et Léa partirent d'un fou rire. Bijou, quant à elle, leva simplement les yeux au ciel d'un air blasé.

Quand l'animal eut fini, Jo le lâcha et revint près d'elles.

— C'lui-là, c'est un gros cochon, un blaireau, une tête de mule, un âne bâté.

— Rien que ça… ajouta Lucie en essuyant ses larmes de rire.

Jo parut réfléchir puis il se décida à compléter le tableau :

— Un fils de chien !

Cette réflexion eut pour effet de faire repartir le fou rire de Lucie. Bijou leva à nouveau les yeux au ciel. Franchement, si Jo n'existait pas, il faudrait l'inventer, semblait-elle penser.

Léa avait sorti la liste de son sac et elle commençait à s'agiter.

— Je ne veux pas te presser, ma belle, mais il faut faire les courses.

Lucie fit une moue. Elle n'avait plus envie de pénétrer dans l'antre de l'hyperconsommation. Elle se retourna vers son amie.

— Tu m'en veux si je te laisse faire ? Je suis un peu fatiguée, je préfère t'attendre ici.

Léa grimaça mais accepta d'un signe de tête. Lucie savait qu'elle ne se montrait pas très fair-play en usant de sa situation pour se débarrasser d'une corvée redevenue ennuyeuse à ses yeux. Elle n'était pas fatiguée, elle avait juste envie de rester avec Jo et Bijou. Avec eux, elle ne sentait plus cette barrière qui, depuis son accident, l'isolait des autres, de tous ceux, amis compris, qui la regardaient avec gêne comme s'ils ne voyaient plus en elle qu'une handicapée. Tous ceux-là qui parfois donnaient l'impression de souffrir plus qu'elle de sa condition et à qui elle avait envie de crier que c'était bon, que c'était à elle que c'était arrivé, pas à eux !

— J'y vais, dit Léa en s'éloignant.

— Attends une seconde. Dis donc, je sais que ça date, Jo, mais ton père il a apprécié les langues ? Tu veux que Léa lui en reprenne ? demanda Lucie en se souvenant de cette histoire de bonbons qu'elle avait cru destinés à son fils.

— Tu parles ! Il n'en a pas voulu, il ne les aime qu'au coca. Toute façon, c'est un emmerdeur, mon paternel, ça a toujours été.

— Ça… confirma Bijou d'un air entendu.

— Alors prends un paquet de croquettes pour le chien, s'il te plaît, Léa.

— Ben, t'es pas rancunière, toi, lâcha Jo d'une voix joyeuse. T'as entendu, Satanas ? T'as intérêt à bien te tenir avec la demoiselle, maintenant !

Lucie passa un des moments les plus agréables de ces derniers mois.

Ils parlèrent de tout, de rien, du beau temps, du chien, de la bêtise des gens qui les regardaient de haut, tous les trois mais pas pour les mêmes raisons. Elle apprit que Sammy, elle avait oublié le nom de ce père que Jo semblait à la fois détester et aimer, avait fait de la taule pour violences volontaires. C'était pour ça que la présence d'une assistante « spéciale » (décidément Jo y tenait, elle était vraiment spéciale à ses yeux) était requise lors des visites de son fils, c'est du moins ce que Jo en avait conclu. À tort ou à raison. Il referma le chapitre rapidement sur ces mots un peu énigmatiques :

— Sammy, c'est un sanguin dans les veines.

Aux côtés de ses deux compagnons de fortune, Lucie se sentait à l'aise. Bijou et Jo s'adressaient à elle comme ils l'avaient toujours fait, normalement, en l'appréciant pour ce qu'elle était. Le fauteuil n'avait d'intérêt à leurs yeux qu'à cause de ses roues sous-gonflées (Jo insista de nouveau sur la nécessité du p'tit coup de pompe) et parce qu'il offrait l'avantage de procurer toujours une place au parking...

— Enfin, quand il n'y a pas un gros connard qui te la pique, précisa Bijou du haut de sa large connaissance du genre humain.

Aussi, lorsque Léa revint en s'excusant d'avoir été si longue (« la queue aux caisses, t'imagines pas, ça se voit qu'on est samedi ! Et puis dis donc, les listes de ta mère, elles n'en finissent pas ! »), Lucie eut l'impression qu'il s'était écoulé à peine un quart d'heure. Elle partit à regret après avoir assuré Jo qu'elle viendrait, comme il le lui réclamait, « rouler par là plus souvent ».

À peine avait-elle démarré que Léa alluma la radio. C'était du jazz, et du bon, mais elle n'écoutait pas. Elle se demandait comment elle allait aborder le sujet. Au supermarché, elle avait croisé Fred. Celui-ci avait commencé par essayer de s'esquiver dans un rayon voisin puis, voyant que Léa l'avait repéré, il s'était approché, le feu aux joues. Elle avait eu aussitôt envie de lui rentrer dedans.

— Je te croyais cloué au lit par la grippe ?

Le visage de Fred s'était empourpré davantage. Terriblement gêné, il se balançait d'un pied sur l'autre et elle avait pris un malin plaisir à le regarder s'enliser dans son malaise.

Il avait fini par bredouiller :

— C'est… je vais… je vais mieux. Oh, c'est récent, depuis ce matin… quelques heures seulem…

Léa l'avait coupé net, d'autant plus facilement qu'elle n'avait jamais apprécié Fred, un mec égoïste et, il fallait bien l'avouer, quelconque.

— Pauvre type ! Je te plains.

Et elle l'avait planté là, au rayon papier toilette. Tout à fait approprié, avait-elle pensé.

Maintenant, tout en conduisant, Léa s'interrogeait.

Allait-elle en parler à Lucie ? Et comment ? D'abord, fallait-il vraiment qu'elle le lui dise ? Elle était partagée entre le désir de franchise et d'honnêteté à l'égard de sa meilleure amie et la crainte de lui faire de la peine. Que faire ? Est-ce qu'elle avait le droit de se mêler de ça ? Ou, au contraire, le devoir de s'en mêler, justement ?

Pour se décider, Léa fit ce qu'elle faisait toujours dans ces cas-là : elle inversa la situation. Et si c'était elle que son copain menait en bateau, est-ce qu'elle aimerait que Lucie l'en instruise ? Elle réfléchit rapidement et opta pour le « oui ». Oui elle préférerait savoir, même si c'était douloureux, même si elle devait passer par un moment où elle en voudrait à son amie, voire même la soupçonnerait (parfaitement injustement) de prendre un peu de plaisir à cette annonce. Oui, elle en était sûre. La vérité était toujours préférable au mensonge, même par omission.

Elle baissa le volume de la radio et, après une longue inspiration, elle se lança. Pas d'atermoiements, pas de circonvolutions, les faits, juste les faits.

— J'ai vu Fred au supermarché.

Lucie ne réagit pas. Elle garda le regard fixe devant elle, concentré sur la route. Léa se dit qu'elle avait pris la mauvaise option, fait le mauvais choix, et elle se sentit encore plus maladroite lorsqu'elle s'entendit ajouter :

— Je suis désolée.

Lucie se pencha pour monter le volume de la radio. Les premiers accords de *Georgia On My Mind* de Ray Charles retentirent. Une chanson d'amour, on ne pouvait pas trouver pire, songea Léa avec inquiétude. Et soudain, Lucie parla. Sa voix était calme et basse mais l'importance de ses mots l'emportait sur la musique.

— Sa mauvaise grippe, c'est moi, Léa. Et de cela, il ne guérira pas. Laisse tomber. J'ai compris, tu sais.

Puis elle se pencha de nouveau et mit la radio à fond.

Léa se tut. Il n'y avait rien à ajouter, en tout cas pas maintenant. Elle accéléra pour atteindre la limite des 90 kilomètres à l'heure, désormais pressée d'arriver au centre équestre.

28

Lucie préférait quand ils se disputaient, c'était moins effrayant que ce malaise régnant désormais entre ses parents. Au dîner, son père avait beau s'efforcer de lui sourire de temps en temps, elle n'était pas dupe. Il ruminait elle ne savait quelles pensées au juste mais elle les sentait noires. Jérôme ne parlait plus beaucoup et s'il se laissait aider par Lucie dans la préparation de Saphir, c'était la plupart du temps en silence. De plus en plus régulièrement, il se réfugiait dans son atelier pour réparer ses horloges, mais même là, il semblait que toute passion l'ait quitté.

Au sein de ce malaise persistant, Lucie en était arrivée à apprécier le cri bref du coucou ponctuant les heures, mais elle regardait maintenant avec inquiétude la pendule chalet météo qui ne fonctionnait plus. Voilà quelques jours, dans l'indifférence paternelle, celle-ci s'était bloquée sur la pluie, et il semblait à Lucie que le bonhomme au parapluie et à la mine triste et figée était comme le symbole de leur vie.

Sa mère, elle, s'agitait. Retournant à la cuisine plus souvent que nécessaire, à croire qu'elle faisait exprès d'oublier chaque fois quelque chose, Mathilde allait et venait tout au long du repas. Lucie la sentait nerveuse, embarrassée. Mais au moins, elle, elle lui parlait, même si c'était trop.

— Ça se voit que Léa ne fait pas souvent les courses. C'est fou le temps que vous avez mis !

— Ta liste était longue, faut dire.

Mathilde eut un petit rire.

— J'ai toujours fait des listes complètes pour qu'on n'oublie rien, et chaque fois, c'est pareil. Désolée, mais il manque le liquide vaisselle.

Lucie tut le fait qu'elle n'avait pas accompagné son amie.

— Eh ben, voilà, asséna Mathilde, quand on n'a pas de tête, on a des jambes donc… (elle se rattrapa *in extremis*)… donc, hum, on verra ça plus tard.

Elle se leva et entreprit de débarrasser, refusant d'un geste la proposition d'aide de Lucie. Les assiettes en main, elle se retourna vers sa fille.

— Est-ce que ça t'a fait du bien au moins de sortir un peu d'ici ?

— C'est d'être ici qui me fait du bien. Avec vous…

Lucie fixait son père. Elle avait attrapé son regard et elle voulait qu'il l'entende.

— Avec Kali…

Kali leva la tête, dressa les oreilles et acquiesça dans un bref aboiement. Désormais, le chien avait droit de cité dans la salle à manger et il passait tous les repas couché sous la table.

Lucie intensifia son regard dans celui de son père.

— Avec Saphir que je remonte demain. Voilà ce qui me fait du bien.

Il y eut un instant de silence, quelque chose de suspendu dans l'air, comme un arrêt sur image. Jérôme continuait de regarder Lucie, sans réaction visible, tandis que Mathilde restait de longues secondes plantée à la porte de la cuisine, ses assiettes à la main. Puis, lentement, comme dans un vieux film à pellicule, les images redémarrèrent jusqu'à retrouver le cours des choses et la vie reprit son rythme normal.

Mathilde poussa la porte entrouverte d'un coup de fesses et posa bruyamment les assiettes dans l'évier.

Jérôme s'éclaircit la voix.

— Demain matin, 10 heures, dans le manège. Ça te convient toujours ?

Lucie sentit son cœur s'emballer. Si elle avait pu, elle lui aurait sauté au cou ! Elle retrouvait soudain l'ancien visage, le coach acharné, le Jérôme d'avant. Que son père parle d'une façon aussi simple et évidente de la première fois où elle allait remonter Saphir, qu'il traite cet événement comme si c'était la chose le plus naturelle au monde et la plus normale qui soit étaient pour elle le plus beau des cadeaux qu'il pouvait lui faire.

— Oui, ça me convient, confirma-t-elle d'une voix heureuse.

*

— Ce n'est pas une bonne idée, Gégé, vraiment pas une bonne idée.

Le dîner fini, Lucie avait rejoint sa maison et Mathilde se tenait assise dans le salon, en face de Jérôme. Celui-ci regardait d'un œil morne la cheminée dans lequel aucun feu ne brûlait.

— Pas une bonne idée du tout. Et puis, poursuivit-elle d'un ton hésitant, ça me fait peur. Les médecins eux-mêmes…

— Les médecins sont des imbéciles, la coupa Jérôme sans cesser de fixer la cheminée. Ils ne comprennent rien.

— Ce n'est pas une histoire de comprendre, c'est un avis médical, tu m'entends. Mé-di-cal. Physiquement, c'est dangereux. Je ne comprends pas que tu l'encourages.

Jérôme tourna lentement son visage vers sa femme. De nouveau, Mathilde fut frappée par l'absence dans son regard.

— Toi non plus, tu ne comprends rien, Mathilde. Ça ne m'étonne pas, ce n'est pas nouveau. Tu n'as jamais aimé les chevaux, jamais fait l'effort d'imaginer ce qu'ils pouvaient représenter pour Lucie et pour moi. T'aurais dû faire médecine.

Mathilde haussa le ton, énervée.

— Non mais, tu t'écoutes parler ? Tu n'es pas fatigué de dire autant de bêtises ? Et si elle tombe ? Si elle se blesse ? Son corps est fragile, au cas où tu ne l'aurais pas remarqué.

— Lucie n'est pas fragile, elle ne l'a jamais été. Et elle possède une chose qui la sauve, figure-toi, elle a l'esprit d'une championne.

Mathilde se leva, au comble de l'exaspération.

— Ne me dis pas que tu penses encore à cette histoire de jeux Olympiques ! Ne me dis pas ça, Jérôme, parce que si c'est ça, ça prouve juste que t'es atteint d'un grain gros comme une planète !

Jérôme eut un petit rire triste.

— Oh non, rassure-toi, je ne suis pas fou. Les JO, je sais très bien ce qu'il en est. C'est foutu, mais je sais aussi que tu en es heureuse.

Mathilde sentit ses yeux s'embuer.

— Qu'est-ce que tu insinues ? Que je suis heureuse de voir ma fille handicapée ? Que je suis heureuse de la voir clouée dans un fauteuil ou marchant tout de travers, prête à tomber à chaque instant ? C'est ce que tu penses vraiment ?

Jérôme ne répondit pas.

— Oui, c'est ce que tu penses, conclut Mathilde d'une voix étranglée qui soudain se gonfla de sanglots. Mais ce que tu ne vois pas, c'est que, moi, je regarde la réalité en face contrairement à toi. Moi, je ne mens pas à Lucie.

— Non, en effet. Tu te contentes de te mentir à toi-même.

— Tu veux dire quoi, par là ?

— Je veux dire que tu n'as jamais cru en elle, et aujourd'hui moins que jamais. Et que, si tu t'écoutais, tu bazarderais tout ici : les chevaux, la maison, le centre.

— C'est toi qui ne comprends rien. Tu veux garder Le Cadran ? Eh bien, ouvre les yeux pour une fois. On est endettés jusqu'au cou, et même pire. Avec l'accident de Lucie, les dettes nous montent aux lèvres maintenant, et on va bientôt se noyer, Jérôme, la voilà la réalité. La triste, la sinistre, la véritable réalité.

Jérôme fronça le nez et releva la lèvre supérieure, dans un rictus de dégoût. La réalité, Mathilde n'avait que ce mot à la bouche. La réalité pour lui, ce n'était pas l'argent, encore l'argent, toujours l'argent… la réalité, c'était que Lucie voulait remonter et que, lui aussi, il avait peur. Il se sentait impuissant, inutile, mais pour rien au monde il ne l'aurait avoué.

Lorsqu'il releva la tête, Mathilde n'était plus là. Elle avait quitté la pièce sans même qu'il s'en rende compte.

Machinalement, Jérôme prit le tison et le remua dans la cheminée vide.

Inutile. Il avait la sensation d'être devenu aussi inutile qu'un feu en plein été.

*

« Vous voulez l'acheter ? » Recroquevillée sous sa couette, Lucie ne parvenait pas à trouver le sommeil. Les mots de son père tournaient sans fin dans sa tête. Pourquoi avait-il dit ça à Marc ? Dans le silence de la nuit, l'incompréhensible question résonnait de nouveau à ses oreilles. « Vous voulez l'acheter ? » Et le rire de Marc, immédiat, lui semblait maintenant trop nerveux pour être honnête.

Elle essaya de se raisonner, de se concentrer sur l'autre phrase de son père. « Il n'est pas à vendre. » Mais les mots se mêlaient, s'emmêlaient, et bientôt avec la fatigue ce ne fut plus qu'un galimatias aboutissant à un « acheter mais pas à vendre » sur lequel Lucie butait. Une espèce de brouillard s'emparait peu à peu de ses pensées et elle glissa dans une sorte de songe, comme un rêve éveillé…

… Où elle cheminait sous un soleil de plomb et une lumière blanche éclatante. Elle cheminait mais plus elle s'approchait du box, plus le jour faiblissait. Au moment où Lucie posait la main sur le loquet et le tirait, soudain une ombre jaillissait, une ombre gigantesque qui grandissait encore et encore jusqu'à la recouvrir tout entière. L'ombre de sa mère sortait du box. Elle sortait, tenant en longe Saphir devenu ombre à son tour, et tous deux avançaient à grands pas sur Lucie, passaient outre son corps comme s'il était inexistant.

« Saphir ! »

Sans un regard, les deux grandes silhouettes sombres s'en allaient, se fondaient en silence dans l'obscurité et disparaissaient au loin.

« Saphir ! »…

… Lucie reprit brusquement conscience, le front trempé de sueur, haletante sous l'affreuse vision. « Saphir. » Elle se força à respirer lentement, à se raisonner. Le cauchemar, c'était encore ce même cauchemar. Depuis l'accident, elle qui ne se souvenait jamais de ses rêves voyait désormais ses nuits peuplées d'images et de sons. Notamment ce cauchemar qui la hantait régulièrement. C'était toujours la même histoire, le même souvenir, intact dans ses moindres détails, aussi précis que s'il datait d'hier. Ce souvenir surgi d'un temps disparu qui, dorénavant, lui revenait par bouffées. Tout y était aussi vrai que le jour où elle l'avait vécu. Et voilà qu'à cause de ces quelques mots prononcés par son père, le cauchemar lui revenait.

Grelottante, Lucie ramena le drap sur elle et laissa le terrible souvenir se dérouler une nouvelle fois sous ses yeux, la seule façon qu'elle avait trouvée pour le tenir à distance.

C'était il y a trois ans, un vendredi matin sans cours, ni reprise. Jérôme avait acheté Saphir deux mois plus tôt et Lucie installait les obstacles dans la carrière pour son entraînement lorsque l'attitude de son père, quelques mètres plus loin, l'avait frappée. Elle avait noté sa raideur des grands jours mais aussi un « je-ne-sais-quoi » qui l'avait poussée à s'approcher de lui sans se faire voir. Était-ce le mouvement de va-et-vient de ses mâchoires crispées, ou bien le balancier nerveux de la cravache entre ses mains ? Préoccupé, il n'avait pas remarqué sa présence.

Ce n'était pas le genre de Lucie d'écouter aux portes mais ce matin-là, elle s'était dissimulée derrière le mur des bottes de foin pour attendre. Quoi ? Elle ne savait pas au juste. Le pas énergique de sa mère avait retenti, de plus en plus proche, puis il s'était tu et elle n'avait plus entendu que le cinglement sec de la cravache contre la botte.

— Comment tu as pu faire ça ?

La blancheur de la voix paternelle l'avait alarmée.

Sa mère avait à peine cherché à feindre.

— Ça… quoi ? avait-elle rétorqué mollement.

Les feulements de la cravache s'étaient multipliés.

— Tu sais très bien de quoi je parle.

Fidèle à ses principes, sa mère avait alors opté pour l'attaque, d'après elle la meilleure des défenses.

— Puisque tu le sais si bien, vas-y, dis-le-moi. Qu'est-ce que j'ai fait, d'après toi ?

Jérôme répondit d'une voix sourde, pleine d'une colère mal contenue.

— Tu as essayé de nous empêcher d'acheter Saphir. Tu as mis discrètement Goyard sur le coup et tu as essayé de lui faire acheter Saphir à notre place.

Philippe Goyard, le plus gros propriétaire de chevaux de la région et le moins sympathique… Lucie s'était retenue pour ne pas hurler.

— Comment tu as pu faire ça ?

Mathilde haussa le ton, visiblement agacée.

— Comment j'ai pu ? Mais tout simplement en faisant des calculs, figure-toi. Ce cheval était vendu 40 000 euros ! Oh ! Tu réalises ? 40 000 euros ! Et toi ? Toi, tu continuais à dépenser les billets comme s'il en pleuvait, à céder au moindre caprice de ta fille !

— Ce n'était pas un caprice. C'est le cheval qu'il lui faut pour gagner les JO.

Mathilde ricana, ironique.

— Un cheval qui nous a fait gagner vingt ans de crédit, oui.

— Je te rappelle qu'on a acheté Saphir 33 000, et pas 40.

— J'me demande bien pourquoi, alors que Goyard payait le prix demandé rubis sur l'ongle.

— Tout simplement parce que le propriétaire de Saphir ne le sentait pas, ton Goyard, et je le comprends. C'est un sale type.

Prise d'un accablement terrible, Lucie s'était écroulée au pied des bottes.

Mathilde avait baissé le ton. Maintenant, elle parlait doucement, d'un ton perfide.

— Tu ne t'es jamais posé la question, Jérôme ? Jamais demandé si le problème, ce n'était pas le cheval mais la cavalière ?

Lucie s'était soudain sentie mal à l'aise. De qui parlait-elle ?

— Pourquoi Buck n'était plus à la hauteur, d'après toi ?

D'elle, sa mère parlait d'elle ! Lucie s'était recroquevillée, horrifiée. Pourquoi elle serait un problème ? Elle donnait le meilleur d'elle-même, elle le savait, son père le savait.

— Tais-toi. Tu ne sais pas ce que tu dis.

— Si, je sais, Jérôme. Je l'ai vue sauter. Buck connaît les obstacles comme moi les murs des maisons que je vends.

— Des murs, des fenêtres, de la matière morte… comment tu peux comprendre ?

Non, elle disait n'importe quoi. Lucie n'avait qu'à se boucher les oreilles, rien ne l'obligeait à écouter ça ! Pourtant, elle ne pouvait s'en empêcher.

Jérôme cinglait l'air de sa cravache.

— Si elle était aussi championne que ça, ta fille, ça fait longtemps qu'elle serait montée sur le podium avec Buck.

Rien, elle n'y connaissait rien, criait Lucie en silence. Elle pouvait aller jusqu'au sommet, elle l'atteindrait. Avec Saphir !

— Tais-toi, murmura Jérôme entre ses dents.

— Oh oui ! Je vais me taire. D'ailleurs, qu'est-ce que je peux ajouter ? Vous l'avez obtenu, votre bijou. Alors maintenant, fous-moi la paix avec cette histoire.

Les pas nerveux de sa mère avaient crissé sur le gravier, suivis par ceux de son père, lourds et lents, puis le silence à nouveau.

Lucie était restée longtemps au pied du mur de paille, les poings serrés, le cœur plein d'une épouvantable rancœur. Une mère qui trichait, une mère qui n'avait aucune confiance en sa fille, ne méritait pas ce nom, et surtout pas son amour.

Lucie poussa péniblement sur son bras pour s'asseoir dans son lit. Dans son cauchemar, les ombres de Saphir et de Mathilde continuaient de fondre sur elle et de la traverser. Même réveillée, elle sentait encore le souffle de leur présence fantomatique, d'autant plus glaçant qu'elle était désormais handicapée, amoindrie, sans défense. Il semblait à Lucie que Mathilde conduisait Saphir sur l'autre rive, au-delà du Styx, et qu'elle ne pouvait rien empêcher.

Vingt ans de crédit pour un rêve définitivement envolé et une fille qui ne serait jamais une championne. Lucie serra les lèvres. Sa mère avait peut-être raison mais c'était sans compter avec elle et avec Saphir. Demain, elle remontait, et plus personne ne l'arrêterait. Tout se jouait demain.

29

À quelques mètres d'elle, Marc l'observait, ému. Lucie tenait son visage collé contre Saphir, les yeux fermés, sa main valide caressant doucement le flanc frémissant. Ils semblaient être seuls au monde, entourés d'une bulle protectrice et aimante. Le cheval tourna la tête pour venir poser ses naseaux contre l'oreille de la jeune femme et Marc aurait juré que l'animal lui chuchotait un secret, quelque chose de doux qui fit sourire Lucie. Jamais il ne lui avait vu un sourire d'une telle plénitude. C'était le sourire d'une femme heureuse. Comblée même, pensa-t-il.

Saphir releva la tête et ses yeux vinrent tranquillement se poser sur Marc qui plongea dans le regard noir, ourlé de longs cils, en frémissant. Il y avait dans le regard d'un cheval un océan de calme aux profondeurs insondables.

Lucie rouvrit les yeux et le vit.

— Ah, tu es là ?

Gênée d'avoir été surprise dans son moment d'intimité, elle se détacha de Saphir et, reprenant la brosse qu'elle avait posée sur les genoux, elle continua d'ôter la poussière de ses flancs. Marc approcha.

— Alors, c'est aujourd'hui le grand jour ?

Sans le regarder, Lucie répondit d'un ton vif.

— Je t'avais dit que je voulais être seule ce jour-là, seule avec mon père.

— Je sais, je n'ai pas oublié. Je passais juste pour te souhaiter… (il faillit dire bonne chance, mais s'agissait-il de chance dans son cas ? le mot lui sembla inapproprié…) pour te souhaiter de bonnes retrouvailles.

Lucie tourna vers lui un visage lumineux, plein de gaieté et d'espoir.

— Oui, c'est ça. Exactement.

Elle lui désigna le sac posé ouvert à l'entrée du box.

— Tu peux m'attraper le cure-pied, s'il te plaît ? (Elle chercha des yeux.) Je ne sais pas où est mon père, tu veux bien me donner un coup de main avant de partir ?

Marc sentit son cœur se serrer, ses battements s'accélérer. Quoi ? Il allait devoir entrer dans le box, ce réduit minuscule où il serait à la merci de l'immense cheval, de ses sabots surtout ? Il allait refuser lorsqu'il se rappela son mensonge des débuts. « Fan d'équitation »… Quel con ! Il avait lui-même érigé le piège qui se refermait sur lui à cet instant.

Il prit son courage à deux mains et pénétra dans l'antre du diable.

— Agenouille-toi, et prends son pied sur ton genou. Je vais curer moi-même.

Marc se força à respirer lentement, profondément. Qu'est-ce qu'il fichait là ? Mais qu'est-ce qui lui avait bien pris de s'arrêter au centre ce matin ? Il s'exécuta, cherchant à camoufler sa peur du mieux qu'il pouvait, mais ses mains tremblaient.

Le premier sabot se fit sans encombre, tout comme le deuxième, et au troisième, Marc était presque soulagé lorsque Saphir fit un écart et s'appuya de tout son poids contre lui. La panique revint aussi sec, plus forte encore que tout à l'heure. Marc se redressa précipitamment et sortit aussitôt du box. Son front était en sueur, il sentait les gouttes perler à son visage et il devait être rouge cramoisi.

— Je suis désolé, depuis ce matin j'ai mal au ventre, un truc mal digéré, je ne sais pas quoi mais ça me file de ces crampes… quand ça me prend, c'est insupportable ! inventa-t-il en reculant encore de quelques pas.

Lucie le dévisagea, sans rien dire. Puis elle se reprit et agita la main en signe d'au revoir.

— Vas-y, c'est bon, je peux me débrouiller maintenant.

— OK, alors à demain ?

— Oui, c'est ça. À demain.

— Tu me raconteras, hein ? Tu m'envoies un texto ou tu m'appelles tout à l'heure, pour me dire comment ça s'est passé ?

— Oui.

Lucie le regarda s'éloigner. Qu'est-ce que c'était que cette histoire ? Elle n'était pas dupe, elle l'avait vu et senti nettement. Marc avait peur. Peur des chevaux. C'était fou ! Alors, tout ce qu'il lui avait raconté, comme quoi il était l'un de ses admirateurs, qu'il montait lui-même et bla et bla et bla… tout cela était faux, archifaux ! Ça voulait dire quoi, tout ça ? Que cherchait-il au juste ? Sa découverte remettait subitement en cause le sentiment de familiarité, de confiance presque immédiate qui avait présidé leur relation dès le départ. Subitement, elle se sentit perdue et effrayée. Perdue dans l'image qu'elle s'était faite de Marc jusqu'ici, et effrayée car soudain un masque tombait, et ce visage nouveau, aux mobiles troubles, lui était inconnu. Que lui voulait-il exactement ?

— C'est bon ? Tu es prête ?

Elle sursauta. Son père se tenait devant elle, l'air sombre. Lucie n'aimait pas cette façon qu'il avait de la considérer désormais, avec un air un peu absent comme si quelque chose s'était brisé en lui, et entre eux. Il ne l'avait pas encouragée à remonter, c'était elle qui avait dû insister pour qu'il accepte de l'aider et de l'accompagner ce jour-là. Il ne parlait plus jamais des JO, elle comprenait bien sûr, mais ce que Lucie n'acceptait pas, c'était la façon dont Jérôme semblait avoir baissé les bras à sa place. Car si quelqu'un devait douter, c'était tout de même bien elle ! Puis elle se rappela le naturel avec lequel, hier soir, son père avait évoqué le rendez-vous d'aujourd'hui et elle balaya ses mauvaises pensées.

— Laisse-moi encore un instant, s'il te plaît.

Jérôme se retira et Lucie fouilla sa poche, à la recherche du ruban bleu qu'elle n'avait pas encore accroché à la selle. Rien dans la poche droite, rien dans la poche gauche. Elle paniqua. Qu'est-ce qu'elle en avait fait ? C'était impossible, jamais elle n'avait perdu son porte-bonheur. Elle refit ses poches puis fouilla son sac, sortant les gants, les brosses, les étrilles, à deux reprises. Rien. Mais ce n'était pas possible, il ne s'était tout de même pas envolé ! Elle avait beau réfléchir, elle ne voyait pas ce que ce fichu ruban avait bien pu devenir. L'explication survint lorsqu'elle vit passer Mathilde, de son pas pressé de femme occupée. C'était sa mère désormais qui s'occupait de ses lessives, vidait les poches des pantalons et des blousons avant de les enfourner dans la machine. Voilà ce qu'était devenu son ruban bleu, un petit bout de tissu mis de côté ou bien jeté !

Lucie se sentit défaillir. Monter sans son porte-bonheur, jamais ça ne lui était arrivé, oh non, l'idée l'effrayait tellement !

— Viens me faire un câlin.

Saphir se pencha sur elle et elle lui souffla lentement dans les naseaux.

— On n'a pas le ruban, mon beau.

Elle se sentait envahie par une appréhension tenace. Que faire ? Renoncer ? Tous les grands sportifs connaissaient l'importance du gri-gri, du porte-bonheur, elle n'était pas la seule. Beaucoup entretenaient soigneusement ces rituels rassurants, devenus indispensables à la réussite espérée. Elle avait entendu dire que Rafael Nadal, dix fois vainqueur à Roland-Garros, mettait un soin précis à placer ses bouteilles d'eau au millimètre près et à remonter ses chaussettes toujours à la même hauteur, tandis que Roger Federer aurait fait du chiffre 8 son porte-bonheur (huit bouteilles d'eau autour de sa chaise, huit raquettes de tennis et huit personnes de son entourage dans les tribunes). On racontait aussi que le judoka Teddy Riner, champion du monde, gardait toujours la ceinture de ses premiers combats et apportait à chaque compétition un paquet de bonbons à la fraise. Il semblait que le rugbyman Mathieu Bastareaud ne se séparait jamais d'une chaussette, celle de son premier club Créteil-Choisy, accrochée à son sac. Et avant chaque course, le champion italien Valentino Rossi s'habillait, disait-on, toujours scrupuleusement dans le même ordre avant d'enfourcher sa moto, chaque fois d'une manière identique. Même si Léa se moquait d'elle et de ses superstitions, Lucie savait cette histoire de rituels très sérieuse, sinon pourquoi autant de sportifs y céderaient ? Elle hésitait à renoncer. Mais si elle renonçait, après toutes les difficultés qu'elle avait eues à convaincre son père, elle n'était pas certaine d'obtenir une seconde fois son adhésion.

Elle vit sa mère se diriger vers elle. Non, ah non ! Alors ça, ce serait le comble, pensa Lucie. Juste son père et elle, il lui semblait pourtant avoir été suffisamment claire. Mais qu'est-ce qu'ils avaient tous ? Marc dont elle ne savait plus quoi penser qui se pointait le jour même, Léa qui lui avait laissé la veille un message sur son portable pour lui demander si elle voulait de sa présence et maintenant Mathilde… mais pourquoi ils ne lui fichaient pas la paix, tous autant qu'ils étaient !

— Je sais, dit sa mère comme si elle avait lu dans ses pensées, je te laisse. Je voulais juste te souhaiter bonne chance.

Lucie la regarda, surprise. Même si Mathilde s'était adoucie depuis son accident, cette gentillesse n'était pas dans ses habitudes. Sa mère se pencha et ramassa près du sac une poignée de paille pour frotter sa semelle pleine de crottin. Elle se releva et, après un sourire bref, elle sortit du box.

« Sans un mot pour Saphir bien sûr, sans une caresse », enragea Lucie qui prit d'autant plus de plaisir à souligner les manquements de sa mère qu'elle s'en voulait de n'avoir pas su la remercier pour ses souhaits.

— T'es le plus beau, mon beau, murmura-t-elle en tapotant le flanc de Saphir.

Elle entendit grandir le bruit de pas de son père, le cinglement bref de la cravache sur la botte, et elle soupira. Porte-bonheur ou pas, il lui fallait prendre une décision.

Lucie recula en faisant attention de ne pas rouler sur quelque chose.

C'est alors qu'elle le vit. Il était là, tellement visible qu'il était impossible de passer à côté : son ruban bleu l'attendait, posé sur une brosse, dans le sac, à portée de main. Par quel miracle avait-il surgi là, soudain ?

Un miracle… ?

Lucie releva la tête et, songeuse, suivit des yeux le dos de sa mère qui s'éloignait peu à peu avant de disparaître au détour du chemin.

— Bon alors, tu es prête cette fois ?

Son père se tenait devant elle, les sourcils froncés. Lucie bredouilla un « oui oui » à peine audible et recula son fauteuil, en jetant un regard désespéré sur le ruban bleu qu'elle n'avait pas eu le temps d'attacher.

30

Le fauteuil était immobilisé au côté gauche de Saphir. Lucie prit une large inspiration. Le grand moment était arrivé et son cœur battait à se rompre. Elle ne ressentait pas de peur, non, mais quelque chose de plus confus et de plus fort encore : une excitation aiguë, presque douloureuse.

— On y va ? murmura Jérôme.

Elle acquiesça de la tête.

Son père la prit dans ses bras, comme lorsqu'elle était enfant, et la souleva jusqu'au bord de la selle. Pourvu qu'il ne bouge pas, même pas d'un poil ! pensa-t-elle de toutes ses forces. Mais Saphir ne frémit pas, il ne fit pas le moindre mouvement, attendant, serein, qu'elle soit positionnée. Son père dut l'aider à faire basculer sa jambe droite de l'autre côté de la selle et soudain, ça y est, elle était assise. Elle était en selle ! Il lui tendit les rênes qu'elle prit maladroitement et Lucie eut tout à coup l'impression que son cœur allait exploser de joie.

Jérôme recula de quelques centimètres, lâchant du lest à la longe qu'il tenait fermement en main. Il voulait pouvoir agir sur Saphir au cas où.

— Au pas, murmura Lucie.

Et Saphir s'ébranla, avec lenteur.

Marc avait menti, il était resté. Caché derrière la carrière, il avait collé son œil à un trou de la palissade, et maintenant, il regardait Lucie. Depuis longtemps, il admirait son courage, sa gaieté et cette ténacité qui lui avait fait jurer durant des mois qu'elle remonterait et que rien ni personne ne l'en empêcherait, mais plus que tout, il l'admirait profondément pour ce qu'elle était en train de réaliser à cet instant. Aurait-il été capable de faire cela ? Aurait-il su puiser en lui suffisamment de courage pour braver le sort comme Lucie le faisait en ce moment même, sous ses yeux ? Il se sentit brusquement coupable de toute cette force dont elle devait faire preuve aujourd'hui, par sa faute. Et lorsque Saphir avança son sabot, il fut pris d'une peur irrépressible. Pour un peu, il se serait précipité pour l'arrêter.

Dès le premier pas, à l'instant où Saphir leva son pied et le reposa sur le sol, un épouvantable effroi envahit Lucie et lui coupa le souffle. Que se passait-il ? Elle ne sentait plus rien ! Son corps ne répondait plus, comme s'il avait été vidé et remplacé par un abîme intérieur, une béance vertigineuse !

Saphir fit un second pas et la panique la submergea. Son corps était un sac que l'on pouvait ballotter à sa guise. Elle n'avait plus aucun équilibre, plus aucune attache, aucun lien avec son cheval. Elle allait tomber, voilà la seule chose qui allait se produire ! Saphir n'allait qu'au pas mais le corps de Lucie n'était plus rien si ce n'était l'objet d'un attrait abyssal pour la terre toute proche. Elle avait perdu son centre de gravité, elle ne tenait plus en selle, elle allait basculer et chuter. La femme qui galopait et s'envolait au-dessus des obstacles était devenue un pauvre corps sans consistance menaçant de chavirer, au pas, à chaque instant.

Lucie ne ressentait plus de l'effroi maintenant, elle était au-delà, victime d'un véritable effondrement intérieur. Tout ce à quoi elle avait cru jusqu'ici, sa confiance jamais entachée du moindre doute, le bonheur qu'elle s'était réservé pour ce jour-là, ses espoirs qui n'avaient cessé de la porter, tout cela s'effondrait brutalement et ne laissait plus en elle qu'un champ de décombres. Elle sentait monter une vague immense et douloureuse, gonflée de désespoir. Elle n'avait plus rien, plus rien à quoi se retenir !

Alors, pour la première fois depuis son accident, Lucie lâcha prise et se laissa engloutir dans cet océan de chagrin. Elle abandonna les rênes, baissa la tête et pleura toutes les larmes contenues depuis des jours et des semaines et des mois.

Vaincue. Elle était vaincue.

Ce soir-là, Marc but jusqu'à tomber ivre au milieu du salon. « C'est ta faute ! Ta faute », se répétait-il en engloutissant des gorgées de vodka à même la bouteille. Il se haïssait. Il haïssait le pauvre type qu'il était devenu, celui qui avait envoyé à la mort un jeune garçon en lui demandant de lui servir de guide dans des rues où sévissaient les snipers, celui qui avait brisé la vie d'une jeune femme pleine d'espoir et d'avenir, celui qui n'avait pas su retenir sa femme et était en train de perdre sa fille… « C'est ta faute, pauvre type, pauvre petit mec ! » Il s'injuriait, se flagellait, se repaissait de ses échecs et il finit par jeter sa bouteille vide au travers de la pièce, brisant en mille morceaux le miroir posé au-dessus de la cheminée.

— Sept ans de malheur, bien fait pour toi ! hurla-t-il avant de s'écrouler, ivre mort, dans le canapé.

Lucie ne dormit pas de la nuit. Jamais elle ne l'avait envisagé, mais ce soir-là, l'idée morbide tournait en elle et faisait fuir le sommeil. Sans remonter, elle ne survivrait pas. Cette vie qui se présentait désormais à elle, exsangue de tout projet, ne valait pas la peine d'être vécue.

31

— J'veux que c'est toi ! J'veux que c'est toi !

Suppliant Lucie du regard, Pauline pleurnichait.

— J'veux que c'est toi ! répétait-elle.

— On dit que ce « soit » toi, la reprit Lucie.

Avec habileté, Pauline contourna la difficulté.

— J'veux toi !

La fillette était la dernière cavalière inscrite à la reprise assurée par Jérôme. En lui expliquant qu'elle ne pouvait plus être sa monitrice, Lucie lui tendait la main, mais Pauline refusait de la saisir.

— Si ! tu peux, insista-t-elle. T'es bien assise dans ton fauteuil alors t'as qu'à t'assir sur un cheval, c'est pareil.

— Non, ma belle, ce n'est pas pareil. Je ne peux plus « m'asseoir » sur un cheval.

Voyant qu'elle ne l'emporterait pas, Pauline se fâcha brusquement.

— Si ! Tu peux mais tu veux pas ! cria-t-elle soudain au visage de Lucie, avant de lui tourner le dos et de partir en hurlant : J'viendra plus jamais de ma vie !

Lucie la regarda s'éloigner puis, d'une voix atone, murmura :

— « Viendrai », on dit « je viendrai ».

*

— N'insistez pas, elle se repose.

Marc se retourna vers Jérôme. Depuis plusieurs minutes, il observait Saphir qui se balançait, la tête hors de son box, de droite à gauche.

— Pourquoi il fait ça ? demanda-t-il en désignant le cheval.

— De quoi je me mêle ? lui répondit vertement Jérôme. Je vous le répète, n'insistez pas. Lucie est fatiguée.

Marc baissa les yeux. Depuis quinze jours, il venait trois fois par semaine et, chaque fois, on l'éconduisait de la même façon. Il avait refusé le reportage proposé parce que l'idée de s'absenter un mois en ce moment lui était insupportable, et il avait pris une partie de ses innombrables jours de congé jamais soldés. En se réveillant de sa cuite monumentale, Marc avait renoué avec sa promesse d'origine. Non, il ne laisserait pas tomber Lucie, il allait agir, l'aider, il allait la remettre sur pied. C'était devenu une question d'honneur et, à ses yeux, la dernière possibilité d'être à nouveau un type bien. Au moins une fois. Et il s'était ajouté une autre promesse : celle de tout lui avouer.

Depuis quinze jours, il n'avait plus de nouvelles de Lucie. Elle ne lui avait pas envoyé de texto suite à sa remonte sur Saphir et elle n'avait répondu à aucun des messages qu'il lui avait adressés.

Il fit mine de rebrousser chemin puis, après s'être assuré que Jérôme ne pouvait pas le voir, il se dirigea vers la petite maison où vivait Lucie. Les rideaux du salon étaient tirés mais par la fenêtre de la cuisine il put voir une partie de la pièce. L'intérieur était propre, bien rangé, donnant presque l'impression d'être inhabité.

La silhouette lui arracha un cri de surprise. À la fenêtre, une jeune femme inconnue avait surgi, qui le regardait avec étonnement. Avant qu'il ait eu le temps de réagir, elle ouvrit la vitre.

— Vous êtes Marc, c'est ça ? demanda-t-elle d'un ton plein d'évidence.

Il acquiesça de la tête.

— Faites le tour et rentrez, dit-elle en refermant la fenêtre.

La porte s'ouvrit sur la jeune femme, une brune aux yeux pétillants et au large sourire. Derrière elle, Marc aperçut Lucie, assise dans le canapé. À son regard noir, il comprit qu'il n'était pas tout à fait le bienvenu. Il bredouilla des excuses mais Léa, c'était le prénom de la jeune femme qui venait de se présenter, l'interrompit.

— Allez, entrez, ne faites pas le timide, Mysterious.

Il la regarda, intrigué. Qu'est-ce qu'elle venait de dire ? *Mysterious ?* Il ne s'interrogea pas davantage et ne se fit pas prier.

Il entra.

— Désolée mais moi, faut que je file, dit Léa. Ravi de vous avoir rencontré Marc, et toi (elle se retourna vers Lucie pour lui décocher un clin d'œil appuyé), à plus, ma belle. Je vous laisse prendre le thé.

Et elle sortit derechef.

Lucie fit signe à Marc de s'asseoir dans le fauteuil face au canapé. Sur la table basse, une théière fumait entre deux tasses et il prit sur lui de les servir. Durant quelques minutes, un silence embarrassé régna entre eux et il mourait d'envie de s'en griller une. Ce fut Kali qui le brisa en déboulant comme un fou depuis la chambre du fond. Il tenait dans sa gueule un jouet en plastique qui couinait sous ses crocs et qu'il présenta à Marc dans une tentative explicite pour l'entraîner à jouer. Il avait posé le jouet à ses pieds et il le regardait, les oreilles dressées, la queue frétillante. Marc avança la main et Kali reprit aussitôt son jouet en grognant et en reculant, le derrière relevé, la queue battante. Dès que Marc retirait sa main, le chien reposait sa proie pour de nouveau l'inciter à s'en saisir. Ils firent ainsi le jeu deux ou trois fois jusqu'au moment où Lucie râla.

— Arrête, Kali. Va coucher.

Le chien rechigna mais il s'exécuta, avec un air tellement dépité que Marc rit.

— Il est drôle, celui-là.

— Oui, c'est un vrai clown, confirma Lucie d'une voix morne.

— Tu ne dois pas t'ennuyer avec lui, osa Marc. (Enhardi, il poursuivit :) Tu sais que ça fait quinze jours maintenant qu'on s'est vus. Qu'est-ce que tu deviens ?

— Tu vois, rien de spécial, répliqua-t-elle d'une voix toujours aussi atone.

Elle prit appui sur l'accoudoir du canapé et se leva, en s'aidant des béquilles posées à côté que Marc n'avait pas remarquées jusque-là.

— Ah si ! je marche un peu mieux, un peu plus longtemps. Je me rééduque, comme tu vois, mais pour ce que ça sert…

Marc se leva à son tour et s'approcha de Lucie.

— Mais c'est super, ça ! s'exclama-t-il avec un enthousiasme un peu forcé.

— Décidément, c'est ton grand mot quand tu ne sais pas quoi dire.

— Mais si, c'est super je confirme. Tu ne te rends pas compte, je crois.

Lucie lui renvoya un regard chargé d'amertume.

— Ah, je ne me rends pas compte ! Moi ? Alors tu crois que depuis des mois je m'amuse à rouler en fauteuil, à souffrir le martyre en rééducation, à faire un pas par-ci, un pas par-là... Non, bien sûr que non je ne me rends pas compte !

Elle se laissa retomber sur le canapé.

— J'en ai marre de m'entendre dire ce que je ressens, j'en ai assez de ces phrases toutes faites dont on m'accable à longueur de temps : « C'est super », « C'est formidable », « C'est de mieux en mieux »... Non, ce n'est pas super. C'est affreux ! Tu veux que je te dise ce qu'il en est, maintenant que tu as fait l'erreur de venir jusque-là ? J'en ai assez, je n'ai plus de courage.

Elle luttait contre les larmes, détournant son visage de Marc.

— Tu sais ce que c'est que de ne pas pouvoir te lever comme ça, sans réfléchir, pour te servir un verre d'eau quand tu as soif ? Est-ce que tu peux seulement imaginer l'effort considérable que ce simple geste me demande ? Peux-tu comprendre ce que c'est que d'avoir à penser à toutes ces choses que tu fais toi, spontanément, parce qu'elles te sont naturelles : marcher, aller où tu veux, à l'allure que tu veux, prendre une douche sans être obligée de te tenir à une poignée parce que, sinon, tu tombes, attraper une assiette sans la casser une fois sur deux ?

Marc s'agita sur le canapé. Que pouvait-il répondre ?

Il essaya de l'orienter vers sa passion.

— Et Saphir alors ? Remonter, être de nouveau en selle, ça ne compte pas ?

— C'est pire que de ne pas pouvoir marcher. Je ne tiens plus, je ne suis plus rien sur une selle. Mais ça, tu ne peux pas comprendre.

— C'était pourtant ton objectif depuis des mois, ton désir le plus cher.

— Fini. Terminé. Mort. Point final. Ne me parle pas de ça.

C'était la première fois que Lucie se montrait aussi dure et ça ne lui allait pas du tout. Il ne s'en cacha pas.

— Pourquoi tu m'agresses ?

— Alors là, lui renvoya-t-elle presque méchamment, t'as pas de leçons à me donner, « môssieur le cavalier qui a peur des chevaux ».

Marc se sentit mal à l'aise mais il se rappela sa décision. Il devait jouer franc jeu avec Lucie maintenant. Il la regarda dans les yeux, dans ces yeux verts qui faisaient chavirer en lui quelque chose au plus profond, et il la trouva encore plus belle qu'avant. Une femme de sa qualité méritait la vérité.

— Oui, je t'ai menti. J'ai peur des chevaux et je vais même t'avouer une chose : je ne suis jamais monté sur le moindre cheval, pas même sur le poney de la colonie quand j'étais môme. J'ai une trouille folle de ces animaux.

Lucie l'observa avec attention. La spontanéité de son aveu la touchait et, au fond d'elle, quelque chose renoua avec un peu de la confiance perdue.

— Merci, je préfère savoir, grommela-t-elle.

Marc ne sut plus comment continuer. Parce qu'elle le remerciait de cette demi-vérité, il se sentait coincé. Jusqu'où *voulait-il* vraiment aller ? Fallait-il tout lui dire ? L'instant de vérité absolue était-il enfin arrivé ? Il repensa au soulagement de sa conscience s'il avait le courage de lui parler maintenant de l'accident, mais la peur, qu'il croyait avoir vaincue, resta la plus forte. Il renonça. S'il lui parlait à cœur ouvert, s'il allait jusqu'à lui expliquer l'accident, dévoilant un mensonge après un autre, il perdrait Lucie à coup sûr, et il s'aperçut que cette seule perspective lui faisait terriblement mal.

De son côté, Lucie ne chercha pas à en apprendre davantage. Qu'est-ce que ça pouvait lui faire de connaître ou non les motivations de ce mensonge ? Elle n'avait pas plus envie de ça que du reste.

Elle détacha son regard.

— Tu sais, c'était la première fois que je rentrais dans le box d'un cheval, murmura Marc. Et peut-être que, finalement, tu as raison de les aimer, ces grandes bêtes.

— Non. C'est toi qui as raison. C'est dangereux. N'en parlons plus.

Marc se redressa, piqué au vif.

— Comment ça ? Tu plaisantes j'espère !

— Non, je ne plaisante pas du tout. Je ne peux plus monter, je ne tiens plus en selle.

— Je sais.

— Comment ça… tu sais ?

Marc se passa une main nerveuse dans les cheveux puis il tâta l'intérieur de sa poche précipitamment. Oui, elles étaient là. Ses cigarettes et sa petite flasque de vodka.

— Je ne peux pas fumer, j'imagine ?

— Je m'en fiche. Fume autant que tu veux, étouffe-toi les poumons si ça t'amuse et tu peux même picoler si ça te chante. Je m'en fiche éperdument.

Marc se sentit découvert et il en fut vexé. Comment savait-elle qu'il buvait ? Il sentait l'alcool à ce point, malgré les bonbons à la menthe et des brossages de dents compulsifs ? Malgré tout, il ne put s'empêcher de sortir ce qu'il appelait son kit de survie.

— Donne-m'en un peu, ordonna-t-elle en le voyant dévisser sa flasque.

Qu'est-ce qu'il lui prenait ? Marc hésita mais, devant l'air déterminé de Lucie, il lui versa une petite rasade dans sa tasse de thé. Puis il prit son courage à deux mains et se lança sur le terrain glissant.

— Tu ne peux pas abandonner, Lucie. Le cheval, c'est toute ta vie. Reste patiente, ça va revenir. Et puis, je crois que tu manques à Saphir…

— Saphir et moi, ça ne te regarde pas, et je vais te dire, de la patience j'en bouffe depuis des mois et des mois. Je n'en peux plus, je n'en veux plus. Tu comprends ça ?

— Non, je ne comprends pas. Alors tout ce que tu m'as raconté, c'était du baratin ? Alors, toi aussi tu m'as menti dans ce cas. Ton amour pour Saphir, ton goût pour l'équitation, ton envie de remonter envers et contre tout, contre tous ? Et maintenant t'abandonnerais, tu laisserais tomber ? Tout ça parce que ça n'a pas marché du premier coup !

— C'est trop dur. Je n'ai plus envie de me battre, j'ai épuisé toutes mes forces. Si tu veux tout savoir (sa voix ne fut plus qu'un murmure), j'ai juste envie de disparaître.

Marc se rapprocha, énervé.

— OK, alors vas-y, disparais ! Et tu laisseras derrière toi le plus grand malheur du monde. Tes parents mourront de chagrin, Saphir continuera de se balancer, et moi…

Il se tut, incapable de formuler le fond de sa pensée, à savoir qu'il perdrait le peu de foi en lui-même qui lui restait et qu'il avait besoin d'elle, lui aussi. Il eut alors ce geste inouï qu'il n'aurait jamais accompli s'il avait pris le temps d'y réfléchir. Marc prit la main malade de Lucie et, le cœur battant, la plaça entre les siennes en la gardant là, doucement au chaud, entre ses deux mains.

Ils ne dirent plus rien, évitant de se regarder, soudain troublés par l'intimité contenue dans ce geste.

En repartant, Marc fut frappé. Il planait sur le centre équestre, si gai la première fois où il l'avait visité, une atmosphère de tristesse, une ambiance morose. Devant les box, de la paille traînait en vrac, attendant d'être ramassée, et le manège vide avait des airs de fin de cirque. « Circulez, il n'y a rien à voir », semblait crier l'endroit tout entier. L'ensemble lui parut affreusement sale… « Les écuries d'Augias », murmura-t-il.

Au moment où il rejoignait sa voiture, Jérôme surgit devant lui. Il posa une main sur le bras de Marc en y exerçant une pression désagréable qui ressemblait presque à une menace.

— J'ignore ce que vous voulez à Lucie, mais écoutez-moi bien : votre place n'est pas ici. Laissez-la tranquille.

Marc se dégagea. Il avait horreur qu'on le touche ainsi et qu'on lui parle comme à un gosse. Personne ne lui disait ce qu'il avait à faire ou pas.

— Lucie est mon amie. Je la laisserai tranquille si je veux.

Jérôme le fusilla du regard et grogna avant de s'éloigner.

— Vous n'avez rien à faire ici. Fichez-moi le camp et ne revenez plus.

Marc haussa les épaules de mépris et ouvrit sa portière. Avant d'y entrer, il se retourna pour balayer du regard le centre équestre et marmonna à mi-voix :

— C'est ce qu'on va voir.

Soudain, il se sentait l'âme d'un Hercule.

32

Lucie contemplait rêveusement l'intérieur de sa paume.

Lorsque Marc avait pris sa main pour la placer entre les siennes, une image lui était revenue, tout droit surgie de son enfance. À dix ans, elle avait trouvé un oisillon tombé du nid et elle l'avait pris au creux de ses mains pour le réchauffer et lui offrir un refuge. Elle ignorait qu'il ne fallait pas toucher un oiseau tombé parce que, ensuite, rebutée par l'odeur humaine laissée sur le plumage, sa mère ne s'en occupait plus. À la mort de l'oisillon quelques jours plus tard, malgré ses tentatives de sauvetage en l'enrobant dans du coton et en le nourrissant à la pipette, Lucie avait pleuré toute une soirée. Et aujourd'hui encore, elle sentait palpiter le petit cœur au creux de ses mains, ces infimes battements qui en un instant s'étaient arrêtés et n'avaient plus laissé entre ses doigts qu'un petit corps flasque et muet.

Tout à l'heure, lorsque Marc avait enveloppé sa main, elle avait eu l'impression que c'était son cœur à elle qui palpitait entre les paumes de l'homme.

Un cœur bien en vie, celui-là.

Lucie regarda ses doigts, les fixa de toutes ses forces et, mue par une énergie subite, leur ordonna de se plier. Ils devaient lui obéir, se plier à sa volonté. Petit à petit, elle vit ses doigts bouger puis se recroqueviller. Elle plaça toute la vigueur de sa pensée sur ses phalanges et un petit miracle s'accomplit : ses doigts se replièrent peu à peu, plus qu'ils ne l'avaient jamais fait jusqu'ici. Elle sourit puis, épuisée par l'effort mental accompli, laissa retomber sa main sur le canapé.

Son cœur battait. Elle était en vie.

Les coups à la porte la firent sursauter.

— Toc toc toc ! Elle est là, Miss Tic-toc ?

Sans attendre de réponse, Léa entra et, sans plus de façon, se jeta sur son amie.

— Hé hé, ça y est ! Je l'ai enfin vu, Mysterious Man ! Je te félicite, ma Lulu, t'as bien meilleur goût qu'avant.

Lucie pencha la tête en faisant semblant de chercher quelque chose au pied du canapé mais Léa, pas dupe, la saisit par le menton et l'obligea à relever le visage.

— Oh, mais c'est que tu rougis… Tu sais que ça te va bien ? Allez, vas-y, raconte ! Qu'est-ce qu'il a fait ? Qu'est-ce qu'il t'a dit ? Il venait pourquoi ? Allez, Lulu, tu peux bien me dire, à moi. Je ne suis pas ta meilleure amie ?

Lucie grommela :

— Arrête, Léa, y a rien à dire.

Léa croisa les bras et fit une moue boudeuse.

— Ah, franchement, t'es pas marrante ces derniers temps. Avant, on se disait tout, toi et moi.

— Oui ben, c'était avant.

— Pffft ! T'es vraiment pas rigolote, décréta Léa en se levant d'un bond du canapé.

Et elle se mit en demeure de ranger le salon.

Armée d'un sac plastique, Léa passa en revue le moindre recoin, ramassant les sachets de Car en Sac vides, jetant les bouteilles de soda, vidant la poubelle pleine comme un œuf. Lucie la regardait s'agiter, consciente de la légèreté avec laquelle son amie se déplaçait, de la rapidité de ses gestes. Elle repensa à ce que lui avait dit Marc à propos de Saphir.

— Dis-moi, Léa, Saphir… ça va ?

— Je crois qu'il a besoin de toi. Pour tout te dire, depuis deux jours, il tique à l'ours.

Les mots heurtèrent Lucie. Tiquer à l'ours, c'était une des manies connues chez certains chevaux qui s'ennuyaient ou ne mastiquaient pas assez (pour se sentir bien, un cheval devait manger presque seize heures par jour). Le cheval déportait son poids d'un antérieur sur l'autre, ce qui créait un balancement constant.

— Il a assez de fourrage ? T'as surveillé ?

Léa interrompit son ménage et regarda son amie droit dans les yeux.

— Il a tout ce qu'il faut et je le monte régulièrement, en plus de ton père. Non, ce qui se passe, c'est que tu lui manques. Physiquement.

— Mais tu sais bien que je ne peux…

Lucie s'interrompit. Elle allait dire qu'elle ne « pouvait » plus mais les mots de Pauline lui revinrent soudain et une petite voix dans sa tête la corrigea. Est-ce que ce n'était pas plutôt qu'elle ne « voulait » plus ?

Léa se planta devant Lucie, les mains calées sur ses hanches, le ton ferme.

— Laisse-moi te dire ce que tu n'as peut-être pas envie d'entendre. Maintenant, ça suffit. Tu vas te bouger ! Pour toi, pour Saphir. Ça fait trois semaines que tu ne sors plus, et même si tu vas voir Saphir tous les jours, ça ne lui suffit pas. (Léa eut un geste de découragement.) Et puis, regarde un peu la tronche que t'as : t'es blanche comme un navet récuré. Tes cheveux, là, tu ne veux pas que je te fasse une petite couleur ? Il doit bien y en avoir une qui traîne quelque part dans le coin. (Elle se frappa le front.) Mais bon sang mais c'est bien sûr ! La Grimace ! À tous les coups, elle a un flacon d'avance.

Lucie n'eut pas le temps de lui rappeler qu'elle ne faisait jamais de couleur, que ses cheveux elle les aimait naturels… Léa avait déjà filé. Et on pouvait lui faire confiance, elle saurait trouver les arguments pour convaincre Mathilde. Léa, qui travaillait à mi-temps dans un salon de coiffure, était une coloriste dans l'âme et ce n'était pas la première fois qu'elle essayait, jusqu'ici en vain, de prendre son amie pour cobaye.

Lucie se leva péniblement et, armée de ses béquilles, gagna la salle de bains. Ce qu'elle vit dans le miroir, une jeune femme pâlotte, aux yeux cernés et au visage encadré de cheveux ternes, ne lui plut guère. Soudain, l'idée que Marc l'ait vue ainsi, aussi négligée, la gêna. De sa main valide, elle passa les doigts dans ses cheveux. Léa avait peut-être raison. Après tout, un peu de couleur sur sa tête en mettrait peut-être une touche aussi dans sa vie. Mais ce qui la tracassait surtout, c'était ce que son amie lui avait dit de Saphir.

Deux heures plus tard, dans le miroir Lucie se souriait. Léa était douée, elle avait fait des merveilles. Grâce à elle, Lucie retrouvait le soyeux d'une chevelure certes éclaircie mais dont le naturel n'était pas altéré pour autant, et, surtout, elle avait bien meilleure mine. Léa avait insisté pour lui faire un « petit maquillage de dessous les fagots, tu m'en diras des nouvelles ! » qui s'avérait à l'arrivée plutôt réussi. Lucie rapprocha son visage du miroir. Finalement, conclut-elle de son observation à la loupe, on pouvait se maquiller sans se peinturlurer, il suffisait de garder la main légère.

— Alors, il revient quand, ton beau Marc ?

Léa mourait d'envie d'en apprendre davantage et elle n'avait pas intention de se contenter de vagues réponses.

— Ce n'est pas *mon* Marc, se défendit mollement Lucie.

— Pas encore, pas encore…

Léa colla son visage tout contre celui de son amie et se mit à loucher en fronçant le nez. Elle la connaissait suffisamment et elle avait compris. Sa Lulu n'était pas indifférente à ce Marc, surgi d'on ne savait où mais qui avait le mérite de lui donner de nouveau l'envie d'être un peu femme. C'était pour lui que Lucie avait accepté couleur et maquillage.

— Alors ? Il revient quand ?

— Arrête avec ça, tu veux !

Sur le canapé, le petit tintement d'arrivée d'un SMS retentit et le portable de Lucie s'éclaira. Léa, avec ce côté sans-gêne qui agaçait parfois son amie, eut le temps de lire le message et ne put s'empêcher de s'exclamer :

— Ben évidemment, toutes les femmes aiment ça !

Lucie la fusilla du regard et se saisit de son téléphone.

— Tu vas lui répondre « oui », hein ? la supplia Léa.

— Tu vas me lâcher un peu ?

Tout au plaisir du message intrigant, Lucie ne voulait pas se fâcher avec son amie. Elle se montrait beaucoup plus désireuse de savoir de quoi il retournait au juste et elle relut, à voix haute cette fois, le message de Marc.

Tu aimes les surprises ?

— Oui ! Oui ! Oui ! insista Léa.

Les surprises, jusque-là c'était la spécialité de Fred, sauf que lui, il ne lui avait jamais demandé si elle aimait ça.

Lucie se rappela avec amertume ces escapades dont elle n'avait jamais maîtrisé ni la destination, ni la date, ni la durée.

À la grande satisfaction de Léa, elle répondit affirmativement au SMS de Marc mais, chat échaudé craignant l'eau froide, elle émit une réserve :

Ça dépend de ce que c'est.

En reposant son portable sur le canapé, Lucie se retourna vers son amie.

— Merci de ce que tu fais pour Saphir. Je vais essayer de me bouger, je te promets.

— Tope là ? demanda Léa, son sourire retrouvé, en levant une main.

Bien qu'elle ne se sente pas sûre d'elle, Lucie concéda en tapant leurs deux paumes :

— Tope là.

33

C'était qui, ce type qui traînait ses guêtres au Cadran, ce bellâtre qui rôdait autour de Lucie ? Qu'est-ce qu'il lui voulait ?

Penché sur son établi, Jérôme ne parvenait pas à se concentrer sur la réparation du chalet pendule. Régulièrement, il interrompait son geste, gardant le tournevis en l'air, l'esprit détourné de son ouvrage par des ruminations plus mauvaises les unes que les autres.

Ce type était louche et il n'aimait pas la façon dont Lucie lui en avait parlé tout à l'heure. Jérôme avait rejoint sa fille dans le box de Saphir et s'était décidé à la questionner sur cet homme pas clair. « Qu'est-ce qui te dérange ? lui avait-elle rétorqué. Tu devrais être content, je suis sortie de chez moi, je me bouge et, oui, si tu veux tout savoir, c'est Marc qui m'en a donné envie. »

Un ami, elle avait alors parlé de lui comme d'un ami, et Jérôme avait tu le fait qu'il l'avait envoyé promener, son ami miraculeux. Ce Marc, décidément, il ne le sentait pas. Pas du tout. Ce type avait une idée derrière la tête.

Il soupira et se remit à l'œuvre. Qu'est-ce qui coinçait au juste dans cette pendule ? Est-ce qu'il ne manquerait pas un ressort derrière le…

Évidemment, Mathilde le trouvait très bien. Tout ça parce qu'il était beau, qu'il présentait bien, avait un boulot

« pas-sion-nant » et était un père de famille. Justement, il en avait une de fille, alors pourquoi tourner autour de celle des autres ? Et puis, méritait-il vraiment le nom de père ? Jérôme l'avait vu sa gamine, avec ses cheveux bleus, ses piercings et sa tronche de cent pieds de long, tu parles d'une réussite ! Il espérait qu'elle lui en faisait voir de toutes les couleurs, à son père. Lui, il n'avait pas eu de souci avec Lucie. La plus grosse bêtise qu'elle ait faite à l'adolescence, c'était ce jour où Léa et elle, quinze ans chacune, avaient déréglé toutes les horloges du centre et de la maison ! Il avait toujours soupçonné Léa d'être à l'origine de cette idée stupide qui l'avait mis très en colère à l'époque.

Mais qu'est-ce qui ne fonctionnait pas dans ce p… de chalet de m… !!! Exaspéré, Jérôme jeta la pendule sur l'établi. Il se prit la tête entre les mains. Épuisé, il se sentait épuisé. Il avait l'impression que le centre équestre reposait sur ses seules épaules, et c'était trop pour lui. Fred avait démissionné, sans même avoir eu l'élégance de venir le lui dire en face. Les enfants s'étaient désinscrits les uns après les autres du cours dont Jérôme avait repris la charge, la dernière fillette encore présente venait de partir, elle aussi. Et même si Léa, dans ses moments libres, l'aidait à monter les chevaux régulièrement, ils étaient trop peu de deux. Pour couronner le tout, hier soir Mathilde lui avait brandi le bilan comptable. Même lui qui ne faisait jamais aucune soustraction avait compris l'ampleur du désastre. Tous les comptes étaient négatifs et les dettes devenaient vertigineuses. Du bout des lèvres, Mathilde avait commencé à évoquer la vente de certains chevaux. Ce qui avait fait le plus de mal à Jérôme, c'était son propre comportement. Il n'avait rien dit.

Son obsession devenait ce type qui tournicotait comme une mouche autour de Lucie. Toute l'amertume et la colère rentrée de Jérôme se concentraient sur ce Marc ; à ses yeux, il était la goutte d'eau faisant déborder le vase.

*

— Pardon mon beau, pardon.

Lucie avait enfoui sa tête dans la crinière, mêlant leurs deux chevelures. Saphir souffla. Dehors, la nuit commençait à tomber mais la jeune femme ne songeait pas à regagner sa maison. L'exercice s'était avéré difficile et périlleux et il lui avait fallu une énergie de tous les diables – elle en avait encore mal dans le bras et dans la jambe – pour gagner le box de Saphir. La perspective du retour n'était pas des plus joyeuses, aussi Lucie n'y pensait pas. Voilà une chose que son accident et le handicap lui avaient apprise : il fallait profiter de l'instant présent.

— Je suis là, je suis de retour.

Elle approcha ses lèvres pour glisser à l'oreille de Saphir :

— Je te le promets.

La grande oreille frémit et Lucie, couchée contre le corps chaud, se sentit si heureuse, le moment était si bon qu'il annulait tout le reste. Pleine de confiance envers son confident, toujours à son écoute, elle se laissa aller.

— Je peux te le dire, à toi.

Oui, c'était à lui qu'elle avait envie de se confier.

— Je ne me suis jamais sentie aussi bien auprès d'un homme.

Voilà, c'était dit. Elle l'avait formulée, cette phrase impossible à prononcer même devant Léa. Et de se l'être avoué ainsi, à voix haute, donnait l'impression à Lucie d'avoir subitement franchi un cap.

Remplie d'un bien-être décuplé, elle caressait lentement l'encolure, enfonçait ses doigts dans la crinière. Dans la galaxie de son bonheur fragile, en plus de Saphir, désormais il y avait Marc.

*

— Mais qu'est-ce que tu fais là ? Tu es toute glacée ! C'est dangereux, mais qu'est-ce qui t'a pris !

Lucie retint à peine un cri. À quelques centimètres d'elle, elle découvrit le visage de Mathilde. Penchée sur elle, sa mère, d'un air affolé, multipliait les gestes maladroits pour l'aider à se relever.

— Non, mais tu as vu l'heure qu'il est ?

Lucie se dégagea en grognant.

— Laisse-moi, je vais y arriver.

Non, bien sûr que non, elle n'allait pas y arriver toute seule. Lorsqu'elle avait voulu se remettre debout pour rentrer, Lucie n'avait jamais réussi et, au bout de plusieurs tentatives infructueuses, à bout de forces elle avait fini par renoncer. C'est vrai qu'elle était gelée, elle frissonnait de tout son corps.

— Je vais chercher ton père, décréta Mathilde.

— Non, s'il te plaît, Maman. Non.

Lucie ne voulait pas que Jérôme la voie ainsi, elle se refusait à lui donner une nouvelle fois l'image d'une vaincue.

Mathilde s'était immobilisée, en proie à une émotion violente. « Maman. » Réalisant soudain que ce mot, dont elle avait été privée trop longtemps, ce mot était le plus beau de la Terre. Depuis combien de temps Lucie ne l'avait plus appelée Maman ? Les larmes lui vinrent aux yeux et elle tomba à genoux près de sa fille, la prit dans ses bras.

— Ma chérie, lui chuchota-t-elle à l'oreille, ma belle, ma toute belle.

Lucie maintint ses bras écartés, luttant contre les larmes et contre l'inquiétude. Ce « ma chérie » qui ne ressemblait à aucun autre, cette douceur dans le ton et les mots qui avaient suivi, « ma belle, ma toute belle »... était-ce vraiment à elle qu'ils s'adressaient ? Mathilde se mit à lui caresser lentement les cheveux et Lucie sentit les larmes de sa mère glisser contre sa joue. Alors, brusquement, elle lâcha prise à son tour, laissant surgir ses larmes impossibles à retenir et, d'un geste spontané, dicté par son cœur, elle entoura sa mère de ses bras.

Toutes deux pleurèrent longuement dans les bras l'une de l'autre, sous le regard calme de Saphir pour qui l'agitation des humains restait décidément une énigme.

34

Marc lui avait tout expliqué de cette fameuse surprise qu'il lui réservait. Il s'agissait d'un week-end sportif de grimpe d'arbres. Un séjour particulier créé par une association qui mêlait les valides aux invalides dans la pratique de sports souvent extrêmes. Une façon de dépasser le handicap pour découvrir qu'on était encore capable de faire beaucoup de choses, et même certaines qu'on n'aurait jamais faites avant l'accident. Le responsable de l'association avait expliqué à Marc que ces séjours agissaient comme une piqûre d'adrénaline à un moment clé du parcours d'une personne.

Si Lucie avait accepté du bout des lèvres, à cet instant elle se demandait pourquoi elle avait tant hésité. Elle s'élevait dans les airs. Attachée à un harnais d'escalade parachevé par une selle molle sur laquelle elle était assise, Lucie montait, montait. À la fois inquiète et émerveillée, elle était prise d'une euphorie qui lui collait aux lèvres un sourire éclatant. Paré du même équipement, Marc était treuillé lui aussi à ses côtés et ses yeux brillaient de bonheur.

Ils étaient six maintenant à s'élever progressivement pour cette « réunion au sommet », comme l'avait appelée avec humour l'équipe d'animation. Au pied des arbres, les uns avaient laissé leurs fauteuils roulants, les autres leurs chaussures, et tous se retrouvaient à égalité, sans distinction entre handicapés ou non. Tous dans la même position, les jambes pendantes, s'élevaient dans les airs.

Les oiseaux chantaient sous le soleil, le vent soufflait dans les branches, faisait danser les feuilles. Lucie avait la sensation d'être en communion totale avec la nature qui l'entourait.

Ils étaient tous arrivés au sommet maintenant, et chacun, faisant fi de son vertige, s'installait sur une branche des arbres majestueux. Nassim, en fauteuil roulant cinq minutes plus tôt, se mit à siffloter avant de lancer à la cantonade :

— Je suis un oiseau, les gars !

— Vous êtes en toute sécurité, leur dit l'animateur. Alors allez-y, balancez-vous, amusez-vous !

Marc se tourna vers Lucie, installée à ses côtés.

— Tu es prête ? lui demanda-t-il gentiment.

Était-elle prête ? Elle n'en était pas sûre mais son goût pour le challenge la reprit brutalement et elle acquiesça d'un bref signe de tête.

Marc la poussa doucement hors de la branche.

« Waouh ! » C'était magique, merveilleux. Il semblait à Lucie qu'elle volait, sans entrave, sa jambe et son bras dénués de toute pesanteur, de toute gravité. « Waouh ! » Elle se balançait d'une branche à l'autre, allait et venait, ivre de sa liberté nouvelle. Et Marc, comme les autres, fit de même. Spontanément, ils formèrent tous comme un groupe de copains qui s'entraidaient pour se pousser, se tirer, donner un coup de main à qui voulait s'asseoir sur une branche…

Quand ils redescendirent sur terre, Lucie se sentit étrangement allégée. Dans les arbres, elle avait laissé quelque chose qui lui pesait infiniment et qu'elle ne s'était jamais avoué : la peur. Cette peur qui l'empêchait d'oser. Dès qu'elle remit les pieds sur la terre, malgré ses béquilles, malgré son bras qui lui faisait mal, elle sut immédiatement. Elle avait retrouvé cette chose infiniment précieuse qu'elle croyait avoir perdue : son profond désir d'aller de l'avant, son envie de défier les limites.

Elle se retourna vers Marc, le visage rayonnant. C'était grâce à lui !

— Merci ! Mais ça a dû te coûter une fortune…

— Non. C'est gratuit. L'association veut permettre à tous de profiter de ces séjours, sans frein économique. De toute façon, de l'argent j'en ai, ne te tracasse pas pour ça.

Il posa sa main sur son épaule.

— Tu sais, j'ai été impressionné par les séjours proposés. Du ski, du parapente, du rafting, du saut à l'élastique, de la plongée sous-marine, du vélo tout-terrain… (Il ajouta en riant :) Sauf que si on optait pour un séjour VTT, toi tu aurais un vélo à quatre roues et moi deux, alors je risquerais de perdre et je n'aime pas ça, je te le dis tout de suite. (Il hésita quelques secondes avant de préciser :) Par contre, il n'y a pas d'équitation.

Le mot fit brusquement s'emballer le cœur de Lucie et elle s'entendit répondre avec vivacité :

— Pour ça, j'ai ce qu'il faut.

Elle baissa les yeux quelques secondes puis releva son visage et planta son regard dans celui de Marc. Elle venait de comprendre, soudain.

— Seulement, je n'ai pas su le voir.

Marc lui sourit avec douceur.

— Tu m'aideras ? demanda-t-elle.

Il se tut, hésitant. Il n'était pas sûr de comprendre.

— Je vais remonter, Marc. Je vais remonter mais tu m'aideras ? Tu m'aideras comme tout à l'heure, là-haut ?

Rempli d'une émotion violente, Marc s'approcha et prit Lucie dans ses bras. Incapable du moindre mot, il la tint serrée contre lui en respirant et s'enivrant de son parfum. Lentement, Lucie mit ses bras autour de lui et se laissa aller. Que c'était bon d'être tout contre cet homme, contre Marc… Elle non plus n'avait plus de mots.

35

Dans son insistance à les convaincre, Mathilde retrouvait sa fille. Lucie était redevenue la jeune femme exigeante d'autrefois et, comme avant, elle ne semblait pas envisager les difficultés entraînées.

— J'ai regardé sur Internet, j'ai comparé les prix, je vous assure qu'on peut trouver quelque chose de pas trop cher.

De pas cher… Mais tout était devenu trop cher pour eux maintenant ! Ils avaient englouti le peu d'argent qu'il leur restait dans l'aménagement de la petite maison, mais comment Mathilde annoncerait-elle à sa fille qu'ils étaient au bord de la faillite ? Elle ne savait pas de quelle façon s'y prendre. Lucie était remontée et, depuis, il ne se passait pas un jour sans qu'elle tourne dans le manège, toujours au pas mais de mieux en mieux, avec Saphir. De nouveau, elle ne pensait plus qu'à ça.

Lucie se retourna vers Jérôme.

— Papa, écoute, tu ne vas quand même pas me décourager. Pas après tout ce que tu as fait pour moi ! Une selle adaptée à ma jambe, c'est entre 4 000 et 5 000 euros, mais je suis sûre de pouvoir faire baisser les prix. J'ai appelé Pierre et il m'a dit que je n'étais pas la seule. Plein de cavaliers remontent avec un handicap, et certains atteignent même des sommets.

Mathilde laissa échapper un soupir d'agacement. Voilà que l'entraîneur national de l'équipe de France s'en mêlait maintenant !

— Mais qu'est-ce qu'il y connaît, lui, aux cavaliers handicapés ? lança-t-elle.

— Eh bien, figure-toi qu'il les entraîne aussi, comme les autres. Ah ! s'exclama Lucie victorieusement, vous ne saviez pas ça, hein ? Tu ne savais pas, Papa ?

Jérôme tapa soudain du poing sur la table, faisant sursauter les deux femmes.

— C'est ce type qui t'a mis ça en tête avec son histoire de séjour sportif !

Mathilde regarda Jérôme avec stupéfaction.

— Ce type, il a un nom, répondit Lucie avec vivacité. Il s'appelle Marc. Et, oui, il m'a mis ça en tête, comme tu dis. Mais pas que lui. Si tu voyais tout ce que font des gens handicapés, et sacrément plus que moi parce que certains sont en fauteuil pour le reste de leur vie ! Tu n'imagines même pas. Je les ai vus, moi, pendant ce séjour.

— En tout cas, souligna Mathilde, t'emmener là-bas a dû lui coûter un bras… oh, pardon.

Lucie se retourna vers elle.

— Eh bien, non, pas du tout. C'était gratuit et, de toute façon, même si ça lui avait coûté « un bras » comme tu dis (Lucie excusa sa mère d'un clin d'œil amusé), l'argent n'est pas un problème pour Marc, ajouta-t-elle avec une fierté dans le ton qui l'étonna elle-même.

Lucie n'aima pas la lueur d'intérêt illuminant les yeux de Mathilde.

Elle reprit son père à partie.

— C'est même lui qui m'a poussée à appeler Pierre, si tu veux tout savoir. Mais c'est moi, c'est ma tête, c'est mes jambes, c'est moi tout entière qui ai pris ma décision. Je remonte, je ne redescendrai plus et, ouvre bien tes oreilles, je vais même faire de la compétition.

Lucie n'en revenait pas elle-même. Les mots étaient sortis tout seuls sans qu'elle y ait pensé auparavant. En fait, elle n'avait jamais réfléchi à la compétition, elle ne s'était fixé aucun objectif de cette ampleur, mais maintenant qu'elle l'avait formulée, l'idée lui semblait excellente.

— Tu ne tiens pas au pas et tu vas sauter ? Mais oui, bien sûr… ironisa Jérôme.

Une onde de haine traversa subitement Lucie. Ce père qu'elle prenait pour un héros, ce coach plein d'espoir qui lui avait fait miroiter les plus hautes marches d'un podium, c'était vraiment lui qui venait de prononcer ces mots si méchants ?

Elle se leva et attrapa ses béquilles d'une main tremblante.

— Du dressage, c'est du dressage que je vais faire. Du *para*-dressage oui, si le mot de « para » ne te fait pas peur, mais ça, conclut-elle la voix vacillante, j'en doute.

Et elle quitta la pièce aussi vite que sa jambe le lui permettait.

Un silence de plusieurs minutes s'installa. Jérôme ruminait sa rancœur tandis que Mathilde laissait tourner dans son esprit la phrase de Lucie : « L'argent n'est pas un problème. » Selon elle, le hasard n'existait pas, et si quelque chose, ou quelqu'un, se présentait, c'était à point nommé.

Et si ce Marc était une partie de la solution ?

Jérôme l'interrompit dans ses pensées.

— Ce type est malsain. Il entretient Lucie dans un rêve inaccessible.

Mathilde eut un petit rire railleur.

— C'est toi qui dis ça ? Celle-là, c'est la meilleure… Tu as la mémoire courte, Gégé, très courte.

Il se retourna vers elle, le regard mauvais.

— Comment ça ?

— C'est exactement ce que tu as fait avec ta fille pendant des années. Eh oui, se moqua-t-elle, c'est l'arroseur arrosé !

*

Depuis leur week-end sportif, Marc se sentait plein d'allant, conscient que sa mission venait enfin de démarrer. Lucie remontait et, cette fois, elle semblait bien accrochée à son projet. Inlassablement, il regardait sur Internet tout ce qu'il pouvait faire pour l'accompagner. La première idée, la plus facile à réaliser, était cette caméra de surveillance qu'il venait de recevoir au courrier. Elle était du dernier cri, permettant de capter même des images de nuit. Il allait l'installer dans le box de Saphir dès cet après-midi. Ainsi, Lucie resterait en lien avec son cheval vingt-quatre heures sur vingt-quatre. Saphir était tout pour la jeune femme et c'était sur lui que Marc devait s'appuyer pour la maintenir dans ses nouvelles résolutions.

Il repensa à leur virée dans les arbres, à cette proximité troublante entre eux, à la sensation d'apaisement ressentie lorsqu'il avait pris Lucie dans ses bras. Et il s'était passé cette chose extraordinaire : tout simplement, sans même qu'il l'ait décidé auparavant, il n'avait pas bu une goutte d'alcool. Cela ne lui était pas arrivé depuis quinze ans, date de sa dernière tentative d'arrêt, de son ultime échec. Il repensa à ce que lui avait dit le responsable de l'association comme quoi les valides se découvraient parfois des handicaps psychologiques plus importants que les personnes handicapées. Le séjour mettait en valeur ces freins intérieurs les empêchant de vivre pleinement les choses.

Marc le savait… Depuis des années, son plus grand frein avait pris la forme d'un verre et le goût de l'alcool. Or ce jour-là, il avait eu l'impression qu'un verrou avait sauté en lui, et la présence de Lucie y était pour beaucoup. Il n'avait pas bu parce que durant plusieurs heures, au milieu des arbres et aux côtés de la jeune femme, il avait eu l'impression de vivre, tout simplement, « d'amour et d'eau fraîche ».

— T'as l'intention de me fliquer maintenant ?

Marc sursauta.

Emma désignait la caméra posée sur la table. Les cheveux ébouriffés, les yeux gonflés de sommeil, sa fille sortait à peine de son lit. Et elle lui avait encore piqué une de ses chemises.

— Quand tu auras fini de croire que tout tourne autour de toi… soupira-t-il.

Typique de l'adolescence, ça, ce moi-moi-moi à outrance, pensa Marc, oubliant que, lui aussi, au même âge, ne pensait qu'à lui, qu'à ses copains, ses vacances, sa vision du monde et de la vie aux antipodes de celle de ses parents bien sûr. Il ne se revoyait plus à cet âge, à la fois disgracieux et merveilleux, où tout était encore en construction.

— Tu te recycles dans la sécurité ? insista Emma en posant la casserole d'eau bouillante sur la table.

— Tu peux la remettre sur la gazinière si ce n'est pas trop te demander ?

— Pfft ! Tu me soû…

— Soûles, je sais, je te soûle. À part ça ? Bien dormi ?

Emma posa une demi-fesse sur le tabouret haut de la cuisine, s'empara du pain au chocolat posé à son intention dans une assiette et le trempa dans son thé. Marc grimaça. Comment pouvait-on faire un tel mélange ?

— Alors, c'est quoi, cette cam de flic ? grommela sa fille.

— Cette caméra va permettre à une amie qui a du mal à se déplacer de surveiller son cheval à distance.

Emma se retourna vers lui, les joues remplies de pain au chocolat.

— Ah, ch'est la fille du chentre en fauteuil, ch'est cha ?

— Ne parle pas la bouche pleine, ça me dégoûte. Oui, c'est elle. Mais elle n'est plus en fauteuil maintenant. Elle remarche, en s'aidant parfois de béquilles.

— Ch'est avec elle que t'es parti l'aut'fois ?

Oh ! là ! là ! mais c'est qu'elle devenait curieuse, la petite. Marc n'avait pas très envie de lui parler de Lucie, de crainte qu'Emma ne s'en ouvre à Béa. En même temps, s'il était honnête avec lui-même, il devait savoir que son ex-femme se ficherait de le savoir. C'était lui qui aimait penser qu'elle se montrerait peut-être jalouse parce que, au fond, il désirait encore susciter chez elle un sentiment. Il eut soudain conscience de son propre mensonge au sujet de son couple perdu.

— Lucie, elle s'appelle Lucie. Et, oui, c'est avec elle. Ah non ! Merde, Emma ! Mange au-dessus de l'assiette, tu fous des miettes partout !

— Comment tu veux que je dise pas d'gros mots, t'as que ça à la bouche, répliqua sa fille en quittant le tabouret, indifférente aux miettes qui tombaient de sa chemise.

Emma alluma une cigarette. Depuis quelque temps, elle ne se cachait plus de son addiction, et Marc avait eu beau essayer de l'en dissuader, il s'était fait envoyer sur les roses. C'est vrai qu'il était mal placé pour lui faire la leçon.

Il alluma une cigarette à son tour.

— Et c'est toi qui vas l'installer, la cam ? demanda Emma dans un bâillement.

Elle étira longuement ses bras couverts de tatouages. Pourquoi sa fille arborait-elle des horreurs pareilles ? pensa Marc en regardant l'aigle et les lapins qui couraient sur ses avant-bras. Décidément, il ne comprenait plus rien.

— Oui, j'y vais cet après-midi, répondit-il.

À sa grande stupéfaction, Emma décréta :

— Je viens avec toi, ça m'occupera… on se fait vraiment ch… ici.

C'est sûr, on avait la campagne, les oiseaux, l'air pur, des balades à gogo, les bons aliments de la ferme, un ciel bleu et un soleil rayonnant… c'est vrai, c'était vraiment « la loose » ici, pour reprendre une expression de sa fille. Marc se retint à grand-peine. Assailli par les images de guerre vues lors de ses reportages, par ces visages d'enfants crispés sous la peur, dans l'attente de la prochaine rafale, de la bombe suivante, il hurlait intérieurement des caprices de sa fille trop gâtée par la vie. Il écrasa sa cigarette et, pour éviter un conflit dont il n'avait pas envie ce matin, il se contenta de signaler :

— On part vers 2 heures.

36

Bien sûr, elle n'allait encore qu'au pas, mais il était allongé désormais et Lucie ne se décourageait pas. Depuis quelques jours, grâce à Saphir, elle avait la sensation merveilleuse de marcher de nouveau sur ses propres jambes. Le cheval gagnait de l'amplitude, il la soulevait à chaque pas et elle marchait de nouveau, oui, c'était exactement ce qu'elle ressentait. Cette fois, elle n'en doutait plus : ses sensations d'avant reviendraient. Elle le désirait avec tant de force maintenant que le miracle ne manquerait pas de se produire. Régulièrement, elle repensait à Sylvie, l'infirmière de l'hôpital, et à sa foi dans l'espoir. Oui, l'espoir vaincrait.

De loin, elle regarda arriver Pierre. Il tenait à la voir, ainsi que Saphir. Parce que Lucie lui avait parlé de ses projets de compétition, il venait accompagné d'un « préparateur mental », un certain Jean-Luc. Elle n'avait pas encore eu affaire à cette profession, relativement récente, destinée à accompagner les sportifs de haut niveau dans leur préparation psychologique et leur gestion du stress, mais la perspective l'intéressait. Elle observa l'homme qui marchait aux côtés de Pierre et trouva aussitôt sympathique ce grand type tout maigre, aux gestes calmes et au regard doux. Derrière eux, elle vit la voiture de Marc s'engager sur le parking, et son cœur se mit à battre un peu plus fort.

— L'équitation, c'est un dialogue, expliquait Pierre à Lucie. Jusque-là, Saphir et toi aviez un langage commun. Tu reculais ta jambe et il partait au galop, tu jouais dans les doigts et il se relâchait aussitôt. Chacun savait ce qu'il attendait de l'autre car vous parliez la même langue.

Dans la carrière, ils formaient un petit groupe. Lucie regardait son père dont l'attitude ne lui plaisait guère. Jérôme, les mains posées sur les hanches, avait adopté l'allure de celui qui sait et qui décide, mais elle n'aimait pas son air goguenard. À la demande de Lucie, et malgré les regards venimeux de Jérôme, Marc s'était joint à eux ainsi que sa fille qui semblait traîner un ennui mortel.

— Maintenant, parce que ton bras et ta jambe n'ont plus les mêmes capacités, il te faut trouver un autre langage avec Saphir. En quelque sorte, c'est comme si vous deviez apprendre, toi et lui, une langue étrangère.

À ces mots, Emma dressa la tête, subitement intéressée. Les langues, c'était la seule chose qu'elle aimait au lycée, et les rares bonnes notes qu'elle obtenait étaient toutes en anglais, en espagnol, en allemand ou bien en malgache qu'elle apprenait en prenant des cours particuliers.

— Je vous donne un exemple, continua Pierre à l'intention du groupe. En ce moment, je prépare une cavalière aux Jeux paralympiques de para-dressage. Elle est en fauteuil roulant, donc ses jambes sont inexistantes pour l'animal. Eh bien, elle a appris à son cheval que les badines remplaçaient l'action de ses jambes.

— C'est quoi, une badine ? l'interrompit Emma.

Marc regarda sa fille avec surprise.

— Une badine, c'est une sorte de grande cravache, plus fine et plus longue, précisa Lucie.

— Donc, lorsque ma cavalière se sert de sa badine, attention toujours en douceur, son cheval engage les postérieurs exactement comme si elle le lui avait demandé avec les jambes. Ils ont trouvé un autre langage. (Pierre se tourna vers Lucie.) Voilà ce que tu dois faire : tu dois trouver un nouveau code entre vous, d'autres boutons auxquels Saphir répondra. Vous devez mettre en place une nouvelle langue commune et je suis là pour t'y aider. Mais il te faudra beaucoup de patience.

— Oh ça, de la patience, j'ai appris à en avoir !

— Ça tombe très bien parce que c'est grâce à ça que tu vas découvrir de nouvelles sensations.

— Et retrouver les anciennes, ajouta Lucie.

Pierre s'approcha d'elle et posa une main paternelle sur son épaule.

— Lucie, il y a un pas à franchir, indispensable. Je vais être direct avec toi : si tu cherches à retrouver les sensations d'avant l'accident, tu n'avanceras pas. Il te faut faire le deuil de tes sensations d'avant, tu ne les retrouveras jamais à l'identique. Par contre, je te l'affirme, ces sensations perdues tu peux les ressentir ailleurs et autrement. C'est tout ce travail que tu dois accomplir.

Inquiet, Marc dévisagea Lucie, guettant sa réaction, redoutant que cette nouvelle ne l'accable, ne la détourne de son espoir. Pourquoi l'entraîneur s'était-il montré si brutal dans son annonce ? Jérôme, lui, cinglait nerveusement l'air de sa cravache. C'est bien ce qu'il lui semblait, Lucie s'enterrait dans une illusion morbide.

— Tu verras, la réconforta Pierre. Tu verras ton bonheur le jour où Saphir répondra à cette nouvelle langue, imagine que vous parliez anglais entre vous désormais, et qu'il partira au galop quand tu lui diras « *at gallop* ».

— *At « a » gallop*, souffla Emma. On dit *at « a » gallop* et pas *at gallop*.

Marc regarda sa fille d'un air éberlué. Mais qu'est-ce qui lui arrivait ? Où était passée la rebelle de service ?

Lucie avait tressailli sous les mots de Pierre mais, étrangement, la remarque d'Emma balaya aussitôt la pointe de tristesse en elle. Elle se retourna vers l'adolescente. Cette gamine tatouée, piercée, teintée, et qu'elle sentait un peu perdue, la touchait. Emma lui donnait l'impression de ne plus savoir comment avancer ni dans quelle direction. Et voilà que cette histoire de langue l'intéressait ! C'est sans doute qu'elle avait raison, on pouvait faire confiance à l'adolescence pour reconnaître les choses vraies, authentiques. Lucie se souvenait de cet âge où tout prenait une importance capitale, où les espoirs se fondaient sur une vérité qu'on croyait absolue, un essentiel qu'il fallait vivre à tout prix.

Elle fit un clin d'œil à Emma.

— Ben tu vois, en quelque sorte je vais retourner à l'école comme toi.

Marc n'en crut pas ses yeux. La remarque de Lucie venait d'arracher un sourire à sa fille.

Jean-Luc s'était assis en face de Lucie dans le club house. Depuis une demi-heure, il l'écoutait lui raconter sa vie de cavalière. Elle avait passé en revue la première fois où elle était montée sur un cheval à l'âge de quatre ans, son premier concours, ses entraînements, les coupes remportées, l'énergie avec laquelle elle s'était battue, soutenue par son père, pour gagner chaque fois quelques dixièmes de seconde en vue des JO de sauts d'obstacles avant l'accident.

Quand elle eut fini, Jean-Luc s'éclaircit la voix.

— Tu sais ce que j'entends, Lucie, dans tout ce que tu viens de me raconter ?

La jeune femme écarquilla les yeux. Elle avait envie de savoir.

— J'entends que tu as l'âme d'une championne. Quand tu te préparais aux JO, tu avais d'une certaine façon allumé une représentation mentale – le podium – et tu y pensais tous les jours, cela conditionnait tes journées, ton attitude, tes choix… Je me trompe ?

— Non, c'était ça en effet.

— Dans le challenge qui était le tien, ton obsession était de gagner du temps. Car les niveaux entre les concurrents sont tellement rapprochés dans ce genre d'épreuve que le plus petit dixième de seconde compte, et c'est cet infime progrès accompli, ce petit grain de sable qui fait la différence et permet de l'emporter. Ton père te poussait beaucoup, n'est-ce pas ?

Lucie eut une pensée triste à ce souvenir, tombé aux oubliettes.

— Oui, beaucoup.

— Vous étiez l'un comme l'autre dans un perfectionnisme obsessionnel, mais t'es-tu déjà interrogée sur ce que tu cherchais dans le fond ? En imaginant que tu sois montée sur le podium, allez, disons sur la plus haute marche, médaille d'or aux JO, qu'est-ce que tu attendais de cette victoire ?

Lucie sourit brièvement.

— Je crois que mon père aurait été très fier. Oh oui, sacrément fier, même.

Jean-Luc s'avança sur son siège et, tout proche de Lucie, la regarda avec douceur.

— Je ne te parle pas de ton père, je te parle de toi. Qu'est-ce que tu attendais *toi* de cette victoire ?

Lucie lui répondit vivement, d'un ton plein d'assurance.

— Eh bien, c'est évident ! la réussite, le fait d'être au sommet, de finir la première, d'avoir accompli une performance. Je ne comprends pas la question… C'est la satisfaction et la fierté d'avoir fait mieux que tout le monde.

— Oui, mais ça, c'est une satisfaction égotique. De la façon dont tu en parles, cette réussite ne flatte que ton ego. Tu t'étais fixé un objectif très haut, tu l'as atteint donc tu es heureuse.

— Ben oui, ça me semble normal.

— Et le chemin, Lucie ? Qu'est-ce que tu fais du chemin ?

— Comment ça, le chemin ?

Jean-Luc se recula dans le fond de sa chaise.

— Eh bien, si le but, ce n'était pas la seule performance mais plutôt un accomplissement personnel ? Je m'explique… Si à la place de viser uniquement le résultat, tu pensais au chemin parcouru, tu verrais que c'est ce chemin qui apporte le bonheur. Ce chemin qui mène à l'accomplissement et non plus à la seule réussite. Dans ce cas, tu n'es plus dans l'obsession de la perfection, qui est une projection oppressante, mais dans l'instant présent. En étant consciente de ce que tu accomplis à cet instant-là, en étant profondément reliée au présent, à « l'ici-maintenant ».

Il fit une pause avant d'ajouter d'une voix posée :

— La vraie réussite personnelle, Lucie, elle est dans le chemin.

Lucie se taisait, laissant les mots de Jean-Luc courir dans sa tête. C'était vrai, dans ses entraînements, elle n'avait toujours fait que compter : compter les foulées qui les séparaient du saut, compter les précieuses minutes à grignoter une à une, compter le temps qu'il leur restait pour se préparer à la prochaine épreuve. Et elle eut soudain l'impression que l'accumulation de toutes ces heures ne formait qu'un magma informe duquel surnageait une seule et unique pensée : gagner. Un curieux parallèle s'établit alors dans son esprit entre sa façon d'agir de l'époque et ces voyages express qu'elle faisait avec Fred. Leur séjour à Center Parcs avait ressemblé à une course entre eux, à savoir qui l'emporterait sur l'autre dans des activités sportives qui s'apparentaient plus à des épreuves qu'à un loisir ou à une détente. Juste avant l'accident, ils devaient partir (elle se fit la réflexion qu'elle ne saurait jamais où Fred comptait l'emmener) et ils ne parlaient que du but, jamais du voyage. Le chemin n'existait pas, seul comptait le point d'arrivée.

Elle regarda Marc assis plus loin dans le club house en face de sa fille, à la moue redevenue boudeuse. Il avait sorti sa flasque et se servait de la vodka dans un gobelet de plastique. Dans ce domaine, lui aussi allait droit au but, mais Lucie n'oubliait pas les moments passés dans les arbres avec lui. À ce moment-là, ils étaient tous les deux dans l'instant présent. Lucie ne pensait à rien d'autre qu'au chant des oiseaux, à la pureté de l'air, à ce doux bonheur d'être aux côtés d'un homme soudain apaisé, lui aussi. Ce jour-là, elle ne l'avait pas vu boire.

Elle se retourna vers Jean-Luc.

Peut-être était-ce cela le chemin ?

Jean-Luc lui sourit avec gentillesse.

— Donne-toi des objectifs simples qui seront ta motivation pour agir. Vise quelque chose que tu ne fais pas encore mais que tu souhaites trouver. Tu es au pas ? Pense à t'acheminer vers le trot, tranquillement, en t'attardant sur la façon d'y parvenir et non sur le seul fait d'y arriver. Le chemin, Lucie. Tout est dans le chemin.

Profondément, Lucie sut qu'il avait raison, et elle leva sur Jean-Luc un regard brillant d'une lueur nouvelle.

— Merci, murmura-t-elle. Merci.

Oui. Peu importait le temps si l'on vivait pleinement chaque instant.

*

Mathilde regardait Marc. Il avait fini d'installer la caméra dans le box, pour l'heure déserté par Saphir, et maintenant il rangeait ses outils pêle-mêle dans son sac.

Elle s'approcha.

— C'est du très bon matériel, on dirait. Enfin, je n'y connais rien mais, à vue de nez, il me semble que c'est le cas, je me trompe ?

Marc acquiesça de la tête.

— C'est vraiment gentil ce que vous faites pour Lucie. Mais je suis un peu gênée, cela a dû vous coûter un certain prix…

— Ne vous en faites pas pour ça.

— Tout de même, nous ne vous devons pas quelque chose ?

Mathilde priait intérieurement pour qu'il ne réponde pas affirmativement mais elle était si avide de connaître le prix payé pour cette caméra high tech. De son côté, Marc se sentit gêné. Que ce soit eux qui lui doivent quelque chose, à lui ! S'ils savaient…

— Rien du tout, affirma-t-il d'un ton qui ne souffrait aucune contradiction. Ça me fait plaisir de faire ce cadeau à Lucie. Et à Saphir car il y a en plus un système audio, vous savez, comme ces babyphones pour les bébés, sauf que, là, on peut parler dans les deux sens.

— Ah oui ?

— Oui. Lucie pourra parler à Saphir et elle l'entendra en retour. C'est top, non ? C'est effectivement un matériel de pointe, le plus performant que j'aie pu trouver sur le marché.

Mathilde toussa puis, d'une voix qu'elle fit la plus douce possible, revint sur le terrain de l'argent.

— C'est cher une caméra comme ça ? Je me dis que ce ne serait pas mal d'en installer une aussi dans le manège.

Marc se frappa le front d'une main, ébloui par l'évidence.

— Mais bien sûr, mais quelle bonne idée ! Je suis vraiment idiot de ne pas y avoir pensé.

Mathilde grimaça. Elle n'avait pas obtenu la réponse souhaitée. Alors, dans un long soupir teinté de tristesse, elle se lança directement sur le terrain qui la préoccupait.

— En même temps, dans le manège, il ne s'y passe plus grand-chose maintenant.

Marc la regarda avec attention.

— Il n'y a plus de cours ? La dernière fois, il n'y avait pas une petite fille qui montait dans le manège ?

— Oh ça, c'était Pauline, la dernière, la plus acharnée. Mais elle ne voulait que de Lucie comme monitrice, alors, comme les autres, Pauline est partie dans un autre centre équestre, et nous… eh bien, nous… c'est-à-dire Le Cadran…

Volontairement, Mathilde ne finit pas sa phrase pour laisser Marc imaginer par lui-même ce que ses mots sous-entendaient. Elle ne le quittait pas des yeux mais il baissa la tête, fuyant son regard. Pas facile de discuter avec cet homme. Aussi, à la guerre comme à la guerre, elle décida d'entrer dans le vif du sujet.

Avant tout, elle prit ses précautions.

— Je peux vous parler à cœur ouvert, Marc ?

Il acquiesça d'un hochement de tête.

— Depuis l'accident de Lucie, rien ne va plus. Nous n'avons plus de moniteur, les cavaliers sont tous partis,

Jérôme se traîne sans plus s'intéresser à grand-chose, et moi, eh bien, moi, je fais ce que je peux mais on n'arrive pas à faire face aux difficultés financières engendrées. On ne peut même pas acheter une selle adaptée à Lucie, et ça, je ne sais pas comment le lui dire.

— Mais moi, je lui offre sa selle ! s'exclama Marc.

Il n'avait même pas demandé le prix, remarqua Mathilde. Elle déglutit péniblement avant de poursuivre d'une voix cassée :

— Rien ne va plus, plus du tout.

Marc essaya de lui renvoyer un sourire rassurant.

— Ne désespérez pas, il y a une solution à tout.

— Ça m'étonnerait. (Elle balaya d'une main l'ensemble du centre équestre.) Nous sommes au bord du gouffre et, sauf miracle, tout ça va bientôt disparaître.

Marc se sentit accablé. Certes, il avait remarqué que Le Cadran avait pris un peu de plomb dans l'aile, mais il avait attribué cela au découragement provisoire de Lucie. À aucun moment il n'avait imaginé les conséquences pécuniaires de ses actes. Il eut honte. Honte d'avoir peut-être à porter aussi la responsabilité de la mort du centre équestre.

Le claquement des sabots se fit soudain entendre. Lucie et Pierre revenaient avec Saphir et tous trois se dirigeaient vers le box.

Mathilde saisit alors précipitamment la main de Marc et la secoua pour appuyer sa demande, formulée d'un ton angoissé :

— Je vous en prie, ne dites rien à Lucie. Elle se bat déjà tellement pour elle-même et c'est si dur.

Elle lui lâcha la main et ajouta, d'une voix plus forte qu'elle ne l'aurait souhaité.

— Je peux vous faire confiance, Marc, n'est-ce pas ?

37

— Oh, mais c'est génial ! Génial !

Lucie était assise à côté de Marc sur le canapé. Tous deux regardaient les images venues du box où Saphir mâchait tranquillement, l'air serein.

— Jour et nuit tu seras avec lui, précisa Marc.

Il avait installé deux écrans, un dans le salon et un dans la chambre à coucher de Lucie, face à son lit.

— Comme ça, même à 2 heures du matin, s'il y a le moindre problème…

— Je saute du lit et je me précipite en courant dans le box ! ajouta Lucie dans un rire.

Il aimait qu'elle ait retrouvé son humour et Marc rit à son tour, d'un rire franc et spontané qui toucha la jeune femme. Il était encore plus beau quand il riait.

— Merci, tu es vraiment un amour ! s'écria Lucie, et, sans réfléchir, elle se rapprocha de lui pour déposer un baiser rapide sur sa joue.

— Oh non, je ne suis pas un amour, crois-moi, répondit-il.

La tristesse de son ton alarma Lucie.

— Pourquoi tu dis ça ?

Marc se mordit les lèvres. Fort heureusement, il trouva immédiatement une parade.

— Eh bien… Ce n'est pas ce que dirait ma femme, enfin, plutôt mon *ex*-femme.

Lucie se tut, le laissant continuer. C'était la première fois que Marc parlait de sa vie privée et elle était curieuse de savoir ce qu'il en était au juste.

— Béatrice m'a quitté il y a six mois. Et tu veux que je te fasse une confidence ? Elle est partie pour une femme. C'est quand même fou, un mec j'aurais compris, mais une femme ! J'ai dû sacrément merder.

— Je ne vois pas ce que ça change, répliqua Lucie. Que ce soit une femme ou un homme, le résultat est le même. Elle est partie.

— Ah non ! je ne suis pas d'accord. Ça change tout. Quelque part, l'homme que j'étais l'a déçue, l'a éloignée des autres hommes, du genre masculin si tu veux. Mais pourquoi ? Qu'est-ce que je lui ai fait ?

Lucie eut un petit regard moqueur.

— Je ne sais pas, moi… Tu ne laissais pas traîner tes chaussettes partout ? Tu usais suffisamment de déodorant ? Tu desservais souvent le lave-vaisselle ? Ah oui : est-ce que tu te chargeais régulièrement des poubelles ? C'est très important, ça, les poubelles. Personne n'a envie de s'en occuper et tout le monde les oublie consciencieusement. Les poubelles, c'est la mise à mort du couple !

Marc fronça le nez, agacé.

— Ce n'est pas drôle. C'est vrai ça, qu'est-ce que je lui ai fait ? Ou plutôt, qu'est-ce que je ne lui ai pas fait ?

— Peut-être que…

Il se retourna vivement.

— Que… quoi ?

— Ben, je ne sais pas, moi.

Lucie s'éclaircit la voix. Après tout, ils se connaissaient suffisamment maintenant, elle pouvait se permettre…

— Excuse-moi de te demander ça, mais vous aviez encore des… rapports ?

Marc détourna le regard, gêné.

— Mmoui, si on veut, par-ci, par-là… tu sais, je n'étais pas souvent là. Je suis beaucoup parti en reportage ces dernières années. Et puis…

— Et puis crinière au vent mais queue en berne, c'est ça ?

Lucie rit de voir Marc rougir subitement.

— OK, OK, j'arrête, dit-elle. Mais bon, pour nous résumer, ce n'était pas la panacée, votre relation, si je comprends bien.

— Écoute, t'en connais beaucoup des couples de plus de vingt ans qui continuent de roucouler comme au premier jour ? Au bout de quelque temps, c'est la routine, c'est inévitable.

— Oui, enfin, l'inattendu ce n'est pas mieux, je peux te le dire.

— Ben si. Ça met un peu de piment au moins.

— Peut-être, mais en cas d'accident, je peux te dire que le plat est arrache-gueule et l'addition très salée. Explosion des papilles garantie !

Marc se tourna vers Lucie. À son tour, il sentit qu'il pouvait s'avancer sur le terrain.

— T'as un petit ami ?

Lucie eut un petit rire triste.

— J'avais.

Marc baissa les yeux.

— Fred. Il était moniteur ici. Oh ça, il me trouvait belle et désirable et il me tannait pour qu'on vive ensemble, c'était même un leitmotiv chez lui. Et puis…

Lucie s'interrompit un instant avant de continuer d'une traite et d'une voix où perçait l'ironie :

— Et puis il y a eu l'accident et une fille en fauteuil roulant, ou même sur des béquilles, ou même juste qui boite, eh bien, ça l'a refroidi aussi sec, le Fred. Il s'est mis sur liste rouge quasiment du jour au lendemain. Aux abonnés absents, l'amoureux transi ! *Ciao* bonsoir. Le courageux a même démissionné par téléphone, alors tu vois…

Marc se taisait, accablé.

Lucie, d'une voix un peu forcée, ajouta :

— Tant pis pour lui.

— C'est vrai, tu as raison. C'est un con ! lâcha soudain Marc avec conviction.

— Autant que ta femme !

Ils se tournèrent l'un vers l'autre et, sans se concerter, les mêmes mots jaillirent au même instant de leurs bouches.

— Tu le penses vraiment ?

Ils rirent, d'un rire gêné, soudain embarrassés par ce qu'ils venaient de se dire.

Le cœur de Lucie battait à tout rompre mais elle ne regrettait pas ses paroles. Oui, cette femme était trop stupide d'avoir laissé en plan un type comme Marc, mais c'était tant mieux pour elle car elle ne parvenait pas à chasser cette pensée qui venait de surgir et prenait toute la place : est-ce qu'elle n'était pas tombée amoureuse ?

Marc se posait la même question. Il était si bien avec Lucie, il aimait tant les moments vécus avec elle, et leur proximité sur le canapé le troublait infiniment. Il reconnaissait soudain ce qui se passait en lui et il en eut peur. Il ne devait pas tomber amoureux de Lucie, pas lui, pas après ce qu'il lui avait fait. Il fourra la main dans sa poche et en sortit sa flasque. Oublier. Oublier cette pensée impossible.

Mais au moment où il s'apprêtait à dévisser le flacon, Lucie avança la main et retint son geste. La douceur de son contact acheva de déstabiliser Marc.

L'esprit vidé de toute pensée, il se tourna vers elle.

Maintenant ils se regardaient en silence, les yeux dans les yeux, plongés l'un dans l'autre, et lentement, leurs visages s'approchèrent. Lorsque leurs lèvres s'unirent, tous deux ressentirent comme une déflagration intérieure, et ce premier baiser, à peine effleuré, s'emballa soudain et s'emplit d'une fougue subite, chargée de leur désir trop longtemps tu.

*

Mathilde ne reconnaissait plus Jérôme. Il la regardait avec, dans les yeux, une lueur inquiétante. Lorsqu'il parla, sa voix était sourde et lourde.

— Je t'ai vue dans le box avec lui. Je ne veux pas que tu parles à ce type, je te l'interdis.

Elle le fixa dans les yeux, ulcérée.

— Mais pour qui tu te prends ? Tu n'as rien à m'interdire ! Je suis libre de faire ce que je veux, de parler à qui je veux.

— Tu es ma femme et je te demande à nouveau de ne pas approcher ce type.

— Ta femme ? C'est bien que tu t'en souviennes enfin…

— Jusqu'à preuve du contraire, je suis toujours ton mari, oui.

— Et alors ? Être mon mari ne te donne pas le droit de disposer de moi à ta guise. Qu'est-ce que c'est que cette nouveauté ?

Mathilde s'étonnait de la hargne subite de Jérôme, mais peu à peu, un début de compréhension naquit dans son esprit. Était-ce si nouveau que ça ? En y réfléchissant, elle se dit que Jérôme avait toujours mené son entourage à sa façon, réglant chacun sur son temps à lui, et à lui seul. C'est lui qui décidait de l'heure à laquelle on dînait, lui qui imposait des horloges et des pendules partout, lui encore qui fixait les heures d'entraînement de Lucie sans demander l'avis de sa fille. Il agissait en maître des lieux et des gens, exactement comme l'avait fait auparavant son propre père avec lui.

— Tu n'as plus personne à contrôler, alors tu t'en prends à moi maintenant ?

Mathilde venait de comprendre une chose évidente, tellement évidente qu'elle serait passée à côté si Jérôme ne s'était pas montré si dur. Il n'avait plus de prise sur Lucie, et ce n'était pas tant à cause de son handicap qu'à cause de Marc. Jérôme ne tolérait pas l'influence de cet homme car elle mettait en lumière la perte de sa propre influence sur sa fille. Et cette réalité lui était insupportable. Alors il se reportait sur l'unique personne restant à sa portée : son épouse.

D'avoir réalisé cela, elle le trouva plus à plaindre qu'à blâmer et sa colère retomba.

— Tu n'es pas jaloux, j'espère.

Jérôme balaya l'air de la main.

— Pffft ! D'un bellâtre semblable ?

Mathilde se rapprocha et entoura son épaule d'un bras protecteur.

— Jérôme, laisse Lucie. Laisse-la respirer, vivre. Fais-lui confiance… et je crois que tu ne devrais pas négliger ce Marc. Il peut nous aider.

Il se retourna brusquement vers elle.

— Nous aider à quoi ? À perdre notre fille ?

— Mais enfin, Lucie ne nous appartient pas ! Personne n'appartient à personne. Arrête avec ça. Oui, Marc peut nous aider. S'il porte autant d'attachement à Lucie que ce que je crois, il va la soutenir jusqu'au bout, y compris… (elle hésita une seconde avant de poursuivre) y compris financièrement.

C'était donc ça ! Jérôme fut tenté de lui répondre qu'une nouvelle fois elle n'avait que ce mot à la bouche. L'argent. Mais il se tut car, au fond de lui, une petite voix lui murmurait que Mathilde n'avait pas tout à fait tort. Et même si cela lui était désagréable de le constater, cette perspective lui procura un certain soulagement.

— Tu as peut-être raison, concéda-t-il en grommelant. Mais qu'il ne m'adresse pas la parole, c'est tout ce que je lui demande !

Mathilde affermit sa pression sur son épaule puis, approchant sa bouche de l'oreille de Jérôme, elle lui murmura.

— Et moi tout ce que je te demande, c'est de lâcher prise et de me faire confiance. Tu verras.

38

— Parle-lui, dis-lui : « Marche-marche-marche. » Tac-tac-tac. Oui, c'est bien, ça.

Tout en la guidant avec des paroles, Pierre ne la quittait pas des yeux, de son regard d'aigle habitué à tout voir, à saisir le moindre mouvement. Et parce que Marc avait embauché l'entraîneur pour être son coach personnel, Lucie tenait spécialement à être au niveau. Pour Marc qui l'observait, accoudé à la porte du manège.

Elle se concentra.

— Vas-y, grandis-toi ! Voi-là ! Voi-là ! C'est bien, continue comme ça.

Elle allait passer à la vitesse supérieure, à l'allure suivante. Du pas au trot. Lucie le sentait, elle était prête et Saphir l'avait compris.

— Allez, on avance, on tourne on tourne et là on y va. Allez, au trot !

Depuis plusieurs semaines, Pierre montait Saphir parallèlement à Lucie et, au fur et à mesure, il « réencodait » le cheval comme il disait, en lui apprenant à répondre à d'autres sollicitations que celles des seules jambes ou des bras. Lucie pouvait désormais commencer à compenser la faiblesse de ses membres par d'autres actions.

Saphir se mit à trotter tranquillement et Lucie s'enivra de ce trot, inimaginable quelques jours plus tôt.

— Trotte ! Trotte ! Trotte ! l'encouragea Pierre.

Elle fit de son mieux pour accompagner Saphir.

— Bouscule pas, la reprit l'entraîneur. Voi-là, c'est bien, bouscule pas quand tu tournes, grandis-toi et décontracte. Sans perdre la cadence. Tac ! Tac ! Tac !

Lucie commençait à se décontracter, à respirer plus légèrement, et elle entama en confiance une demi-volte.

— C'est bien, c'est bien. Là, c'est la phase au-dessus, ma grande, la félicita Pierre.

Au milieu du manège, Jérôme la suivait avec inquiétude. Lucie le sentait, son père avançait avec elle, se rapprochant régulièrement, anxieux malgré la présence de Pierre. Elle aussi avait peur mais elle savait aussi qu'il lui fallait chercher les recoins où elle manquait encore de confiance et y aller. Trotter était une nouvelle expérience, réinventée avec un nouveau corps, un équilibre inconnu. Elle devait s'y frotter pour ne plus en avoir peur et progresser encore.

Mais au moment où elle tournait, Lucie perdit soudain l'équilibre. Sa jambe droite flancha subitement et elle se sentit glisser, lentement mais sûrement.

— Lucie !

Le cri de Marc lui parvint de très loin, comme étouffé. L'effroi du premier jour la saisit de nouveau… elle allait tomber, se blesser, se casser peut-être définitivement. Elle se vit quitter la selle au ralenti, comme dans un mauvais rêve qui allait devenir réalité. Et soudain, elle sentit des bras puissants l'empoigner et la replacer sur la selle, des mains qui avaient saisi les rênes et freinaient Saphir.

Jérôme se tenait devant elle, le visage rouge, le front en sueur. Derrière, Lucie entendit la voix de Pierre.

— C'est bon. Arrête-toi maintenant. Tran-quille. Oui… c'est bien.

Elle regarda son père, essoufflé par sa course et qui la fixait avec des yeux agrandis.

— Merci, Papa.

Jérôme mit Saphir à l'arrêt. Il n'avait pas réfléchi à son acte mais ce qu'il lut à cet instant dans le regard de sa fille lui fit un plaisir fou. Pour la première fois depuis des mois, il se sentait utile dans ses yeux.

— Sans toi…, ajouta Lucie d'une voix étranglée.

À ces mots, Jérôme fut traversé par une onde de bonheur. Oui, sans moi, pensa-t-il, sans lui… c'était vrai, qui connaissait mieux sa fille que lui ? Par ces simples mots, elle le restaurait soudain dans son rôle de père. Il se tourna vers Pierre.

— C'est dangereux, je ne veux pas qu'il arrive quelque chose à Lucie.

— Papa.

Tout cela allait bien trop vite et effrayait Jérôme. Le trot, et puis quoi ensuite ? Le galop peut-être ? À cette pensée, il frémit.

— Papa. Regarde-moi.

Il se retourna vers Lucie.

— S'il te plaît, fais-moi confiance. (Lucie flatta l'encolure de Saphir.) Et à lui aussi. Tu le sais bien, on ne s'est pas trompé, toi et moi. Saphir est un cheval hors du commun et j'ai toute confiance en lui.

Accompagné de Marc, Pierre, qui s'était rapproché d'eux, confirma. Oui, Saphir était un cheval comme on en voyait peu. Il pouvait en parler en connaissance de cause, lui qui formait depuis des années les chevaux destinés à être montés par des cavaliers handicapés. Il avait rarement vu un animal comme Saphir, aussi calme et aussi équilibré.

— Il n'est pas dominant mais il n'est pas trouillard, et ça, c'est très important. Vous le savez, le cheval n'est pas un prédateur, il est une proie et, à ce titre, son premier réflexe en cas de danger c'est de fuir, droit devant le plus vite possible. Saphir, lui, sait se contenir parce qu'il est stable dans sa tête et qu'il a confiance en son cavalier. C'est une qualité indispensable en para-équitation.

Fuir droit devant. Marc eut l'impression que les mots de Pierre s'adressaient à lui. Fuir, n'était-ce pas ce qu'il avait toujours fait, et aujourd'hui encore ? Il avait fui dès le baiser échangé avec Lucie, et depuis il évitait de se retrouver seul avec elle de peur d'aller plus loin, de s'enfoncer dans le mensonge, de bâtir une relation fondée sur un épouvantable malentendu. Oui, il agissait comme une proie. Il adressa à Lucie un sourire soulagé avant de quitter le manège, pressé de se retrouver seul pour s'envoyer une énorme goulée de vodka.

La chaleur de l'alcool le réconforta aussitôt, mais il avait beau multiplier les gorgées jusqu'à vider entièrement sa flasque, l'idée ne le quittait pas. Une proie, depuis longtemps il agissait comme une proie. En s'installant au volant de sa voiture, il prit quelques minutes pour réfléchir mais il savait très bien, au plus profond de lui-même, ce qu'il fuyait. Il était la proie de sa culpabilité, toujours elle, cette prédatrice qui prenait tour à tour le visage du jeune garçon tué sous ses yeux ou le regard de Lucie étendue à terre aux côtés d'un scooter mourant. La culpabilité, cette prédatrice devenue liquide, obsédante, omniprésente. Il retourna sa flasque, fit tomber les deux dernières gouttes sur sa langue, puis il regarda longuement la petite bouteille vide.

Et s'il arrêtait ? Il l'avait bien fait sans y penser, lors du séjour dans les arbres.

Allait-il continuer comme ça toute sa vie et perdre les choses précieuses que celle-ci lui offrait ? Son amour pour

Lucie, par exemple, auquel il pensait jour et nuit maintenant… Allait-il continuer de le repousser et s'enfuir ? Pour aller où ? Pour faire quoi ?

Pour devenir qui ?

Marc démarra et quitta le centre en trombe.

Lucie vit la voiture partir dans une gerbe de gravier. Elle ne comprenait pas l'attitude fuyante de Marc depuis ce baiser qu'elle rêvait de connaître à nouveau. Non, elle ne le comprenait pas, ou alors, elle ne le comprenait que trop. Il ne se remettait pas de la perte de sa femme, voilà ce qui se passait. Lucie chassa immédiatement cette idée de sa tête. Elle ne pouvait pas avancer à sa place. Si Marc ne dépassait pas ce cap, personne ne pouvait le faire pour lui. Elle, elle avait assez à faire avec elle-même, avec ses propres limites à franchir, pour porter un homme perdu. Pourtant, elle avait beau faire, Marc revenait sans cesse dans son esprit et elle ne parvenait pas à faire taire le sentiment qui l'envahissait : cet homme, elle l'aimait profondément. Et Marc aurait beau dire tout ce qu'il voulait, tout à l'heure, lorsqu'elle avait failli tomber, Lucie avait aussi reconnu dans son cri jailli du cœur les accents de l'amour.

Elle vit sa mère approcher, les bras chargés, un sourire radieux aux lèvres.

— L'objet de tes désirs est arrivé ! dit-elle en posant aux pieds de Lucie une magnifique selle de cuir.

— Oh ! là, là ! mais elle est splendide ! Et neuve ? Mais pourquoi vous l'avez achetée neuve, il ne fallait pas.

Mathilde lui renvoya un petit clin d'œil complice.

— Il ne nous a pas laissé le choix, figure-toi. C'est lui qui l'a choisie… Qui ? Ben, Marc, voyons… tu ne savais pas ?

— Et c'est lui qui a payé ?

— Oui, il n'a jamais voulu que ce soit nous, mentit sa mère en taisant l'influence qu'elle avait eue sur cet achat.

Mathilde se consolait en se disant que, après tout, un mensonge par omission n'était pas vraiment un mensonge. Et puis le résultat était là et cela seul comptait. Le bonheur de Lucie était tel qu'il valait bien une légère entorse à la réalité.

— Tu es heureuse, ma chérie ?

— Oh oui ! c'est fabuleux, elle est vraiment magnifique. C'est la plus belle selle que j'aie jamais eue, et puis, regarde, tu vois ces renforts, là à cet endroit, ils vont me soutenir, m'aider à garder l'équilibre. Oh, Maman ! j'ai tellement hâte de l'essayer !

Jérôme se contenta d'un regard rapide et d'une approbation molle, mais Pierre, après avoir examiné la selle sous toutes ses coutures, la décréta parfaite.

— Eh bien, voilà, Lucie. Tu as ce qu'il te faut pour continuer de progresser. Dis-moi, c'est bien demain ton rendez-vous pour les tests de classification ?

— Oui, demain à 18 heures.

— Parfait. Je ne veux pas jouer les devins mais je pense que le kiné te classera en grade IV. Enfin, tu me diras ce qu'il en est.

— Promis.

39

La classificatrice, une certaine Carole, reçut Lucie à l'heure dite et accepta sans hésiter la présence d'un tiers.

La veille, Lucie s'était décidée à appeler Marc et, malgré sa crainte de se voir opposer un refus, elle était allée droit au but. Elle lui avait expliqué l'importance de ce rendez-vous avec cette femme kinésithérapeute et classificatrice. « C'est un moment fondamental pour moi et j'ai besoin de toi. Je voudrais que tu m'accompagnes », lui avait-elle demandé sans détour. Marc avait accédé à sa requête sans se faire prier. Depuis combien de temps n'avait-il pas entendu ces mots : « J'ai besoin de toi » ?

En entrant dans le cabinet, Lucie se sentit rassurée par sa présence.

Carole les fit asseoir et commença par un bref topo explicatif.

— Dans toute compétition, comme vous savez, les concurrents doivent être à niveau comparable de capacités, faute de quoi ils ne peuvent pas se mesurer les uns aux autres d'une façon juste. En boxe, par exemple, c'est le poids de l'athlète qui détermine la catégorie dans laquelle il va combattre. Chez les para-cavaliers, il existe cinq grades différents. Selon leur classification, certains présenteront des épreuves uniquement au pas (c'est le grade I), d'autres au pas et au trot, et d'autres encore aux trois allures, pas-trot-galop, comme c'est le cas pour les grades IV et V.

Carole se leva et dit à Lucie :

— Aujourd'hui, je vais te faire passer une série de tests pour déterminer dans quel grade tu seras classée et donc à quel type d'épreuves tu pourras participer. C'est clair pour tout le monde ?

— Oui oui, affirma Lucie. C'est très clair, vous allez estimer mon handicap.

Carole leva l'index devant elle.

— Ah non, jeune femme. Je ne vais pas estimer ton handicap car ce n'est pas ce que tu ne peux pas faire qui m'intéresse. Au contraire. Ce qui m'intéresse, c'est ce que tu *peux* faire. Ces tests servent à estimer tes capacités et tes aptitudes.

Lucie regarda Marc avec acuité et murmura sans le lâcher des yeux :

— C'est vrai, ce qui compte dans la vie c'est ce qu'on peut faire, pas ce qui nous arrête. Tu ne crois pas ?

Marc lui répondit par un vague sourire et détourna les yeux, incapable de rien ajouter.

— Bon, on y va ? demanda Carole. Tu es prête ?

Lucie se leva.

— Allons-y.

Toucher chaque doigt de sa main avec le pouce, mettre son doigt sur son nez, l'en éloigner, puis suivre des yeux l'index de Carole de gauche à droite, d'avant en arrière… Lucie s'appliqua du mieux qu'elle put. Marc l'observait attentivement, prenant soudain conscience des efforts que ces simples mouvements réclamaient. Il n'avait jamais imaginé que cela puisse être si difficile pour elle. Lorsque Carole déposa quatre ronds de couleur par terre et demanda à Lucie de poser le pied sur chacun d'eux selon la couleur indiquée, alternativement avec le talon puis avec la pointe du pied, elle connut quelques problèmes. Sa jambe avait nettement moins bien récupéré que son bras. Marc admirait la ténacité de Lucie, sa concentration, sa si belle énergie. Il repensa à ce qu'elle venait de lui dire. Ce qui comptait, c'est ce qu'on pouvait faire.

La mobilité du bassin, également contrariée par l'hémiplégie, fut testée ainsi que l'équilibre. Carole fit asseoir Lucie puis elle exerça sur elle des poussées, en avant, en arrière, à gauche, à droite, afin de voir comment elle se rééquilibrait. Pour finir, elle lui fit faire le même test d'équilibre, debout.

Après avoir tout noté, Carole lui demanda de se rasseoir.

— Alors, jeune femme, au vu de ce que tu fais, je te propose une classification en grade IV, ce qui te rend donc possible les trois allures. Je verrai ensuite en te voyant monter si ce choix est le bon, mais je n'ai pas grand doute sur la question.

Formidable, pensa Lucie en adressant à Marc un sourire victorieux.

— Tu continues bien ta rééducation, j'imagine ?

Lucie acquiesça. Chaque semaine, elle se rendait chez un kiné dans un cabinet libéral pour parachever sa rééducation.

— C'est important parce qu'un grade peut être réévalué en fonction de l'évolution de la pathologie. Ce ne sera pas forcément ton cas mais sache que la classification est révisée à intervalles réguliers et changée si besoin. J'ai certains cavaliers qui, du fait d'une pathologie évolutive, passent du grade IV au grade III, ou l'inverse.

Ah, non, non, pas question. Lucie avait bien l'intention de ne faire que progresser.

— La difficulté dans le cas d'une hémiplégie comme la tienne, ajouta Carole, c'est que ton corps n'est plus symétrique, ce qui est compliqué en équitation. C'est compliqué pour toi évidemment, mais aussi pour le cheval qui est une vraie éponge émotionnelle. Il ressent toutes les émotions de son cavalier et, souvent, il fait preuve d'une grande compassion en essayant de compenser au mieux les défaillances de celui qui le monte. J'ai vu des chevaux faire des ulcères à l'estomac à force de se contenir pour aider leur cavalier. Ainsi, tu sais qu'un cheval toujours stimulé du même côté par son cavalier hémiplégique peut devenir hémiplégique à son tour ?

— Oui, je sais, confirma Lucie.

— C'est donc très important que ton cheval soit monté par des valides pour conserver sa propre symétrie. J'espère que c'est le cas pour… (Carole jeta un coup d'œil sur ses notes) … Saphir, c'est bien ça ?

— Oui, c'est ça. Ne vous inquiétez pas pour lui. Il est monté régulièrement par Pierre, mon entraîneur, mais aussi par mon père et par mon amie Léa qui est une super cavalière. Saphir n'a pas que moi sur le dos, le pauvre !

— C'est parfait. Eh bien, voilà, pour moi tout est dit. Je transmets ça à qui de droit et puis, eh bien, Lucie je te souhaite de très beaux moments à cheval et de la réussite dans tes projets.

Carole serra la main de Lucie puis, en tendant la main à Marc, elle ajouta :

— C'est bien que vous soyez là et alliez de l'avant avec elle. Vous savez, tout le monde n'est pas accompagné comme ça dans sa route.

En sortant du cabinet, épuisée par les tests qui avaient exigé d'elle une grande concentration, Lucie chancela. Vrillant d'un seul coup, sa jambe malade lui fit perdre l'équilibre et elle se rattrapa de justesse au bras de Marc. À sa grande surprise, il s'arrêta et, prenant posément Lucie par les épaules, il la retourna pour la placer face à lui. Un instant qui lui parut une éternité s'écoula puis, après ce long regard appuyé où elle lut de l'amour, oui, un immense amour, Marc la prit dans ses bras et la serra contre lui, de toutes ses forces. Le cœur de Lucie s'emballa et elle sentait celui de Marc galoper lui aussi.

Lorsqu'il desserra son étreinte, Lucie recula son visage qu'elle devinait rouge et demanda à mi-voix :

— Tu ne vas plus me fuir, n'est-ce pas ?

Il eut un petit rire gai. Lui aussi avait le feu aux joues.

— Tu as entendu la kiné ? Il semblerait que je sois ton compagnon de route.

Ils rentrèrent par les petits chemins et Lucie trouva le paysage d'une beauté à couper le souffle. C'était comme si elle voyait pour la première fois les champs verdoyants et la lumière irisée du soleil finissant. Le chant des oiseaux entrait par la fenêtre ouverte et peuplait joyeusement le silence régnant dans la voiture. Ils ne se parlaient pas, ils n'en avaient pas besoin. Chacun, en son for intérieur, savait ce qui s'était dit.

Marc se gara en haut du centre, devant la petite maison.

40

— Ne bouge pas, dit-il.

Marc descendit de la voiture, en fit le tour et vint ouvrir la portière côté passager. Il se pencha et prit délicatement la jeune femme dans ses bras. Lucie rit à la fois de joie, d'étonnement, de confusion. Marc la portait comme on porte un trésor, et, tandis qu'ils franchissaient le seuil de sa maison, elle se fit l'effet d'être une mariée.

Il la garda dans ses bras jusque dans la chambre où, avec précaution, il la posa sur le lit.

Allongé près d'elle, Marc caressa longuement ses cheveux.

Elle ferma les yeux de bonheur.

— Ma douce, chuchotait-il à son oreille, ma douce.

Puis il bougea, se rapprocha, colla son corps contre le sien.

Un à un, Marc dégrafa lentement les boutons du chemisier de Lucie. Et elle, de ses mains rendues malhabiles par l'émotion, lui ôta son tee-shirt. Elle n'avait pas peur de montrer son corps, ne craignait pas le regard de cet homme sur elle. Bientôt ils furent nus tous deux et se regardèrent en souriant, heureux de se contempler, avides de se découvrir.

— Ma belle, dit-il, ma toute belle.

— Mon tendre amour, répondit Lucie dans un souffle à peine audible.

L'osmose fut aussitôt parfaite entre eux. Leurs corps se comprenaient, leurs corps se parlaient et ils se disaient ce que leurs bouches avaient tu jusque-là. Mais ils n'étaient pas que deux corps, ils étaient aussi deux êtres à se parler de l'intérieur, à s'échanger des mots d'amour assourdis par leurs baisers. Enivrés par leur corps à corps charnel et spirituel, Marc et Lucie se donnèrent l'un à l'autre tout entiers.

*

« Ça va aller. »

Elle était à terre, incapable du moindre mouvement. Tout s'était arrêté brutalement et n'était plus qu'un silence profond, troué par le moteur mourant d'un scooter et par ces mots venus de loin, de si loin.

« Ça va aller, ne vous en faites pas. Ça va aller. »

Elle ne souffrait pas mais elle ne sentait plus son corps, elle regardait juste le visage qui se penchait sur elle et les mains replaçant doucement ses cheveux.

Ce visage qu'elle ne quittait pas des yeux.

Lucie se réveilla en sursaut, le cœur battant, le front trempé de sueur. L'accident, c'était l'accident, le cauchemar recommençait ! Elle tourna le visage sur le côté, vit Marc et, prise d'un trouble, elle se mit à trembler. Il ne dormait pas. Il était là, le visage crispé, à la regarder avec une intensité qui lui faisait peur.

— J'ai rêvé de l'accident, dit-elle, la voix vacillante.

Marc avança la main, repoussa une mèche de ses cheveux pour la placer avec douceur derrière son oreille, et elle trembla de plus belle.

Marc ne quittait pas Lucie des yeux. Il la fixait de toutes ses forces, désireux qu'elle comprenne sans qu'il ait besoin de rien dire, mais ce n'était pas possible. Il devait tout lui avouer maintenant, c'était maintenant ou jamais. « La vérité, Marc, dis-lui la vérité ! » hurlait sa voix intérieure.

Il éloigna son visage de quelques centimètres et ouvrit la bouche. Sa voix était rauque, étranglée.

— Lucie, il faut que je te dise, il faut que tu saches. (Il eut une courte hésitation.) Lucie, ce jour-là, c'était…

Soudain, Marc lut dans son regard cette lueur dont il avait si peur et les mots lui manquèrent. Elle avait compris. Elle savait.

Lucie ne dit rien. Elle le fixait gravement, ses yeux plantés dans les siens, hochant silencieusement la tête pour l'inciter à poursuivre.

Il toussa, s'éclaircit la voix à plusieurs reprises, puis les mots surgirent d'une traite, ces mots qui avaient tant tourné en lui depuis des mois.

— C'est moi qui ai provoqué ton accident, la voiture qui t'a précipitée dans le fossé, c'était moi, tout ça c'est à cause de moi.

Incapable de soutenir davantage son regard, il enfouit brusquement sa tête entre ses mains, serra convulsivement ses tempes.

— C'est ma faute, tout ça c'est ma faute.

Lucie posa une main sur les doigts de Marc aux phalanges blanchies par la tension, l'obligea à dégager son visage, à relever la tête et à la regarder.

Elle vit les larmes dans ses yeux.

— Ma faute ! répétait-il. Tout ce que tu as vécu, le fauteuil, les béquilles, la fin des JO, tout ça c'est à cause de moi !

Lucie entoura le visage de Marc de ses deux mains, le forçant à la regarder droit dans les yeux.

— Tout ça, comme tu dis, murmura-t-elle, oui, tout ça, c'est à cause de toi.

Il la fixait avec une inquiétude grandissante mais elle souriait.

— À cause de toi, j'ai réussi à remonter. À cause de toi, j'ai repris goût à ma vie.

— Je ne parvenais pas à te le dire, j'ai voulu plein de fois Lucie, je te le jure, mais je n'ai jamais réussi.

— À cause de toi, je suis tombée amoureuse, continuait Lucie.

Marc tenta de dégager son visage où les larmes coulaient désormais, malgré lui.

— Si seulement je n'avais pas pris cette route, à ce moment-là…

Mais Lucie maintenait sa pression.

— En prenant cette route, Marc, tu as changé le chemin de ma vie. Et j'ai découvert des choses que je n'aurais jamais découvertes si je n'avais pas emprunté cette nouvelle route. Tout ce qui m'est arrivé depuis mon accident, toutes ces belles choses, ce n'est pas *à cause de* toi Marc, mais *grâce à* toi.

Marc la dévisagea et lâcha d'une voix désespérée :

— Lucie, j'avais trop bu. Tout ça est arrivé parce que j'avais trop bu. Je n'étais pas en état de conduire… Pourras-tu jamais me pardonner ça ?

Elle lui sourit avec douceur.

— Je t'ai déjà pardonné. Tu as été si présent depuis, tu as tant fait pour moi, mon amour. Tu ne crois pas que c'est à toi de te pardonner maintenant ?

Marc eut un maigre sourire.

— Par exemple, pour l'alcool… eh bien, vas-y, prends-la, cette décision qui te brûle les lèvres.

Il frémit de se sentir si bien compris. Comment Lucie avait-elle deviné ?

Elle posa son index sur la bouche de Marc.

— Chut, chuchota-t-elle, ne dis plus rien.

Elle retira son doigt, lui adressa un clin d'œil entendu.

— Ça va aller.

Et elle l'embrassa, en lui offrant toute la puissance de son amour.

Des sanglots le débordèrent. Ils jaillirent, bruyants, se mêlèrent à leurs baisers, faisant éclater le soulagement tant attendu et le délivrant brutalement d'un poids immense. Il lui sembla alors que quelque chose en lui s'ouvrait définitivement.

41

Depuis des mois maintenant, Lucie travaillait « d'arrache-pied » comme elle disait, avec un humour pas si décalé que ça car elle comptait bien « arracher » tout ce qu'elle pourrait à sa jambe faiblarde. Chaque jour, après que Jérôme ou Léa avaient détendu Saphir, elle montait, et le couple qu'ils formaient tous les deux progressait à vue d'œil. C'est que Deauville approchait à grands pas et Pierre venait l'entraîner de plus en plus souvent. Le CPEDI, Concours Para-Équestre de Dressage International représentait l'une des dates phares de sa préparation aux futurs Jeux paralympiques. Aujourd'hui, Lucie se sentait prête, tout comme Saphir dont le mental s'avérait impeccable. Ils avaient déjà participé à plusieurs épreuves, en obtenant des résultats plus qu'encourageants. Mais Deauville, ça, c'était quelque chose ! L'élite mondiale du para-dressage se retrouvait en Normandie ce week-end-là, des cavaliers venus de dix-neuf nations, et le challenge était sacrément ambitieux. Alors elle travaillait « d'arrache-pied » sans compter sa peine.

Pour Marc, Deauville était également un défi, mais d'un autre genre. La remarque de Lucie avait fait son chemin et il l'avait enfin prise, cette grande décision. La date en était fixée. Dans un mois, au retour de Deauville, il arrêtait définitivement de boire. Finie la bouteille, adieu la flasque, au revoir la vodka, pensa-t-il en admirant la foulée de Saphir.

Lucie galopait, sous le regard rassuré de Marc de plus en plus présent au centre, au point qu'elle lui avait demandé s'il n'avait pas arrêté de bosser. Mais non. C'était juste que le reporter de toutes les missions, le va-t-en-guerre, comme il se décrivait lui-même, s'était décidé à solder d'un seul coup ses jours de congé et de récup', « et crois-moi, j'en avais un paquet de retard ! ». Ce que Marc ne disait pas, c'est que depuis quelque temps il n'avait plus envie de partir. Pour la première fois de sa vie, il se sentait bien là où il était. D'autant mieux que le week-end, Emma, fascinée par le nouveau langage que Lucie installait peu à peu avec Saphir, l'accompagnait maintenant systématiquement. Marc était soulagé de constater que sa fille ne trouvait rien à redire à la relation sans équivoque qu'il entretenait avec Lucie. Il lui semblait même que les deux femmes s'entendaient bien.

Ce jour-là, Emma était entrée dans le box et, à la demande de Lucie, elle aidait à brosser le cheval.

— Alors, comme ça, tu apprends le malgache ? l'interrogea Lucie.

Prudemment resté à l'extérieur, Marc répondit à la place de sa fille.

— Que veux-tu ! Emma n'a jamais fait comme tout le monde.

— Ouais, ben en tout cas, c'est pas génétique ! répliqua Emma avec vivacité.

— Ça veut dire quoi, ça ?

Marc se sentit vexé. S'il y avait bien quelque chose dont il se targuait depuis son plus jeune âge, c'était justement d'aller à contre-courant de tout le monde. Qu'est-ce qu'elle racontait encore ?

— Ben, t'es comme tous tes copains, là, les autres reporters, lui lança Emma. À courir partout où c'est dangereux, à te prendre pour un super héros, à boire comme un trou, à fumer comme une cheminée.

Lucie posa une main sur l'épaule d'Emma.

— Oh oh ! Doucement ! Vous n'allez pas vous disputer tous les deux, pas dans le box. (Elle regarda Emma dans les yeux.) Dis-moi plutôt pourquoi tu apprends le malgache, c'est plus intéressant.

La jeune fille eut une grimace mais elle répondit de bonne grâce.

— Quand j'avais dix ans, Papa et Maman m'ont emmenée à Madagascar chez leurs amis malgaches et j'ai adoré. C'est le plus beau voyage de ma vie !

Elle coula un regard vers son père, anticipant la remarque qu'il n'allait pas manquer de lui faire.

— D'accord je sais, c'est facile à dire, c'est le seul voyage que j'ai fait. (Elle se tourna à nouveau vers Lucie.) Mais là-bas les gens sont tellement gentils, tu ne peux pas savoir ! Ils sont calmes, ils sont souriants, et pourtant, beaucoup d'entre eux sont pauvres, très pauvres. J'ai toujours rêvé de retourner à Mada, mais ça, c'est pas demain la veille. Alors, en attendant, j'apprends la langue, c'est un peu comme si j'étais restée avec eux.

— Comment dit-on bonjour en malgache ? demanda Lucie.

— Ça dépend des endroits, ce n'est pas pareil à Antsirabe ou à Tananarive. Mais on peut dire *Salama*, tout le monde comprendra.

— Et merci ?

— *Misaotra.*

Lucie prit Marc à partie.

— Et alors, toi qui as parcouru le monde, pourquoi tu n'emmènes pas de nouveau ta fille à Madagascar ?

Emma interrompit son brossage et se redressa brusquement.

— Ah non ! Je veux y aller toute seule, je veux vivre les choses par moi-même.

— Je comprends… murmura Lucie. Mais pourquoi tu ne pourrais pas y aller toute seule puisque vous y avez des amis ?

— Pfft ! Il ne me laissera jamais partir, soupira Emma en montrant son père d'un coup de menton dédaigneux.

Ah non ! décidément, elle exagérait ! Marc se sentit acculé par les regards des deux femmes et il se décida soudain.

— Eh bien, tu te trompes. C'est une très bonne idée, une très très bonne idée. Qu'est-ce que tu fais aux prochaines vacances, Emma ? Tu as prévu quelque chose avec ta mère ?

Emma le regarda, les yeux écarquillés, abasourdie par ce qu'elle entendait. C'était son père qui venait de lui dire ça ?

Elle secoua négativement la tête.

— Bon, eh bien voilà, c'est réglé. Je vais appeler Naivo et, s'il peut t'accueillir, on prend tes billets dans la foulée.

— C'est vrai ? articula difficilement Emma en s'approchant de Marc.

Il adressa un large sourire à sa fille.

— Vrai de vrai, ma puce.

Emma lâcha la brosse et, d'une façon totalement inattendue, elle sauta brusquement au cou de son père en lui écrasant les joues sous d'énormes baisers bruyants. Marc rit, heureux comme un gosse. Depuis le temps qu'il attendait cela, il avait peine à y croire. Sa princesse était de retour !

— *Tiako ianao Dada*, dit soudain Emma en le lâchant.

— Qui veut dire ? demanda Marc.

— Je t'aime, Papa.

*

Peu à peu, l'attitude de son père à l'égard de Lucie se transformait aussi. Non seulement Jérôme se montrait plus confiant envers elle mais désormais il prenait le relais de Pierre quand celui-ci ne pouvait pas venir. Sur la pointe des bottes, son père revenait à son rôle de coach, et il le faisait tranquillement, sans la presser. D'ailleurs, il y avait un signe qui ne trompait pas et symbolisait aux yeux de Lucie le changement notable s'opérant. Depuis quinze jours, la grande horloge du manège était arrêtée sur 10 h 20 et Jérôme ne s'en préoccupait pas.

Seule ombre au tableau, les rapports entre Marc et lui restaient tendus malgré le fait que ses parents ne pouvaient plus ignorer la teneur de sa relation avec Marc car Lucie ne s'en cachait plus. Oh, bien sûr, ils ne s'embrassaient pas langoureusement sous les yeux de Mathilde et de Jérôme, mais Lucie savait que l'un comme l'autre avaient déjà surpris un échange de baiser. Plusieurs fois, elle avait été sur le point de parler à son père, mais chaque fois elle avait renoncé.

Un bruit de moteur l'interrompit dans ses pensées. Sur le parking, le camion tant attendu arrivait. Lucie s'achemina vers lui avec impatience. Afin de l'encourager, de lui apporter cette liberté qu'elle désirait à tous crins et lui rendre possible les déplacements avec Saphir, Marc avait insisté pour lui offrir un camion. Avec deux stalles permettant de loger deux chevaux, celui-ci était spécialement aménagé grâce à des commandes manuelles remplaçant les pédales que sa jambe peinait à utiliser. Elle n'avait jamais pu le faire changer d'avis, affolée qu'elle était par le montant de l'achat, et ils étaient allés le choisir ensemble quelques semaines plus tôt.

La première chose qu'elle allait faire, c'était se mettre au volant et aller faire les courses.

Toute seule.

42

C'était parfait, tout marchait à merveille, elle avait suffisamment de force dans le bras pour se servir des commandes installées au niveau du volant. Lucie accéléra, ivre de se sentir libre, enthousiaste à l'idée de pouvoir désormais se déplacer seule. Marc était vraiment un amour, l'homme le plus génial qu'elle ait jamais connu !

Elle se demandait si Jo et Bijou seraient là. La dernière fois qu'elle avait fait les courses avec Mathilde, leur place habituelle était vide, ce qui l'avait d'ailleurs soulagée car elle n'avait pas spécialement envie de faire les présentations.

Dès qu'elle se gara, elle fut heureuse de les retrouver tous les trois, Bijou accroupie et Jo assis, Satanas couché à ses pieds.

Lucie approcha et ce qu'elle vit alors la scotcha sur place.

Elle s'immobilisa devant Jo qui n'était pas assis sur une chaise comme elle l'avait cru de prime abord.

— Qu'est-ce qui t'est arrivé ? s'inquiéta-t-elle.

— Ben rien, répondit Jo avec placidité.

— Comment ça, rien ? Mais alors, qu'est-ce que tu fais dans un fauteuil roulant ?

— Ah, ça, c'est une bonne question… soupira Bijou en tirant sur sa cigarette.

Jo leva sur Lucie un regard amusé où luisait une lueur malicieuse.

— C'est pour attirer le passant, confia-t-il à mi-voix.

— Quoi ? s'exclama Lucie.

— Ben oui. (Jo semblait étonné qu'elle ne comprenne pas une chose aussi évidente.) J'ai bien vu la façon dont ils te regardaient tous quand t'étais sur tes roues. Ben voilà, maintenant, ils me voient, moi aussi. C'est plus fort qu'eux, leurs regards se posent sur le fauteuil, ils peuvent plus faire comme s'ils ne me captaient pas.

— Non, mais t'es sérieux ?

Lucie n'en revenait pas.

— Oh ! mais tout ce qu'il y a de plus sérieux, répondit Bijou. Figure-toi que môssieur a même une théorie, comme quoi les passants donneraient plus, par pitié. Paraîtrait que ça les pousserait à mettre la main à la poche.

Jo leva les bras et les laissa retomber dans un geste de découragement.

— Oui, enfin ma théorie, ma théorie… elle marche pas très bien, ma théorie.

— Elle est comme toi, ajouta Bijou.

Lucie réprimait difficilement un fou rire. Ce Jo était impayable et l'idée était quand même très drôle.

— Mais tu l'as trouvé où, ce fauteuil ?

— Oh, c'est à mon père, je lui ai emprunté pour quelques jours.

— Histoire de vérifier sa théorie de m… souffla Bijou dans un nuage de fumée.

— Ben quoi ? Faut bien mettre les faits aux preuves de la réalité, commenta Jo d'un ton docte.

— À l'épreuve de la réalité plutôt, le corrigea Lucie.

— Enfin, moi, ce que je vois surtout, c'est que maintenant que t'es en fauteuil, tu te laisses encore plus vivre qu'avant, lâcha Bijou d'un ton amer. (Elle se retourna vers Lucie.) Parce que maintenant je dois le pousser, c'est que môssieur joue le jeu à fond !

Sentant le vent tourner, Jo changea de sujet.

— Dis, Lucie, tu pourrais pas m'acheter ce truc, tu sais là, qu'est obligatoire dans les bagnoles, le gilet jaune fluo que même que quand tu l'enfiles t'as l'air d'un Lego éboueur ? Avec ça, je serai vraiment visible, même de nuit. Pourront plus me passer à côté.

D'un geste violent, Bijou jeta soudain sa cigarette par terre et se pencha tout contre le visage de Jo.

— T'en as pas marre de toujours demander quelque chose ?

— Et toi ? lui rétorqua-t-il d'un ton dur, t'en as pas marre de rien faire d'autre que m'attendre ?

Un homme s'approcha soudain et, les interrompant, il avança une main vers Jo qui tendit la sienne automatiquement.

— Bon courage, dit l'homme en le regardant d'un air navré dans lequel il cherchait visiblement à mettre le plus de compassion possible.

— Merci, grommela Jo en fourrant la pièce dans sa poche.

Mais à peine l'homme leur avait-il tourné le dos que Bijou se mit à crier. C'était la première fois que Lucie la voyait sortir de sa torpeur habituelle.

— T'attendre ! Oui, j'en ai marre de t'attendre et d'attendre tout court. D'attendre la pièce, d'attendre la pluie, le soleil, des lendemains qui chanteraient. J'en ai marre. Je me barre !

Elle siffla le chien.

— Viens, Satanas, on se tire !

— Ah, mais non, cria Jo à son tour. C'est trop facile ! Tu vas où ?

— Ça ne te regarde pas !

— M'en fous, moi aussi je vais là-bas ! répliqua Jo et, ni une ni deux, sous le regard éberlué de l'homme qui venait de lui donner une pièce, il se leva du fauteuil roulant et emboîta le pas à Bijou et à Satanas.

C'en était trop. Lucie partit d'un éclat de rire en les voyant s'éloigner, rire qui redoubla lorsque, s'acheminant en boitant vers le supermarché, elle croisa le généreux donateur qui lui lança, l'air mauvais et les dents serrées :

— Toi, tu peux toujours courir pour une pièce !

43

UN MOIS PLUS TARD

Le grand jour était arrivé. Tout était prêt, bien organisé. Lucie et Léa prenaient le camion avec Saphir et Marc les suivait en voiture. Dans quelques heures, ils seraient à Deauville. Demain matin, le Concours international de para-dressage s'ouvrait sur les premières épreuves. Assise au volant, Lucie se sentait dans un agréable état d'excitation mêlé d'une fatigue due à sa nuit trop courte. Bien que lovée dans les bras de Marc qui passait désormais presque toutes ses nuits avec elle, elle avait eu un mal fou à s'endormir.

Au moment où Lucie démarrait le camion, son regard fut attiré par des mouvements dans le manège.

— Qu'est-ce qu'il fiche là, ce sale type ? lâcha-t-elle entre ses dents serrées.

Léa sortit la tête de la portière.

— Je ne sais pas mais je ne peux pas l'encadrer, moi non plus. Il est déjà venu la semaine dernière, tu ne l'as pas vu ?

— Non.

Qu'est-ce que Goyard venait faire au Cadran ? Lucie eut un mauvais pressentiment. Ce type ne traînait jamais ses bottes quelque part s'il n'y trouvait pas un intérêt. Debout face à Jérôme et Mathilde, il gesticulait, montrait un coin du manège, désignait la carrière. L'inquiétude de Lucie grandit au souvenir de ce que sa mère avait manigancé, autrefois.

— Bon, on y va ? la pressa Léa. Je te rappelle qu'on a de la route.

Lucie se raisonna. Mathilde avait changé, et puis Saphir était derrière, dans le camion, avec elle. Il ne risquait rien. Un coup de Klaxon l'interrompit dans sa réflexion. Marc commençait à se demander pourquoi le camion n'avançait pas.

Lucie s'engagea sur la route en s'efforçant de chasser les pensées désagréables. Elle se concentra sur Deauville, se rappela qu'elle était heureuse non seulement de participer à son premier concours de si haut niveau mais aussi de revoir celles et ceux rencontrés lors des précédents stages organisés par la Fédération française handisport d'équitation. Particulièrement Anya et Stéphanie qu'elle avait hâte de présenter à Marc.

— Dire que je vais être groom ! s'écria soudain Léa. Oh ça, je vais te le bichonner, ton Saphir. Je vais tellement le faire briller, ma Lulu, que tu pourras te mirer dans ses flancs !

Lucie sourit. Le groom, en quelque sorte la super nounou du cheval, s'occupait de lui en compétition, le pansait, le soignait, le nourrissait, changeait son foin, le faisait marcher régulièrement. Le groom conduisait aussi le camion et prenait l'avion avec le cheval, ou les chevaux dont il avait la charge. Lucie avait demandé à Léa d'être le groom de Saphir parce que son amie le montait régulièrement et le connaissait parfaitement. Et puis, dans la tension des ambiances de concours, la gaieté pleine de légèreté de Léa lui était nécessaire, à elle autant qu'à Saphir.

Plus les kilomètres filaient, plus Lucie se sentait confiante. À nous, Deauville !

*

— Les vautours rappliquent, c'est ça ?

Jérôme se contenait avec peine. Ce Goyard, il ne pouvait pas l'encadrer, et il faudrait lui marcher dessus avant qu'il lui cède le moindre de ses chevaux. Même s'ils en arrivaient à la liquidation du Cadran, ce qui se profilait à vue d'œil à en croire Mathilde, Goyard n'aurait rien, pas un cure-pied, pas une brosse, pas même un brin d'une botte de paille. Rien. Jérôme avait une envie furieuse de le prendre au collet, de lui hurler de foutre le camp et de lui fiche un de ces coups de pied au derrière que Goyard ne serait pas près d'oublier. Mais Mathilde le retint en lui rappelant à mi-voix les raisons pour lesquelles il devait prendre sur lui. Elle avait raison, il le savait. Les types de ce genre étaient aussi des procéduriers mesquins, immanquablement il porterait plainte et ce serait des ennuis supplémentaires.

De rage, Jérôme se mordait les lèvres.

Goyard voulait Saphir dont il avait repéré le potentiel. Il n'avait pas oublié la proposition de Mathilde Maillard quelques années plus tôt, c'est pourquoi il s'était concentré sur elle. Il avait compris qu'il ne tirerait rien de son mari, ce fou furieux psychorigide. Sentant l'ambiance s'envenimer, il partit en s'arrangeant pour glisser à Mathilde sans que Jérôme l'entende un « Téléphonez-moi, vous ne le regretterez pas » suffisamment appuyé pour attiser sa curiosité. Philippe Goyard était sûr de lui. Il connaissait la nature humaine et savait que l'argent arrangeait beaucoup de choses. C'était un langage auquel personne n'avait résisté jusqu'ici. L'argent allumait les regards, brisait les résistances, faisait ployer les consciences, mettait tout le monde d'accord. Avec le prix qu'il proposait pour Saphir, rien de moins que trois fois sa valeur, il n'avait aucun doute. D'ici un mois, le fameux cheval aurait rejoint son écurie de champions, et là, il allait lui faire donner tout ce qu'il avait dans le ventre !

Dès que la voiture de Goyard disparut de son champ de vision, Jérôme tourna les talons, mais Mathilde l'interpella.

— Je crois qu'il faut en parler à Lucie, on ne peut plus lui cacher ce qui se passe.

Jérôme fit volte-face. Sa mâchoire était contractée, un pli de contrariété lui barrait le front et son visage tout entier respirait la colère, la rage.

— Il n'en est pas question !

Il avait hurlé, terrorisé à l'idée que sa fille découvre à quel point il avait été impuissant à sauver le centre et à préserver Saphir, ce trésor qu'ils avaient acquis ensemble dans un même élan, avec la même foi. Soudain, il recula, détailla Mathilde de la tête aux pieds avec, dans le regard, un mépris qu'elle trouva insoutenable.

— Ah oui, je vois… tu veux nous rejouer la grande scène d'autrefois. Tu veux nous refaire le coup d'il y a trois ans avec Goyard, c'est ça ? Mais vas-y, tu vas y arriver cette fois, toutes les conditions sont réunies !

Sans lui laisser le temps de répondre, Jérôme rentra dans la maison et claqua la porte derrière lui.

Mathilde attendit quelques minutes puis, après une longue inspiration, elle sortit son téléphone de sa poche.

Les mains tremblantes, elle chercha le numéro dans ses contacts et appuya brusquement dessus.

Jérôme n'avait pas conscience de ce qui se passait réellement. Ils n'avaient plus le choix maintenant.

*

Depuis trois jours, où qu'il porte son regard, Marc voyait des chevaux, encore des chevaux, toujours des chevaux. Il était entouré, cerné de partout, mais il ne se sentait pas en danger et cette constatation l'intriguait. Pourquoi ? Était-ce parce que les chevaux à l'allure élégante étaient tous beaux et majestueux ? Ou bien parce qu'il régnait au Pôle international du cheval de Deauville, où se déroulait le concours, une ambiance calme, malgré l'importance des enjeux ? Au restaurant-bar situé au-dessus de l'immense manège olympique, il attendait, vodka à la main, l'entrée en piste de Lucie en écoutant toutes ces langues qui se chevauchaient autour de lui : l'autrichien, l'allemand, l'italien, le portugais, l'arabe, l'anglais, le français… Si Marc avait bien compris ce que lui avait expliqué Lucie, au terme de trois jours d'épreuves, une en équipe, une en individuel et pour finir une reprise libre, les meilleurs cavaliers de chaque grade se classaient pour la Coupe des Nations.

C'était le tour des cavaliers de grade IV pour la reprise libre, dite « freestyle ». Jusque-là, Lucie s'en était bien sortie avec un pourcentage de réussite tout à fait correct.

Lorsqu'elle s'engagea dans le manège, Marc sentit son cœur s'accélérer.

— Il est fantastique, ce Saphir, dit Anya en immobilisant son fauteuil roulant à ses côtés.

— Ouais, il est magique, ajouta Stéphanie en tirant une chaise vers elle.

Après trois jours d'épreuves, sa sclérose en plaques la faisait boiter plus fort que d'habitude, et si elle ne laissait rien paraître, la fatigue était bien là. Stéphanie s'assit avec soulagement.

En arrivant, Lucie avait présenté ses amies à Marc qui avait tout de suite apprécié les deux belles jeunes femmes. Il trouva Anya radieuse, drôle… et pas rancunière (elle devait sa paraplégie à une chute de cheval des années plus tôt). Il aimait particulièrement son franc-parler, si rare et si agréable. Stéphanie, au visage toujours éclairé par un doux sourire, était quant à elle comme un rayon de soleil, et elle lui plaisait également beaucoup.

— Oui, approuva Marc sans quitter la piste des yeux.

Lucie s'était arrêtée devant le jury et elle saluait maintenant. Il admira la tenue du couple, la chemise blanche impeccable de la cavalière, la crinière soigneusement nattée du cheval.

— Ils sont magnifiques, ajouta-t-il à mi-voix.

— Saphir ira loin, affirma Anya. C'est un champion, un vrai de vrai, bourré de potentiel.

Les premières notes de musique retentirent et Lucie commença.

Marc l'avait vue s'entraîner sans relâche et il connaissait le travail minutieux effectué avec Saphir pour parvenir à ces figures attendues par le jury et dont les noms, le piaffer, le reculer ou la serpentine, suffisaient à le faire rêver. Il avait constaté la ténacité et la patience du cheval comme de sa cavalière pour instaurer peu à peu leur propre langage et se comprendre. Tout se faisait en douceur, jamais dans la contrainte que, de toute façon, Lucie n'était plus en mesure d'employer, mais surtout dont elle ne voulait plus depuis qu'elle s'était convertie au dressage.

Marc avait vu tout cela, et ce qu'il découvrait à Deauville, à regarder se succéder les cavaliers, était bien au-delà de l'exercice. Lucie lui avait dit un jour : « Je ne suis pas une passagère sur mon cheval, je construis avec lui », et c'est exactement ce qui se déroulait sous ses yeux. Comme les autres cavaliers, ce que Saphir et elle donnaient à voir à cet instant dépassait largement la seule exécution de figures imposées.

Marc en avait des frissons dans le dos.

Sous Lucie, Saphir dansait. Ses pieds se levaient et se posaient en rythme, en un doux balancement à la précision invisible et d'une délicatesse telle qu'on n'entendait pas le plus petit claquement de sabot sur le sol. Indétectables aux yeux d'un néophyte, les mouvements de Lucie étaient si fins que Marc peinait à voir lesquels déclenchaient un changement d'attitude chez le cheval. Tout tenait à un fil et tout semblait si solide à la fois ! Saphir et elle dansaient, avec une légèreté inouïe pour un si grand animal, dans une harmonie mutuelle qui l'émut soudain aux larmes.

— C'est beau, hein… murmura Anya.

Oh oui. C'était magnifique, et Marc comprenait maintenant pourquoi il n'éprouvait aucune sensation de danger entouré par tous ces chevaux. C'était dû au couple que ceux-ci formaient avec leurs cavaliers. Des cavaliers dont certains, en grade I, ne pratiquaient que le pas, comme Julien, qui se déplaçait dans la vie courante en fauteuil électrique, le corps affaissé. Mais lorsque Julien était à cheval, lorsqu'il relevait le menton pour regarder devant lui, avançant avec élégance, soulevé par son cheval et marchant lui aussi, tout disparaissait : le fauteuil, le handicap, le côté pas comme les autres. En arrivant ici, très vite

Marc n'avait plus vu les corps tordus, les démarches raidies par les prothèses, les fauteuils, les cannes, les mains crispées, les bras trop courts… oh non, plus rien de tout ça ne se remarquait plus. Ce qu'il voyait, c'était des athlètes de haut niveau et surtout des personnalités qui, à cheval, dansaient et rayonnaient davantage encore.

Lorsque Lucie s'arrêta devant le jury, parfaitement au carré sur la dernière note de musique, Marc applaudit à tout rompre.

— Elle n'a pas mal assuré, hein, dit Stéphanie. Et Saphir, alors lui, c'est un cheval vraiment hors du commun.

— Ça, c'est sûr, confirma Anya d'un air pénétré. D'ailleurs, on va aller les voir et les féliciter, la Lucie et son Saphir, d'accord ? (Elle tourna son fauteuil vers Stéphanie.) Allez, viens, va, profite. Je t'emmène.

Stéphanie ne se fit pas prier. Elle s'assit sur les genoux d'Anya.

— Tu nous pousses ? demandèrent les deux jeunes femmes d'une seule voix.

Marc s'inclina dans une révérence qui les fit rire.

— Mesdames, vos désirs sont des ordres !

Disposés aux coins du manège, les écrans lumineux donnaient les notes une à une. Tout était jugé : l'harmonie, le rythme, l'énergie, la chorégraphie, le pas, le trot, le galop, les déplacements, les figures bien sûr. Lucie obtint un score total de 67,111 %. Elle n'était pas dans les trois premiers mais elle sourit à Marc qui l'interrogeait du regard. Anya et Stéphanie approuvèrent d'un signe de tête le score obtenu tandis que Léa levait le pouce en signe de son soutien indéfectible. Quoi qu'elle fasse, sa Lulu restait la meilleure à ses yeux !

Lucie flattait l'encolure de Saphir, le caressait, l'embrassait. « Mon beau, merci », lui glissa-t-elle à l'oreille en se penchant tout contre lui, et Saphir secoua doucement la tête.

Pierre était content, lui aussi. Certes, Lucie ne finissait pas dans les meilleurs mais l'entraîneur savait la concurrence rude, notamment de la part des Anglais, car leur nation investissait depuis longtemps dans le domaine para-équestre.

— Ta reprise était très bonne, affirma Pierre en l'aidant à descendre de Saphir, notamment cette serpentine. Je suis fier de toi. Tu as énormément progressé.

Jean-Luc s'approcha de Lucie.

— Alors, demanda-t-il dans un sourire. Ce chemin, il est comment ?

Lucie rassembla ses cheveux trempés de sueur en arrière.

— Fantastique. J'étais vraiment dans l'instant présent, tout entière dans ce que j'accomplissais avec Saphir. J'étais totalement reliée à « l'ici-maintenant », comme tu l'appelles.

Jean-Luc prit Lucie par le bras pour l'éloigner du groupe. Il y avait des choses que les cavaliers confiaient à leur préparateur mental – et à lui seul – qui n'étaient pas faites pour être divulguées.

— Et le ruban bleu ? Tu l'avais mis à la selle ?

— Oui, je l'ai mis. Ce n'est qu'un rituel mais il me rassure, alors je le garde. (Elle rit.) T'inquiète, j'ai compris. Je sais que si j'ai réussi ma serpentine ce n'est pas grâce au ruban mais parce que j'étais entièrement présente à Saphir, et lui à moi. Nous avons fait ce que nous avions à faire, et nous l'avons bien fait.

Jean-Luc la félicita d'une accolade. Il tenait à aider les sportifs à dissocier leur réussite d'un geste prétendument magique. Leur réussite en compétition ne dépendait pas de la façon dont ils avaient enfilé leur chaussette ou s'ils avaient mis le pied droit par terre en premier mais de ce qu'ils avaient vraiment accompli sur le terrain. Comprendre cela permettait de rester conscient de ce qui se passait et n'empêchait pas le rituel d'un geste ou d'un objet rassurant.

— Tu n'appelles pas ton père ? demanda Marc en les rejoignant.

— Je lui ai envoyé un SMS mais je vais l'appeler, tu as raison. (Lucie s'approcha de Marc et déposa un baiser sur ses lèvres.) Tu te souviens qu'il y a une petite fête ce soir ?

Au même moment, le téléphone de Marc vibra dans sa poche.

*

On allait danser. Tout le monde en avait envie, l'ambiance était à la fête et le dessert attendrait. La sono démarra sur les premières mesures de *Everybody Needs Somebody* des Blues Brothers, déclenchant un hurlement enthousiaste de la part de Julien.

— *Yeah ! Rock and roll attitude !* cria-t-il, et il achemina son fauteuil vers le centre de la piste.

Le visage écarlate et le regard brillant, par un peu trop de bière peut-être mais qu'importait, il entama un tour de piste digne d'un derviche tourneur avec une habileté à manœuvrer son fauteuil qui laissa Lucie et Marc pantois.

En quelques tours de roue, Anya se retrouva face à Julien et le mit en demeure de danser avec elle. Lucie prit Marc par la main.

— Allez, viens, on y va, et elle le tira en riant vers la piste.

Il dansait mal, très mal, s'aperçut-elle aussitôt, tout autant qu'elle avec sa jambe traînante, mais elle s'en fichait comme d'une guigne. Malgré cela, ils parvenaient à trouver un rythme commun. Bientôt, ils furent une trentaine sur la piste, à se trémousser en fauteuil, en béquilles, sur des jambes, tous mêlés et s'emmêlant dans une délicieuse transe collective. Roi de la fête, Julien avait de plus en plus le feu aux joues. Il entraînait maintenant Anya dans une danse cahotique et endiablée où leurs fauteuils se cognaient brutalement l'un contre l'autre. Ivre de joie, décidé à célébrer dignement la médaille qu'il venait de décrocher, Julien rivalisait d'audace. Au point qu'à certains moments le fauteuil d'Anya penchait dangereusement et qu'elle finit par hurler par-dessus la musique.

— Hé ! Vas-y mollo, Juju ! J'ai pas d'antibascules, moi !

Au bout d'un quart d'heure, Marc déclara forfait. Danser n'avait jamais été son fort et, après avoir embrassé tendrement Lucie, il l'avait abandonnée sur la piste en bonne compagnie. Assis devant son verre de vodka, il repensait au coup de téléphone reçu tout à l'heure. Mathilde n'y était pas allée par quatre chemins. La seule façon pour que Le Cadran ne mette pas la clef sous la porte, lui avait-elle expliqué, c'était d'accepter l'offre de Goyard et de lui vendre Saphir au prix proposé. Marc avait bondi. Sûrement pas ! Il allait en parler à Lucie, aviser avec elle et ensemble ils trouveraient une solution, mais Mathilde avait supplié Marc de ne rien lui en dire. Depuis son accident, Jérôme et elle avaient tout fait pour tenir leur fille éloignée des soucis. C'était si difficile pour Lucie, elle avait déjà tant à faire pour se reconstruire personnellement !

Par réflexe, Marc se saisit de son verre, mais à peine l'eut-il porté à ses lèvres qu'il en ressentit du dégoût. Il avala une gorgée qui lui sembla forte et désagréable, puis il tendit son verre devant lui, le fit tourner en regardant la traînée huileuse laissée sur sa paroi par la vodka. Il se sentait lassé de boire, subitement. Il n'en avait plus envie. Il s'adressa à son verre comme à une personne : « Toi et moi, c'est fini. Ici, maintenant », avant de le reposer sur la table avec soulagement. Il n'avait pas besoin d'attendre le retour de Deauville, il venait d'arrêter. Et il l'avait fait tout naturellement

Ses pensées retournèrent aussitôt au coup de téléphone de Mathilde et à sa demande de tenir sa fille à l'écart. Marc n'aimait pas cela. Ne rien dire à Lucie lui déplaisait. Il aimait la franchise et l'honnêteté en toutes circonstances (il se reprit intérieurement en se rappelant que ça n'avait pas toujours été le cas mais bon, il avait changé désormais). « Mais, Marc, lui avait opposé Mathilde, un mensonge par omission, ce n'est pas un mensonge », et cet ultime argument l'avait emporté. Il avait promis de ne rien révéler à Lucie.

Aussi, lorsqu'elle vint le rejoindre, lorsqu'elle s'assit à côté de lui, le visage en sueur de sa dernière danse, il fit l'effort de lui sourire le plus naturellement du monde.

— Tu sais, dit-elle la main posée sur son cœur en reprenant sa respiration, Anya a raison. Elle dit qu'il y a une chose qu'on ne choisit pas dans la vie, c'est le handicap, mais que ce qu'on peut choisir, par contre, c'est d'accomplir de grandes choses et de se faire une belle vie.

D'un large cercle de bras, Lucie enroba l'ensemble de la piste.

— Regarde ! Regarde-les ! Regarde-nous ! (Elle se rapprocha de Marc, se colla contre lui en lui offrant ses lèvres.) Une belle vie, oui, murmura-t-elle en joignant sa bouche à la sienne.

44

Deauville avait été d'une intensité merveilleuse et voilà que tout s'écroulait brutalement. À peine de retour, Lucie avait été interpellée par son père. Et ce qu'il venait de lui dire la mettait hors d'elle.

— Mais qu'est-ce que tu racontes ? Tu le fais exprès, tu dis n'importe quoi, c'est ça ?

Lucie allait et venait dans le manège, comme un lion en cage.

— Qu'est-ce qu'il t'a fait ? Tu lui reproches quoi ? De me rendre heureuse ?

Jérôme restait silencieux, son regard campé dans celui de sa fille.

D'impuissance, Lucie se laissa glisser le long du mur. Chaque fois qu'elle n'allait pas bien dans sa tête, c'était la même chose. Son bras et sa jambe se rappelaient aussitôt à elle, la faisant souffrir plus que de coutume. Ce soir, après l'annonce faite par son père, la douleur était presque insupportable et l'obligeait à s'asseoir.

— Tu dis n'importe quoi, souffla-t-elle.

— Tu n'as qu'à lui demander, dit Jérôme calmement. Marc achète Saphir. Même un amateur comme lui a compris. Ce cheval est unique, il peut rapporter gros à son propriétaire.

Non. Non. NON. Lucie se prit la tête entre les mains. Comment aurait-elle pu se tromper à ce point sur l'homme qu'elle aimait ? Après tout ce qu'il avait fait pour elle… avec tout ce qui les liait l'un à l'autre. C'était impossible, tout cela ne tenait pas debout ! Son père avait perdu la tête.

Autant en avoir le cœur net immédiatement. Elle se leva du plus vite qu'elle put, suivie par Jérôme.

— Oui, c'est vrai, répondit Marc. J'ai acheté Saphir.

Son aveu lui fit l'effet d'un couteau dans le cœur. Lucie ferma les yeux puis les rouvrit pour les planter dans ceux de Marc.

— Non. Oh non, pas toi !

— Lucie, écoute-moi. Goyard a proposé de l'acheter et ta mère…

— Tais-toi ! Je ne veux pas t'entendre !

Marc avait essayé de se rapprocher d'elle mais elle avait reculé, refusant de l'écouter. Sa mère, Goyard, Saphir… tout se mélangeait dans la tête de Lucie, ne laissant plus place à rien si ce n'était une peur incontrôlée mêlée de dégoût. Elle se mit à hurler au visage de Marc des horreurs qu'elle ne pensait même pas, qui lui venaient elle ne savait d'où.

— L'argent ! L'argent, l'argent ! Je vais t'apprendre quelque chose, monsieur Pleind'fric : tout ne s'achète pas avec de l'argent !

Jérôme approuva d'un balancement de tête. Mathilde l'avait tellement miné avec cette histoire d'argent qu'il se réjouissait d'entendre Lucie s'en prendre à Marc pour les mêmes raisons. S'il était honnête, il s'avouerait qu'il avait cherché à provoquer un drame en annonçant le rachat de

Saphir de cette façon mensongère, qui ressemblait à de la manipulation.

À son tour Marc se mit à crier, dans une vaine tentative pour se faire entendre.

— Mais écoute-moi au moins. Tu ne sais même pas de quoi il s'agit.

Lucie hurla de plus belle.

— Tais-toi ! (Elle ôta le bracelet que Marc lui avait offert pour le jeter à ses pieds.) Je ne veux plus rien d'un type qui ne s'intéresse qu'à la gloire, au succès, à la réussite d'un cheval, de *mon* cheval. Finalement, t'es comme mon père et ma mère réunis. L'argent et la célébrité !

Échappant au bras de Marc qui essayait de la retenir, elle tourna les talons et s'enfuit.

Comment ça, ils étaient pareils ? Furieux de voir que cette histoire se retournait contre lui alors qu'il espérait en sortir grandi et enfin débarrassé du bellâtre, Jérôme lança à Marc d'un ton agressif :

— Pourquoi vous n'avez rien dit, vous ?

Marc planta un regard dur dans celui de Jérôme. Ce type le détestait donc à ce point ?

— Comme si j'avais eu le temps ! répliqua-t-il. Mais vous aussi, vous auriez pu l'arrêter.

— Comment tu as pu faire ça !

Les deux hommes se retournèrent dans un même mouvement. Mathilde pénétrait dans le manège, le regard brillant de colère, en désignant Jérôme d'un index menaçant.

— Un salaud, Jérôme Maillard, voilà ce que tu es. Un vrai salaud.

Lucie se sentait atrocement mal, l'estomac plié par une nausée tenace. Marc. Marc. Mais qui était cet homme qu'elle aimait et qui lui volait ainsi son cheval ? Un manipulateur qui avait usé d'elle pour s'acheter une bonne conscience puis qui y avait trouvé son intérêt ? Pourquoi Marc s'était-il ainsi approprié Saphir sans même lui en parler ? Lucie pensa qu'il était impossible de croire en quiconque, tant le monde se montrait décevant, et Marc, maintenant ! Elle ne croyait plus en lui, ni dans aucun homme. Elle songeait que seul Saphir ne l'avait jamais trompée, jamais abandonnée, toujours consolée. C'était lui l'amour de sa vie, et lui seul. Et Marc comptait le lui prendre d'un crissement de stylo, d'une signature de chèque ? Non. Ah ça, jamais elle ne le laisserait faire. Plutôt mourir.

Lucie se dirigea tout droit vers le box de Saphir.

Marc écoutait Mathilde, de plus en plus surpris. S'il avait pu soupçonner ce qui se passait dans la tête de Jérôme…

— Ta fille aime un homme et, toi, la seule chose que tu trouves à faire c'est de casser cet amour, de lui briser son bonheur. Tu n'as aucun cœur, ou quoi ?

Mathilde ne décolérait pas. Elle arpentait nerveusement le manège et régulièrement elle s'arrêtait devant Jérôme, approchait son visage à quelques centimètres du sien et lui plantait dans les yeux son regard accusateur.

— Mentir de cette façon ! Pourquoi tu ne lui as pas dit la vérité ? Pourquoi tu lui as caché que Marc achetait Saphir pour le tirer des griffes de Goyard ?

Elle montra Marc de la main.

— Et qu'il a mis le nom de Lucie sur les papiers ? Et qu'il a payé Saphir quatre fois son prix pour nous tirer d'une foutue mauvaise passe ?

Tête baissée, Jérôme se taisait. Que pouvait-il répondre… Il commençait à avoir honte de lui.

— Moi, je sais pourquoi tu lui as caché tout ça, oui, je sais, conclut Mathilde. Tu as toujours voulu être le père parfait, l'homme idéal, le super héros de ta fille et tu as peur de lui montrer que tu n'es pas tout-puissant. Mais personne n'est tout-puissant et Lucie a trente-trois ans passés, elle a compris et dorénavant elle suit sa route. (Mathilde se tourna vers Marc.) Et l'homme qu'elle aime en fait partie. Alors, maintenant, tu vas rétablir la vérité auprès de Lucie, et si c'est encore dans tes capacités, tu vas t'excuser auprès de Marc.

Jérôme releva la tête, piqué au vif à l'idée de faire des excuses, qui plus est à la demande de sa femme, mais Marc l'en absout d'un geste signifiant « c'est bon, ce n'est pas la peine ».

De toute façon, Jérôme n'eut le temps de rien dire. La main en visière pour se protéger du soleil, Mathilde regardait au loin.

— Qu'est-ce qu'il vient encore faire ici, celui-là ?

Jérôme et Marc dirigèrent leur regard dans la même direction.

Philippe Goyard approchait à grands pas, le visage crispé de colère.

— Qu'est-ce que tu fabriques ? Arrête, Lulu !

Léa attrapa le bras de Lucie, essayant de la retenir, mais elle se dégagea vivement en répliquant d'un ton dur :

— Fiche-moi la paix, Léa.

— Arrête, là tu fais n'importe quoi. Laisse Saphir, allez, viens.

— Mais tu vas me fiche la paix à la fin ! Va-t'en, laisse-moi !

« On n'est jamais mieux trahi que par les siens », disait le proverbe. Lucie quitta le centre au trot, pressée de fuir, de s'éloigner au plus vite Elle avait aperçu Goyard, il rejoignait ceux qui complotaient dans son dos pour la priver de Saphir, Léa comprise. Lucie était partie, obsédée par une seule chose : Saphir. Tant qu'elle resterait avec lui, personne ne le lui prendrait. Elle allait filer droit devant, elle allait galoper, s'en aller, prendre la poudre d'escampette, le temps que diminue cette gigantesque colère qui lui coupait le souffle.

Lucie claqua de la langue pour faire accélérer Saphir. Il allongea son trot et elle le dirigea vers le pré de courses, là où ils seraient libres de se donner l'un à l'autre dans un galop libérateur.

Marc tourna la tête vers Jérôme. Ils se consultèrent du regard et tous deux y lurent la même chose. Marc esquissa un sourire. Abandonnant toute réserve, Jérôme le lui rendit et, sans avoir besoin de se parler, mus par cette connivence tacite existant entre les hommes, ils se placèrent chacun à une épaule de Goyard. Ainsi encadré, ce dernier eut une moue inquiète, vite transformée en un rictus de douleur quand Jérôme et Marc le saisirent sous les aisselles et le soulevèrent avec une certaine brutalité. Goyard jeta un regard affolé en direction de Mathilde lorsque les deux hommes le transportèrent en courant jusqu'à sa voiture. Ils le jetèrent au volant sans ménagement et Marc poussa le jeu jusqu'au bout : il tourna la clef de contact et appuya à fond sur l'accélérateur.

— On te donne deux minutes pour déguerpir, prévint Jérôme en claquant la portière au nez de Goyard.

Lorsque les pneus crissèrent sur le gravier, les deux hommes se regardèrent. Puis ils partirent ensemble d'un grand éclat de rire.

Les lèvres serrées, Lucie galopait mais sa colère ne faiblissait pas. De plus en plus nerveux lui aussi, gagné par la tension de sa cavalière, Saphir martelait lourdement le sol de ses sabots. Plus vite, encore plus vite. Plus fort, toujours plus fort. Elle avait l'impression que leur course forcenée s'adressait à tous ceux qui l'avaient déçue, en les éloignant, en les faisant taire sous le bruit des sabots.

Plus tard, lorsqu'elle repenserait à cet instant, Lucie ne comprendrait toujours pas ce qui lui était passé par la tête, pourquoi tout avait disparu de son cerveau pour faire place à un blanc total, à un vide, à une absence qui l'avait empêchée de réfléchir.

Surgissant d'un côté du pré, Kali jaillit soudain comme une flèche en aboyant, à la poursuite d'un chat. Indifférent à tout obstacle devant lui.

Et Saphir fit un brusque écart pour l'éviter.

45

Les heures qui suivirent firent à Lucie l'effet d'un cauchemar éveillé. En voulant éviter Kali, Saphir s'était brutalement déporté sur la droite, à un endroit où l'herbe haute camouflait une souche d'arbre. Il avait trébuché et perdu l'équilibre. Lucie l'avait senti au déplacement de son corps, Saphir avait tout fait pour la protéger, pour lui éviter de se blesser. Et elle n'avait pas eu mal, elle n'avait même pas une égratignure. Lorsque Léa avait surgi, descendant à toute allure de Jolie montée à cru, Lucie avait pu la rassurer d'un sourire triste.

À partir de là, le cauchemar avait commencé.

Saphir s'était relevé. Il y était parvenu mais sa jambe antérieure droite ne touchait plus terre et Lucie vit avec horreur une plaie énorme à l'emplacement de son genou. Incapable de reprendre l'appui, il restait debout sur trois jambes, et cette image de son cheval en déséquilibre dégageant soudain une immense fragilité l'effraya profondément.

Léa partit immédiatement chercher du secours.

— Hé ho, mon beau.

Lucie s'approcha, entoura son encolure en lui parlant doucement. Contenant ses larmes à grand-peine, elle tâchait de calmer Saphir dont la respiration était trop forte et qui secouait nerveusement la tête, les yeux assombris.

— Qu'est-ce que j'ai fait, oh, mon beau, qu'est-ce que j'ai fait ?

Elle ne comprenait pas ce qui s'était passé dans sa tête, pour quelle raison elle les avait mis en danger tous les deux en se lançant à corps perdu dans un galop incontrôlé, plein de fureur. Lucie n'avait plus le souvenir que d'un immense flash éblouissant gommant toute réflexion.

Ils arrivèrent tous en même temps. Jérôme, Mathilde, Marc et Denis, le vétérinaire de Saphir.

Marc se précipita vers Lucie, la serra dans ses bras.

— Mon amour, Saphir est à toi, je l'ai acheté pour toi.

Lucie fondit brutalement en larmes, enfouissant contre Marc son visage secoué de sanglots.

— Qu'est-ce que j'ai fait ?

Au bout de quelques instants, Denis se releva, le front plissé.

— Il est couronné, déclara-t-il d'un ton grave en désignant le genou blessé de Saphir. Et cette plaie au genou ne me plaît pas, je suspecte une contamination articulaire.

La contamination articulaire était une des pathologies les plus redoutées, expliqua Denis à Marc en réponse à son regard interrogateur. S'il y avait infection, cela devenait grave, très grave. Que Saphir ne reprenne pas l'appui n'était pas bon signe du tout.

— Je préfère l'hospitaliser, conclut-il.

Jérôme revint avec le camion pour emmener le cheval à la clinique de Denis et Lucie accompagna Saphir, décidée à ne le quitter sous aucun prétexte. Ils partirent dans un silence lourd que personne n'osait rompre, de peur de prononcer les mots inquiétants qui se lisaient dans tous les regards.

Marc rejoignit Lucie à la clinique. Saphir était installé dans un box paillé, immobile. Denis lui avait administré un calmant et la longue tête, enfin tranquille, piquait du nez. Les yeux pleins de larmes, Lucie caressait doucement le flanc qui montait et descendait sous la respiration désormais régulière. Pour un peu, elle se serait crue au Cadran, dans le box de Saphir, une de ces nuits où elle venait le câliner.

Marc s'approcha d'elle.

— C'est fini, fit Lucie d'une petite voix, sans le regarder.

Il lui prit la main et la porta à ses lèvres.

— Les JO, les concours... ajouta-t-elle d'une voix brisée. Faut croire que ça ne devait pas être mon destin.

Marc fut frappé par le calme émanant d'elle, malgré le chagrin.

— Mais si Saphir ne peut plus, risqua-t-il, tu pourras, toi, avec un autre cheval. Saphir t'a montré le chemin. Tu pourras toujours continuer, maintenant. Ce n'est pas fini.

— Si. C'est fini, Marc. Tout cela c'était avec lui, pas avec un autre cheval. Je n'irai nulle part sans Saphir.

Lucie tourna vers lui son visage baigné de larmes.

— Pardon, Marc. Pardon d'avoir douté de toi.

Il rit, d'un rire bref.

— Oh, tu aurais eu des raisons, va...

— Non. Pas après tout ce que tu as fait pour moi et pour Saphir.

Lucie se détacha de Marc et colla son visage contre le flanc du cheval.

— Je vais rester à la clinique cette nuit. Ne t'inquiète pas, réconforta-t-elle Marc dans un pauvre sourire. Rentre, toi, et va rassurer mes parents.

Denis était obligé de partir, appelé de toute urgence pour un veau qui ne se décidait pas et qu'il allait devoir aller chercher dans le ventre de sa mère. Il donna ses consignes à Lucie et lui laissa une piqûre toute prête. « Si vraiment tu vois qu'il souffre trop, administre-lui ce calmant. Ça le soulagera. » Denis était inquiet et il ne s'en était pas caché auprès de Lucie. Il avait été étonné de son sang-froid et il lui répéta une nouvelle fois qu'elle pouvait l'appeler sur son portable à tout moment.

Le calmant avait cessé de faire effet et Saphir se réveillait doucement. Son regard sombre où luisait une lueur mystérieuse s'était posé sur Lucie et l'avait fait frémir. De nouveau, Saphir respirait fort, ses naseaux tremblaient sous son souffle. Il se tenait toujours sur trois pattes, la quatrième pendant dans le vide. Comme moi après l'accident, pensa soudain Lucie, et le parallèle entre eux deux lui apparut d'un seul coup. La douleur fit trembler l'encolure de Saphir et ses yeux roulèrent, inquiets. Lucie lui retrouva le même regard qu'au jour de leur rencontre, dans le pré, sous l'orage grondant.

Elle prit la piqûre, la leva devant elle et la regarda, indécise.

Lucie connaissait la contamination articulaire et elle savait que les chevaux parfois en mouraient. Un long frisson la parcourut. Cela ne pouvait pas arriver, cela ne *devait* pas arriver. Que deviendrait-elle sans Saphir ?

Elle s'approcha et, enveloppant l'encolure de ses bras, elle se colla tout contre lui. Puis ses mains descendirent le long de Saphir, se posèrent à son flanc qui palpitait sous ses doigts et battait, comme un cœur, comme leurs deux cœurs à l'unisson.

Au-dessus de la colline, le soleil se levait tout doucement. Il apparaissait, blanc, déjà plein de cette chaleur qui pèserait toute la journée sur les champs. L'été était là, dans cette aube éclairée par les dernières gouttes de rosée perlant sous la lumière, égayée par le chant des oiseaux.

Lucie se tourna vers Saphir.

Elle posa sa main sur son encolure, ferma ses doigts sur une poignée de crinière et murmura :

— On y va, mon beau ?

Le cheval secoua la tête doucement.

Oui, il était temps de partir maintenant.

Saphir et Lucie quittèrent le box, l'un à côté de l'autre, marchant droit devant eux, suivant la course du soleil. Épaule contre encolure, leurs deux silhouettes s'en furent au loin, dans un halo de lumière. Jusqu'à n'être plus qu'une seule ombre où personne n'aurait pu les distinguer l'un de l'autre.

Ils n'iraient nulle part l'un sans l'autre.

QUELQUES ANNÉES PLUS TARD

Centre équestre Le Cadran de Saphir

Dans la pièce saturée d'excitation, l'écran de télévision jette des lueurs blanchâtres sur les visages contractés lorsque, soudain, le commentateur sportif explose de joie et hurle, la voix cassée par l'émotion.

« OUUUIIIII ! Et c'est la médaille d'or ! C'est inouï ! C'est incroyable ! Une Française, médaille d'or de dressage ! »

Jérôme bondit du canapé, brandit la bouteille de champagne gardée à ses pieds.

— Je le savais, je le savais ! crie-t-il fièrement. (Il se tourne vers Mathilde, la prend dans ses bras, l'entraîne dans quelques pas de danse.) Tu vois ? Je te l'avais dit. Depuis le début, je la sentais cette médaille, j'en étais sûr.

Le bouchon du champagne vole à travers la pièce.

— Ma Lulu, t'as toujours été la meilleure ! claironne Léa en riant de Kali qui, gagné par l'enthousiasme collectif, exécute salto sur salto.

À force de hurler, la voix du commentateur se fait de plus en plus éraillée.

« Mesdames et messieurs, c'est une première mondiale aux Jeux paralympiques ! Marie-France Duborc, médaille d'or française de para-dressage ! »

Jérôme avance la bouteille de champagne vers Marc.

— Allez, mon cher gendre. Exceptionnellement, une petite coupe pour fêter cette grande Coupe.

— Non merci, répond Marc en se resservant un verre de Coca.

Un bip de messagerie se fait alors entendre sur son téléphone portable, effaçant la photo de Lucie qu'il regardait avec tendresse. Depuis que sa fille s'est installée à Madagascar, et grâce aux minileçons qu'elle lui procure *via* Skype, Marc comprend désormais les phrases courantes et « *Mahafinaritra ! Tiako Ianareo roa* », ce « Fantastique ! Je vous aime tous les deux » le touche profondément.

— Nous avons les félicitations d'Emma, résume-t-il à l'assemblée en levant son verre. À la championne du jour, mais surtout à toi, ma Lucie, mon amour !

Jérôme et Mathilde s'approchent, cognent leur verre contre celui de Marc puis contre celui de Léa. Les bruits cristallins retentissent gaiement dans la pièce.

— À Lucie ! À notre championne à nous !

— Chuuut. Taisez-vous ! Écoutez, écoutez !

Mathilde monte le son au maximum. Tous se figent, suspendus aux lèvres du commentateur qui tient le micro devant lui avant de le déplacer sur le côté. La caméra suit le geste de sa main et s'arrête sur le visage en gros plan de Lucie.

— Ma fille ! s'écrie Mathilde.

— Cette couleur, ma Lulu, elle te va à merveille, ne peut s'empêcher de souligner Léa.

— Chut !

La caméra recule, incluant dans son champ le commentateur aux côtés de Lucie.

— Lucie Maillard, bonjour et merci de nous accorder quelques minutes. Marie-France Duborc vient de remporter la médaille d'or de ces Jeux paralympiques en dressage, c'est une première mondiale, et on peut dire que c'est aussi grâce à vous, qui l'avez largement accompagnée. Elle a été entraînée dans votre écurie par vos soins. Expliquez-nous ce qu'est « Le Cadran de Saphir », ce centre un peu particulier tenu par votre mari et vous depuis quelques années. Tout est né grâce à votre cheval, c'est cela ? Ce fameux Saphir dont le monde équestre se souvient encore ?

— Oui, c'est ça. Saphir était très prometteur et quand il a eu son accident, j'ai su que les Jeux paralympiques étaient finis pour lui comme pour moi. À partir de ce jour, tout a changé.

— Vous allez nous raconter de quelle façon mais avant, pouvez-vous nous donner quelques nouvelles de Saphir ?

— Bien sûr. Il va très bien. Il ne fera plus jamais de compétition mais peu importe. Vous savez, Saphir, c'est notre mascotte. Les cavaliers handicapés débutent tous avec lui, il n'a pas son pareil pour leur redonner confiance. C'est un cheval magique, tout simplement ! On aurait dû l'appeler Bayard !

Lucie appuie son propos d'un large sourire, contagieux car le commentateur sourit lui aussi à pleines dents.

— D'ailleurs, à propos de nom, vous avez rebaptisé Le Cadran. Il s'appelle désormais « Le Cadran de Saphir », en hommage à votre cheval.

— Oui, mais c'est aussi un clin d'œil à mon père, fou d'horlogerie. Un cadran de montre en verre de saphir, c'est le must, le *nec plus ultra*.

— Pour que les téléspectateurs comprennent bien, racontez-nous ce qu'est votre centre, quelle est sa conception.

— C'est après l'accident de Saphir que j'ai compris. Ce qui m'intéressait vraiment, ce n'était pas la compétition. Ce qui me tenait le plus à cœur, c'était de faire la démonstration que, dans la vie, on ne doit pas se laisser arrêter sur le chemin que l'on a choisi d'emprunter. Et surtout pas par le handicap, ou par n'importe quel autre obstacle. Ce que je dis est valable pour tout le monde, valide ou pas.

— Vous avez donc ouvert votre centre équestre à tous les cavaliers, valides et handicapés, enfants et adultes, et ça marche très bien. La liste d'attente se fait longue maintenant. Par ailleurs, vous offrez aux para-cavaliers de haut niveau la possibilité de s'entraîner et d'être coachés en vue des compétitions les plus prestigieuses. On voit jusqu'où ça peut mener avec Marie-France Duborc. Pour vous, c'est une revanche sur la vie ?

Les yeux de Lucie brillent d'une lueur amusée.

— Je n'ai pas de revanche à prendre sur la vie. Si ma vie était à refaire, je ne changerais rien. C'est vrai, j'ai eu un accident qui a tout bouleversé, mais ce jour-là, quelqu'un m'a dit : « Ça va aller », et il avait raison. Depuis, j'ai découvert beaucoup de choses. Et aujourd'hui je vais vous dire, si c'était à refaire je ne voudrais rien changer, je ne voudrais même pas qu'on m'enlève mon handicap car c'est grâce à cela que je suis devenue celle que je suis aujourd'hui. La Lucie d'aujourd'hui, c'est la vraie. Celle qui aime et est aimée, celle qui vit, celle qui ose. Croyez-moi, cette Lucie-là est bien mieux que celle d'avant, en tout cas c'est celle qui me plaît.

Le commentateur la regarde, visiblement ému.

— Merci, Lucie Maillard, merci. Je vous souhaite longue vie, ainsi qu'au Cadran de Saphir.

— Et moi, ajoute Lucie, j'adresse toutes mes félicitations à Marie-France Duborc. Bravo, Marif, tu as été fantastique et Tango aussi. Vous étiez le couple de l'année, je n'en ai jamais douté ! Vas-y, continue.

Lucie fixe la caméra. Puis, dans un sourire, elle dit lentement :

— Et toi qui m'écoutes, qui que tu sois, où que tu sois… Que rien ne t'arrête. Jamais.

Remerciements

Merci à Laurent Savry, Grégory Berthier-Gabrièle, Martine et sa fille.

Une pensée à l'homme aux deux chiens croisé à La Rochelle.

Des remerciements tout particuliers à Céline Gerny et à Sophie Gélard-Bartolo, cavalières de l'équipe de France de para-dressage, pour la gentillesse de leur accueil, leur disponibilité et la générosité avec laquelle elles se sont confiées sur leur passion. Sans oublier Landiro, le cheval magique dit la Licorne.

Un trio qui voit loin… jusqu'aux jeux Olympiques de Tokyo.

Pour découvrir et soutenir leur « Projet Licorne » :

www.leetchi.com/c/projets-de-celine-gerny-et-sophie-gelard

Merci également aux cavalières et cavaliers de l'équipe de France de para-dressage, ainsi qu'aux membres de la Fédération française handisport d'équitation, pour avoir partagé leur expérience.

Merci à Jonathan Jérémiasz, président de l'association Comme les autres, pour ses réponses. Comme les autres propose un accompagnement global à des personnes handicapées à la suite d'un accident de la vie et contribue à changer les regards et les relations entre le « monde du handicap » et le « monde valide », notamment en organisant pour tous, en mixité, des séjours sportifs à sensations fortes (www.commelesautres-asso.org).

Retrouvez toute l'actualité de Laëtitia Milot sur son site :

http://www.lm-laetitia-milot.com

Achevé d'imprimer en octobre 2017
dans les ateliers de Normandie Roto Impression s.a.s.
61250 Lonrai

N° d'impression : 1703596
Imprimé en France